千里眼の復活

松岡圭祐

角川文庫
22638

目次

1

四十九歳の臨床心理士、湯《ゆ》川《かわ》幸造《こうぞう》はよくきかれる。車椅子を電動にしたほうが楽ではありませんかと。

　乗ってみればわかりますよ、湯川はそう答えるのが常だった。電動は段差や溝があろうと、かまわず進んでいく。結果として転倒につながる。自分の手で車輪を回していれば、乗り越えにくそうな凹凸は、寸前に感覚でわかるものだ。

茨城《いばらき》県の小《お》美《み》玉《たま》市百里《ひゃくり》にある、航空自衛隊百里基地の職員らにも、足の不自由なカウンセラーとして有名になってしまった。そういう認知がひろがること自体は、目的を果たしやすくなるためかまわない。ただ邪魔に思われたくはなかった。いまも湯川は身分証を提示したのち、通行が途絶えているうちに、そそくさと歩行者用ゲートを抜けていった。

　青く澄んだ空の下、はるか彼方《かなた》に滑走路が見える。救難ヘリやジェット戦闘機は、かまぼこ形の格納庫のなかに隠れ、ふだんはなにも拝めない。櫓《やぐら》のような管制塔がぽつんと建つのみだった。建物はどれも工場や倉庫のように味気ない。

ジャンボ旅客機のいない空港、そんな印象が漂う。人で賑《にぎ》わうターミナルビルもなく、いつも閑散としている。ただ消防署のように規律正しい仕事場があるだけだ。

顔見知りの三等空曹が来た。名前はど忘れした。二十代半ばの男性で、眼鏡をかけている。制服ではなくグレーの迷彩服に、同じ柄の帽子をかぶる。事務職でも作業着姿の自衛官を、基地内で多く見かける。制服より雑務に従事するのに好都合だときいた。

三等空曹が笑顔になった。「湯川さん、おはようございます」

「おはよう」湯川は三曹と並び、広大な敷地内に延びる歩道を進んでいった。「ええと、きょうの面接、最初は誰かな」

三曹が歩調を合わせつつ、クリップボードを手渡してきた。「神原《かんばら》二尉です」

名簿の最初の欄を見た。神原千秋《ちあき》二等空尉、二十九歳とある。湯川はうなずいた。

「ああ。彼女か」

「神原さんは毎回、湯川さんとの面接が楽しみなようですよ」

「そうかね？　そんなふうにはとても見えないが」

「真面目な人で、ふだんきちんとしてるぶん、カウンセリングではリラックスできるらしくて」三曹はふと思いついたように、車椅子の背後にまわった。「私が押していきます」

「こら、よせ」湯川は笑った。「このあいだ神原さんが怒ったからだろう？　なんで私の世話をしないのかと。私にしてみれば、人に車椅子を押してもらうほうが緊張するよ」

「遠慮なさらずに」三曹も愛想よく応じた。「これで誰にも叱られないと思えば、私も落ち着きます」

「そうか。きみの精神的負担が軽減されるんだな？　なら重視しなければ」湯川は三曹とふたりで笑いあった。

　ここに勤務するようになって十か月が経った。湯川は以前にもわけあって、横須賀《よこすか》の防衛大学校でカウンセリングを担当していた。防衛大では、上級生による下級生への指導という名目の、いじめ問題がたびたび表面化する。幹部自衛官候補もみな人間でしかない。

　自衛隊は基地別に臨床心理士を募集する。サイトに募集要項が載っている。試験に受かれば防衛省職員、防衛技官として採用される。業務内容は、基地職員へのカウンセリング、メンタルヘルス教育。職場復帰支援、健康管理者への助言。衛生業務に関する事務手続き、健康診断や身体検査時のメンタルケアもある。防衛大での経験があったおかげだろう、脚のハンディキャップを問題視する声はあがらなかった。湯川は希望どおり百里基地に勤務できた。

　建物のエントランスに近づいた。湯川はいった。「辞めたがっている自衛官を、極力思いとどまらせるよう、上層部から依頼されてるよ。なんでも人員不足だからだとか」

「少子高齢化ですからね」三曹が車椅子を押しながら告げてきた。「将来的な戦力の低下は深刻な課題です」

「外国人留学生を受けいれるわけにもいかんしなぁ」

　三曹はまた笑った。「そのとおりです」

　車椅子用のスロープを上り、エントランスを入る。鉄筋コンクリート造、あたかも区役所か校舎のような印象の建物だった。年季の入った通路沿いには、いたってふつうのサッシ窓。ありふれたスチールドアが開け放たれ、アルミのロッカーや事務机がのぞく。基地といいながら、自動ドアや巨大モニターといった、これ見よがしなテクノロジーは見あたらない。せいぜい机の上のノートパソコンぐらいだ。

立ち働く自衛官は、三曹と同じ作業着姿と、紺のブレザーが入り交じっている。ブレザーの右胸に部隊章、左胸に徽章《きしょう》が小さく付くのみ、諸外国のような軍服らしさはあまりない。屋内では制帽を脱いでいるせいもあり、いっそう事務職然としている。

自衛官でない湯川は、むろんスーツにネクタイを身につけていた。私服の防衛技士もよく見かける。平和で平穏、規律正しいオフィスの風景に、派手さは微塵《みじん》もない。敷地内に戦闘機があるのはたしかだが、パイロットの待機室ですら、アルミのロッカーやパイプ椅子が並ぶだけだ。それぞれの航空隊本部はプレハブの離れにすぎず、表札も木板に筆で書かれている。

湯川はカウンセリングルームに入った。女性自衛官が椅子から立ちあがった。ブレザーにスラックス姿だった。いまどきスカートは式典の出席時にかぎられるときく。髪型はショートボブ。もう少し髪を長くした女性自衛官も、基地内には多くいる。入隊時には短くするよう義務づけられるものの、部隊配属後は後ろで束ねていれば問題ない。短めの髪を保つあたり、彼女の性格の表れに思える。

二十九という実年齢のわりには童顔で、やさしい目をしている。神原千秋二等空尉はきびきびとおじぎをした。「おはようございます。よろしくお願いします」

「こちらこそよろしく」湯川はカバンを開けた。アルミ缶をとりだすと、三曹に手渡した。「紅茶をいれてくれないか」

三曹が苦笑した。「うちのコーヒーや紅茶も悪くないですよ」

「コーヒーなんてとんでもない！　リラックスにはほど遠いじゃないか。クランベリーのフルーツティーこそ至高だよ」

「わかりました、ただちに」三曹がアルミ缶を手に、部屋をでていった。

千秋も控えめに微笑した。「どうかおかまいなく……」

「そうはいきませんよ、神原さん。あなたには最上の紅茶を召しあがる権利があるんですから」湯川は自分で車椅子を動かした。机を挟んで千秋と向かいあう。「座ってください。ええと、神原さん。カウンセリングは一週間ぶりでしたね」

「はい」千秋が着席した。「特に悩みなどはないんですが、なぜ……」

「上官のかたと相談した結果、ストレスの有無について慎重にたしかめるべきかと」

千秋はわずかに視線を落とした。「やはりまだ防衛大学校のことが尾を引いているんでしょうか」

ドアが開く音がした。湯川は三曹が紅茶を運んできたと思い、そちらに目を向けなかった。ひきつづき千秋に対し、穏やかに語りかける。「過去のことは問題ではありません。あらかじめ申しあげておきます。機密に関わるような重要なことは、いっさいおっしゃらないでください。ふだんの生活に漠然とした不安を感じたりは……」

ふいに男性の声が高圧的にいった。「そのとおりです。機密事項はいっさい口にしてはならない。湯川先生、ご配慮に感謝します」

湯川は驚いた。ドアの前に立っているのは、白髪まじりの五十代前半の自衛官だった。ブレザーの階級章は将官。初対面ではない。寺井《てらい》昭之介《しょうのすけ》将補、幕僚長と空将に次ぐナンバースリーで、第7航空団の総司令だ。湯川が初出勤の日に挨拶《あいさつ》したことがある。こんな場所に現れるとは予想もしていなかった。

千秋は立ちあがりかけたが、寺井将補が片手をあげ制した。

三曹が両手でトレーを支え、うつむいたまま入室してきた。寺井将補の存在に気づき、はっとしてかしこまる。湯気の立つティーカップを落としそうになった。

「あのう」湯川は困惑ぎみに寺井にきいた。「なにか……?」

「ようすを見にきただけです」寺井はぶっきらぼうな態度をとりつづけた。「神原二尉が現在の重責に耐えきれず、プレッシャーに押し潰《つぶ》されることがあっては困るので」

千秋が打ちのめされたように下を向いた。

彼女は防衛大学校の二学年だったころ、上級生による苛酷《かこく》ないじめに遭った。当時、湯川は防衛大のカウンセラーではなかったが、事情はきいている。千秋は深刻なうつ病におちいったものの、精神科医の助力により、その後は立ち直ったようだ。

過去を軽視してはならないと、心理療法の管理責任者に進言したのは湯川だった。上層部は敏感に反応し、寺井将補がわざわざ出向いてきた、そういう状況らしい。

寺井が淡々といった。「彼女は事務職だが、非常に重要な役職に就いています。それがなんなのかはご説明できませんが、また心が折れるようなことがあると……」

「失礼」湯川は寺井を遮った。「うつ病について、心が折れると表現するのは正しくありません」

「先生。録音機器をお持ちでしたら、あとで私にもお聞かせ願いたいのですが」

湯川はまた面食らった。録音機器など持参してはいない。「会話を記録したりはしません。相談者のプライバシーに関わることじゃないですか」

「では私が立ち会ってもよろしいですか」

思わずため息が漏れる。湯川は苦言を呈した。「ご心配なら、こちらの三曹のかたを立ち会わせるか、ほかのどなたかを呼んでください。上官のかたがおいでだと、彼女がくつろげません。まして将補のあなたほどになると」

寺井は表情を険しくしたものの、やがて軽く頭をさげた。「わかりました。おまかせします」

千秋が腰を浮かせたが、寺井は一瞥《いちべつ》もくれず退室した。重い沈黙のなか、千秋が椅子に座った。やはり伏し目がちになっている。

三曹が及び腰に近づいてきて、ティーカップを机に並べた。

湯川は咳《せき》払いをした。「そのう……。神原さん。あなたに定期的なカウンセリングが必要だろうと、上層部に提言したのは私です。どうやらそれが、彼らの不安を掻《か》き立ててしまったようで、本当に申しわけありません」

「そんな。どうかお気になさらないでください」千秋は顔をあげた。わずかに潤みだした目に、憔悴《しょうすい》のいろが表れている。「わたしは防衛大学校の学生だったころから、おおいに学びました。お約束します。絶対に迷惑をかけたりしません」

2

三十五歳になる准尉は、第3飛行隊の所属だが、情報処理の担当者に任じられて久しい。午後二時すぎ、百里基地の管制塔の真下、司令棟の中枢にあるデータ管理室に向かった。

第3飛行隊がこの基地に移駐してから、まだ二年しか経っていない。いまだ環境に順応したとはいいがたい。よってブリーフィングのため必要とされるデータは、気象から民間機の運航情報まで多岐にわたる。

基地のあらゆる機密が集中するデータ管理室は、ごくふつうの事務室と変わらなかった。ドアの脇に警備員も立っていない。面している廊下は、食堂の従業員すら行き来が可能だった。狭い室内にはワークステーションが五つ並ぶのみで、ふだんは誰もいない。

それも当然といえる。ドアの出入りに手間がかかるようでは、業務に支障がでてしまう。ハイテクによる二重三重のロックなど、映画に描かれるフィクションでしかない。

部屋ごとのセキュリティが緩い代わりに、基地のゲートは固く閉ざされている。部外者が侵入できる余地はない。むろん監視カメラはいたるところにある。廊下も室内も映像の記録に残る。

准尉は椅子に座り、モニターとキーボードを前にした。操作にはさすがに、情報処理担当者のみに支給されるＩＤカードを通さねばならない。とはいえチェックはそれだけだった。

ノックがきこえた。どうぞと准尉が応じると、よくこの部屋で会う若い曹長が入ってきた。

准尉はいった。「いつもこの時間だね」

「はい」曹長は笑いながら敬礼し、別のワークステーションの前に腰かけた。「第7基地防空隊のほうも、この時間に資料を揃えるので」

「やってることは同じだな」准尉はマウスをクリックした。第7航空団飛行群の専用ファイルを開く。画面に前回のアクセス日時が表示された。

妙に思った。きょうの午前中にアクセスがあったようだ。准尉はきのう、ほぼ同じ時刻にファイルを開いた。データへのアクセスはそう頻繁にない。どの部署の誰がアクセスしたか、翌日の業務中には判明するほど、それぞれの情報処理は緊密な関係にあった。

准尉は曹長に声をかけた。「午前中、ここに誰かが出入りするのを見かけたか？」

「誰かといいますと」曹長が視線を向けてきた。「第3飛行隊のどなたかですか」

「そう。俺以外に」

「整備補給群のかたが利用されることが多くて……。戦闘機関連のかたとなると、ほとんどお見かけしませんが」

そのはずだ。第7航空団の飛行群では、パイロットどうしの意思疎通により、たいていの情報は共有されている。基本的なデータの参照を必要とするのは、新参者の第3飛行隊ぐらいだ。

准尉はマウスを操作し、モニターに履歴を表示した。にわかに緊張が高まる。思わずつぶやいた。「F－70のミッションソフトウェアに関するデータが、すべて外部のデバイスにコピーされてる。アビオニクス、センサー、武装についても」

「F－70ですか」曹長が立ちあがり歩み寄ってきた。「ひょっとしてF－35も……」

「いや。そっちは異状がないな。F－70だけだ」

百里基地に一機のみテスト配備されたF－70。外観はF－35に酷似するが、大幅に改良を加えられている。従来最強のステルス多用途戦闘機F－35に対し、F－70の性能はそれをさらにうわまわる。単座ではなく複座になっているのも、情報収集能力があまりに優れ、パイロットひとりではモニターしきれないからだ。

曹長がきいた。「アクセスしたのは誰です?」

IDの個別番号は表示されるものの、何者かを知るには、管理部や人事部に問い合わせる必要がある。准尉はモニター内のファイルを閉じ、基地内監視カメラにアクセスした。

基地業務群本部にあるＨＤＤの記録映像は、アクセスすれば誰でも閲覧できる。データ管理室前の廊下と、室内の映像を選択した。アクセス日時の少し前から倍速で再生する。

ところが部屋に立ち入る者は現れない。廊下にも人の行き来はない。やがて人影が近づいてきたが、それは准尉自身の姿だった。准尉が入室したのち、次いで曹長もやって来た。ほどなく映像の再生は終わった。

曹長が唸《うな》った。「なにかのまちがいでは？　ほかのコンピューターからアクセスしたとか……」

「このデータベースはＬＡＮにつながってない。おかしいな。誰かがアクセスしたのはたしかなのに」

「報告したほうがよさそうですね」

「そうだな」准尉はインターホンの受話器をとった。内線１０２５を押し、応答した女性職員に告げる。「施設隊のセキュリティ対策係をお願いします」

Ｆ－35に目もくれず、Ｆ－70のあらゆる情報を網羅した。そんなデータ収集を必要とするのは、どこの誰だろう。Ｆ－70の操縦訓練を積んだパイロットはたった三人、整備もごく一部の熟達者に限られるというのに。

3

日没直後の黄昏《たそがれ》どき、蒼《あお》いろに染まる空の西方は、まだ赤みを帯びていた。二十二歳、機上電子整備員を務める空士長はふと、異様な地鳴りに気づいた。

士長は作業中だった。エプロンに静止するF－2戦闘機の翼の下で、センサーの整備を進めていたところだ。ふいに甲高いエンジン音が敷地内に鳴り渡る。滑走路のほうからきこえてきた。

この時刻に飛行訓練はないはずだ。領空侵犯に対するスクランブル発進なら、すでにアナウンスの音声が響いていなければおかしい。士長は油圧整備員や火器管制装置整備員らとともに、F－2の機体を離れた。揃って遠方の滑走路を眺める。

格納庫の開放された扉から、驚いたことに一機の戦闘機が滑りでてきた。黒々としたシルエットには、凹凸や継ぎ目がなく、つるりとした滑らかな表層が見てとれる。高さはあまりなく、平らで薄かった。

目に馴染《なじ》んだ機体だとわかった。形状は、いわゆるムササビスーツを着てスカイフライングする、競技者の体型に似ている。全長十五・四メートル、全幅十・七メートル。主翼は菱形《ひしがた》で、全遊動式の水平尾翼とともに、前縁に三十三度の後退角、後縁に十四度の前進角を有する。二枚の垂直尾翼の前縁後退角は四十五度、機体中心線から外側へ二十五度傾いている。

F－35か。三沢《みさわ》基地の二機がここ百里に立ち寄っている。うち一機が離陸せんとタキシングを始めた、そういう状況だろうか。

近くで武器弾薬員が怒鳴った。「あれはF－70だ！」

士長は息を呑《の》んだ。二層に分かれたチャインの下、エアインテークの位置はF－35と同じ。境界層分離板を廃した、ダイバータレス超音速インレットも共通している。だがF－35とのちがいはコックピットにあった。単座のF－35に対し、F－70は複座だ。前方ヒンジ方式の一体型キャノピーをサーチライトが照らした。縦列にふたつ並んだ座席のうち、後部は無人だとわかる。むろんコ・パイロットがいなくとも、パイロット一名のみで操縦は可能だが、F－70は常時二名搭乗が義務づけられる。ひとりで飛ばすことはありえない。

格納庫から人影が大勢駆けだしてくる。検査、整備、補給、修理、あらゆる要員がいっせいにF－70を追う。緊急車両も青いランプを点滅させ発進した。車両の数は続々と増えつつある。

　ふいにサイレンが耳をつんざいた。訓練以外ではきいたことがない、非常事態を伝える警報だった。士長はエンジン整備員と顔を見合わせた。意思を確かめあう必要もない、もはや状況はあきらかだった。その場にいる全員が滑走路へと走りだした。無数の車両が迅速に滑走路をふさぐ。士長は無我夢中で走った。まさか、本当に無許可発進か。抜き打ちの訓練であってほしい。でなければ自衛隊始まって以来の不祥事になる。

　F－70への包囲網は着実に狭められていく。どの車両も機体との距離を詰めつつある。その真んなかでF－70はゆっくりと横方向に回りだした。まるでターンテーブルにでも載っているかのような動きだった。主翼の前縁フラップと、後縁のフラッペロンがさかんに上下する。

　次の瞬間、轟音《ごうおん》は鼓膜を破るほどの音量に達した。突風が吹き荒れ、車両がいっせいに浮きあがり、うち数台がひっくりかえった。迷彩柄の作業服らも将棋倒しになった。

　まだ距離がある士長らには、熱を帯びた向かい風が、一瞬遅れて到達した。周りの整備員らが叫び声を発し、両腕で顔を覆いながら仰向《あおむ》けに倒れた。士長も同様だった。風圧に抗《あらが》いきれず、背を路面に叩《たた》きつけ、そのまま後方に転がった。

砂埃《すなぼこり》が絶えず顔面を洗う。目を開けるのもやっとの状況だった。なんとか顔をあげたとき、士長は衝撃的な光景をまのあたりにした。

Ｆ－70の機体は垂直離陸し、宙に浮きあがっていた。ヘリコプターのごとく真上に離陸できるＶＴＯＬ機だが、滑走による離着陸も可能であるがゆえ、自衛隊基地では垂直離陸が禁止されている。パイロットはあらゆる規定に違反しつづけていた。

低空に留《とど》まるＦ－70が、針路を見定めるかのように、機首を上下に揺らす。それも一秒か二秒にすぎなかった。巨大な太鼓を打ち鳴らすも同然の重低音が轟《とどろ》く。機体は瞬時に加速し、黄昏空の彼方《かなた》へと飛び去った。

衝撃波が滑走路上を襲い、ガラスの割れる音があちこちで響いた。熱風と砂嵐は激しさを増し、士長はほかの整備員らとともに、路面を転げまわった。竜巻のような暴風に身体が浮きあがり、また落下する。渦巻く旋風に翻弄《ほんろう》されるばかりだった。

いくらか時間が過ぎた。一瞬のことのようにも感じられる。たぶんそれが正しいのだろう。地獄の釜《かま》から抜けだした、そう思えた。静寂が戻りつつある。いや、甲高い耳鳴りがする。聴覚が鈍っているのかもしれない。

濃霧のなかのように視界がきかなかった。砂嵐のせいばかりではない、Ｆ－70の排煙が立ちこめている。横転した車体が数台、うっすらと見えていた。滑走路上には炎もちらつく。そこかしこで車両火災が発生したようだ。

周りの整備員らが互いを助けあう。全身の肌が火傷《やけど》のごとくひりついた。距離があってもこんなありさまだ、F－70の至近にいた隊員たちは、いまどういう状況にあるのだろう。

追跡のためのスクランブル発進は可能なのか。スピーカーがなにかを告げている。音が籠《こ》もって聴きとれない。

士長はふらふらと立ちあがった。F－70が消えていった暗い空の彼方を見つめる。低く漂う雲の切れ間に星が瞬いていた。無垢《むく》な煌《きら》めきが恨めしく思える。悪夢が始まった。世間はまだ誰も気づいていない。

4

総理官邸は地上五階、地下一階と公表されている。地階には危機管理センターがあり、対策本部会議室やオペレーションルームが存在する。

しかしこれはおもにマスコミ向けに開示された情報にすぎない。実際にはその下がある。まず地下二階に相当する広さ四千五百平方メートルが、厚さ七メートルのコンクリートで固められている。さらにその下、危機管理センターの機能を丸ごと移せる核シェルターがある。

出入りはエレベーターだが、緊急時には階段も使用できる。扉は遮蔽《しゃへい》効果の高い、分厚い鉛製。ゴムパッキンで隙間を塞《ふさ》ぎ、完全に密閉される。強力な濾過《ろか》機能を備えた換気装置が、浄化した空気をシェルター内に送りこむ。自家発電設備もあるものの、いまのところ外部からの電力供給がなされている。

財務大臣の江崎《えざき》肇《はじめ》は、七十二歳にして初めて地下三階の最深部、この核シェルター内に入った。昭和五十七年、衆議院選挙に初当選して以来、経済企画庁長官や経済財政政策担当大臣を経験した。平成十四年、与党政務調査会長時代に現在の総理官邸が建った。核シェルターもそのときにできた。総務大臣や外務大臣、与党幹事長を務めるあいだ、いちどたりともここに足を踏みいれていない。

まさしく地の底、そんな印象に満ちた空間だった。コンクリートの壁に囲まれた室内は、天井に埋めこみのＬＥＤが照らすもののどこか暗く、陰気で物憂げだった。

二歳年上、七十四歳の久保谷《くぼや》俊充《としみつ》総理は、部屋に入るなり江崎を振りかえった。

「きみはＦ-70のテスト配備にも反対していたな」

「Ｆ-70」江崎財務大臣はわざととぼけた態度をとった。「ああ、あの最新鋭戦闘機ですか。F－35がふたり乗りになったというだけで、五倍の値段がしたという」

久保谷総理の頬筋《きょうきん》が微妙に痙攣《けいれん》した。「F－35を百四十七機も購入しながら、さらにF－70まで買う必要があるのかと、きみは苦言を呈した」

「いまでもそう思っていますよ。アメリカの押し売りに対し、機嫌をうかがうにも限度があると」

ぞろぞろと入室する閣僚のなかで、目つきの鋭い樺澤祥央《はなざわさちお》防衛大臣がいった。「押し売りとは見当ちがいです。F－4やF－15は四十年以上も使ってきました。新しい戦闘機に買い換える時期だったというだけです」

江崎は首を横に振ってみせた。「購入希望はF－22だったでしょう。なのにアメリカは売り渋り、代わりに開発中だったF－35を押しつけてきた」

樺澤防衛大臣がむっとした。「ステルス戦闘機はわが国の防衛の要《かなめ》……」

久保谷総理の咳《せき》払いがきこえた。「すまない、ご両人とも。これは通常の閣僚会議ではない。緊急事態だ」

「緊急事態」江崎は皮肉を口にした。「エレベーターでここに下りる前、赤坂《あかさか》方面のネオンが綺《き》麗《れい》だった。世のなかいたって平和ですが」

「江崎君、ふだん政府の方針に反対なのはわかる。国民の格差拡大に異を唱えるきみの心情も、よく理解しているつもりだ。一億総中流家庭がきみの理想だったな」

「古きよき昭和に立ちかえるべきですよ」

「いまは冷静に話をきいてくれんかね。事情はこれから説明する」

列席者は沈黙しながら円卓を囲み、それぞれ着席した。江崎も無言でそれに倣った。

防衛省の閣僚が立ったまま声を響かせた。「F－70については、みなさまご承知かと思います。F－35を導入した時点で、いずれ完成する改良型最新鋭機を一機追加購入することは決定済みでした。それがF－70です」

アメリカがF－22を売ろうとしなかったため、日本が買えるステルス戦闘機といえば、当時まだ開発中のF－35しかなかった。未完成品だけに、欠点がぼろぼろでてくるのは予想できた。当時すでに改良型の製造がきまっていて、アメリカはそちらの購入も日本側に約束させた。改良型が優れていると納得すれば、いずれ買い換えていかざるをえない。

江崎財務大臣はぼやいてみせた。「なんのことはない、欠陥車をたくさん売りつけたうえ、モデルチェンジ後の新車一台も予約を強要。それだけのことだ。完成後はさっそく納車、新しいほうがいいと感じさせる。最初からそういう販売戦略だったんだ」

F-35の不具合は九百近くも指摘されている。コックピット内に過度の圧力が生じ、パイロットの耳を傷つける。暗視カメラ画像がときおり不明瞭《ふめいりょう》化する。いくつかは最近ようやく応急措置がなされたが、レーダーによる海上捜索能力の不足などは、いまだ改善されていない。しかし最初から設計を見直したF-70において、すべての問題は解消済みだった。

やれやれという態度をしめすべき局面だ。江崎財務大臣は嘲笑《ちょうしょう》ぎみにいった。「私が危惧《きぐ》するのは、F-70の行きすぎた対地攻撃能力だよ。原爆並みに広範囲を焦土と化す、そこまで威力のある爆弾の搭載が、自衛隊機に必要かね？　空対空にしてもそうだ。F-35が束になっても勝てんそうじゃないか」

樺澤防衛大臣は反論せず、ただ卓上に視線を落とした。ほかの大臣らが妙な顔になった。防衛大臣の反応が気になったらしい。

久保谷総理がためらいがちに切りだした。「江崎大臣の危惧は現実のものになった」

ざわっとした驚きがひろがる。大臣のひとりが総理にきいた。「どういう意味ですか」

情報官の低い声がこだました。「F-70が盗まれました」

江崎財務大臣は感情を押し殺した。誰にも内心を見透かされたくなかった。

列席者の誰もが絶句し、互いに視線を交錯させた。外務大臣が血相を変えていった。

「盗まれたとは、いったい……」

内閣総務官室の職員がうわずった声を発した。「百里基地のF−70が、何者かの操縦により離陸、現在も行方がわかっていません。したがいまして、この場をですね、事態対処法第10条第1項に基づき、武力攻撃事態等対策本部とさせていただきたく……」

張り詰めた空気が地下室に充満していく。内閣官房副長官補がこわばった顔を情報官に向けた。「周辺国のしわざか?」

「中国、ロシア、北朝鮮のいずれからも、なんの声明もありません」

「そんなに遠くまで飛んでいけるのか?」

「兵器のカタログスペックは乗用車とちがい、性能を低く抑えて公表します。F−70の航続距離は三千キロとされていますが、実際には機体内部に大容量の燃料タンクを備えており、八千キロに及ぶとか」

「なんと」内閣官房副長官補が信じられないという顔になった。「片道ならモスクワまで達するじゃないか」

「はい。ただしF－70が、周辺国の領空に入ったという報告はなされていません。機影が確認できなければ、敵味方識別装置《IFF》も意味がなく、在日米軍にも位置が把握できず……」

「おい。ステルス性能のせいで、味方にも探知不能だというのか？」

「そのとおりです」情報官は額の汗を拭《ぬぐ》った。「百里基地の周辺住民および、百里飛行場職員から、かつてない音量のノイズをきいたとの通報が寄せられています。滑走路上の火災も望遠レンズでとらえられ、ＳＮＳへの投稿が始まっています。目下報道を規制しているものの、このまま発表を控えるのは困難です」

「兵装は？　武器は積んでいなかったんだろう？」

　樺澤防衛大臣が苦い顔で発言した。「兵器類の装着テストという命令が下っており、装備隊や検査隊がそれに応《こた》え……。むろん離陸するなど考えもしなかったのだが、すべての兵装を終えていた。彼らの知らないうちに、別系統の命令により、補給隊が燃料の充塡《じゅうてん》をおこなった。どちらも偽の命令だった」

　いまこそ激昂してみせるときだった。江崎財務大臣はこぶしを卓上に打ちつけた。

「なにをやってるんだ！　いったい誰が命令をでっちあげた？　自転車泥棒とはわけがちがう。F－70を操縦できるパイロットも限られてるはずだ」

「三名だよ」樺澤防衛大臣はため息をついた。「F-70の操縦訓練を受けたパイロットは三名だけだ。単座のF-35とは根本的に操作が異なるため、彼ら三名以外には務まらない。だが三名とも、F-70が奪われたときは、別の場所にいた」

「なら基地への侵入者か？　泥棒に入りこまれて、最も高価な戦闘機をあっさり盗まれたのか」

樺澤防衛大臣がさも不快そうに怒鳴った。「基地には容易に侵入などできん！」

別の大臣がおずおずといった。「あのう……。F-70がもし、また日本を領空侵犯してきたとして、不穏な動きをとった場合……。つまり攻撃してくるようなことがあったら、撃墜できるのですか」

情報官が緊張の面持ちで応じた。「レーダーによる発見はまず不可能です。目視で機体をとらえたとしても、撃墜となると……。F-70はミサイルのロックオンを回避する性能を備えています」

「なら機関砲を命中させるしかないのか」

「いえ。圧電効果と焦電効果を持った物体なら、どんなに小さく、どんなに高速で飛びまわろうとも、あらゆる障壁を突破して探知できるのです」

「圧電効果と焦電効果？」

「ええと、圧電効果というのはですね、物質に圧力を加えると、それに比例した分極が現れることを意味します。焦電効果は温度変化により、表面電荷が変化する現象です。圧電体で焦電体になるのは、機関砲が発射した弾でして……」

防衛省の官僚が遮って説明した。「Ｆ－70は飛んでくる機関砲の弾すら察知し、すばやく避《よ》けられるということです」

重苦しい沈黙のなか、情報官がうなずいた。「そうです」

久保谷総理が深刻な表情でつぶやいた。「事実上、撃墜は不可能か」

あわただしい靴音が響く。情報集約室の職員が駆けこんできた。「失礼します。在日米軍の普《ふ》天間《てんま》基地に一機のみ配備されたＦ－70が、正体不明のパイロットにより、奪取されていたことがあきらかになりました。報道は控えられていますが、今回の事件を受け、同盟国の政府にのみ通達するとのことです」

大臣のひとりが立ちあがった。「在日米軍もＦ－70を盗まれていたというのか!?」

樺澤防衛大臣が唸《うな》った。「これで敵は常時出撃可能の態勢を整えた」

内閣官房副長官補が樺澤を見つめた。「なんだね?」

「一機だけで戦争はできません。僚機を飛ばすという意味ではなく、常に一機を待機させておけば、破損しても交替できます。一機が戦っているうちに、故障した一機を修理すればいい」

「二機あれば、交互に絶え間なく出撃できるわけか……」

円卓は通夜の様相を呈した。またしても国難か。列席者の顔にそう書いてある。まともな対策をなにひとつ思いつかないのも毎度のことだ。

これは不可避の運命だった。江崎財務大臣は皮肉をつぶやいた。「安物買いの銭失いならまだいい。わざわざ巨額の買い物をした結果、泥棒に遭い、国を失うわけか。昭和は遠くなりにけりだな」

5

自衛隊には軍法会議がない。

実施しようにもできない。まず憲法9条により、自衛隊は軍隊でないとされている。軍隊でなければ当然、軍法会議は開けない。さらに憲法76条が、特別裁判所の設置を禁じている。特別裁判所とは、司法から独立した裁判所を意味する。軍独自の司法権を行使する軍法会議もそこに当てはまる。

よって自衛官の場合、たとえ自衛隊法違反の容疑者になったとしても、一般の裁判所で罪を問われる。すなわち民間人と同じあつかいだ。むろん警察への告発がなければ始まらない。機密事項を公にできない以上、裁判など現実的ではない。

要するに自衛官の嫌疑について審議しようとすれば、内部の取り調べというかたちをとるしかない。

寺井将補は気が重かった。こんな事態を避けるため、問題のありそうな自衛官には、絶えず目を光らせてきた。それゆえ途方もない事態が発生したいま、すべての責務を負うことになってしまった。

百里基地の大会議室に、コの字に長テーブルが組まれた。上層部の面々が列席する。寺井はそのなかに座していた。

長テーブルが囲む部屋の中央、被告席じみた位置には、被告に相当する人物の椅子が据えてある。

裁判でも軍法会議でもない、そんな建前であっても、当人に立場を悟らせねばならない。それゆえ彼女をあえて衆人環視のもと孤立させた。だが寺井は当惑をおぼえた。この判断は正しかったのか。

神原千秋二尉は全身を震わせている。表情がこわばり、うっすらと涙さえ浮かべていた。極度の警戒心からか、異常なほどの恐怖が生じているようだ。防衛大学校での経験を思いだしたのかもしれない。

けれども追及の手は緩められない。寺井将補はいった。「これは防衛大学校できみが経験したような、理不尽な個人攻撃とはちがう。あれは過去だ」

「……そうでしょうか」千秋がぎこちない声を絞りだした。

「どういう意味だ？」

「指導の名のもとに、わたしをいじめた元上級生は、いまも自衛隊にいます」

列席者からため息が漏れた。じれったそうに身じろぎする者も多い。

寺井自身も経験がある。防衛大学校における指導は、不条理で残虐、絶対服従の強要でしかない。ただし戦争とは本来、不条理で残虐なものだ。自衛隊も絶対服従のみを鉄則とする組織だった。非常識なまでの苛酷《かこく》さに耐え、みずから受容できなければ、幹部自衛官など務まるものではない。寺井はそんなふうに自分を納得させてきた。ほかの面々も同じだろう。

いま被害者意識をあらわにする女性自衛官に対し、寺井は苛立《いらだ》ちを禁じえなかった。この場が糾弾の様相を呈しても、それは正当なものだ。意味もなくひとりを槍玉《やりだま》に挙げる状況ではない。

副司令の一等空佐が千秋にいった。「きみは管理部において情報処理係に任じられていた。それだけの信頼を得ていたからだ。きみの優秀さを認めたうえでききたい。なぜF－70に関するすべての情報をコピーした？」

千秋は心外といいたげな表情で、ただ首を横に振った。「身におぼえがありません」

「アクセスに使用されたのはきみのIDだと判明してる」

「データ管理室には立ち寄っていません。監視カメラの録画を確認していただければわかります」

「録画映像は上書きされていた。しかもスーパーインポーズされる時刻をいじり、なにごともなかったように偽装したうえでだ」

「わたしには不可能です」

「いや。データ管理室からアクセスすれば、HDDの遠隔操作が可能になる。再生だけではなく、プロテクトを外せば時刻をいじれるし、録画もできる。それらはきみのIDでおこなわれていた」

「誓って申しあげます。絶対にそんなことはしていません」

寺井将補は千秋を見つめた。「問題になっている時刻は承知してるな？　データ管理室で情報がデバイスにコピーされた時間、きみはどこにいた？」

「あの……」

「なんだ？」

「事務室に戻り、教本に目を通していました」

「それを証明できる者は？」

「いません」

単独の事務室をあてがわれている幹部自衛官は、基地内に三十人以上いる。神原千秋二尉もそこに含まれていた。階級や役職だけで待遇がきまるのではない。情報処理担当の彼女は、ふだんから抱える資料の量も多く、ひとりのほうが仕事も捗《はかど》ると見なされた。

けれども千秋の仕事といえば、飛行群の運用に関する全体的な調整だ。F－70は正式な編制に組みこまれていない。根掘り葉掘り調べあげる必要など、本来あるはずがない。

一佐が語気を強めた。「何者かはデータ管理室からの操作により、オンラインの命令書まで改竄《かいざん》した。整備補給群はそれに従い、F－70に兵装を施し、燃料を補給した。偽の命令に基づく作業と露見しないよう、スケジュール調整も巧みにおこなわれていた」

整備補給群司令の一佐が後を引きとった。「それらの操作も、まちがいなくきみのＩＤにより実行された」

千秋は目を真っ赤に泣き腫《は》らしていた。「わたしはやっていません」

「きみはＩＤカードを紛失、もしくは他人に譲渡したのか？」

「いえ。手もとにあります」

「保管場所はきみの事務室か？」

「そうです」

「きみは事務室にいたんだろう？　なら他人が一時的に拝借できるはずもないな」

「はい……」

「ききたいんだが、きみは事務室で教本を読んでいたといったな？　どんな教本だ？」

「航法……。風力三角形についての解説でした」

列席者から唸《うな》り声が漏れた。それっきり沈黙が下りてきた。

押し問答だ、証明はできない。千秋の事務室付近の監視カメラもあてにならない。そちらも映像が上書きされた痕跡《こんせき》がある。彼女の事務室からデータ管理室に至る、すべての廊下に設置されたカメラについて、当時の録画はいっさい残っていない。

ＨＤＤが遠隔操作により上書き可能であっても、アクセスしたＩＤが記録されるため、誰もそんな愚行におよばない。それがいままでの常識だった。だが実際にその疑いがある人物を前にしたとき、どうすれば真実を探れるのだろう。

飛行群司令の一佐がいった。「神原二尉。ポリグラフ検査を受ける意思はあるか」

千秋は口ごもった。しかしすぐに同意をしめした。「はい」

「では」一佐が寺井将補に目を向けてきた。「さっそく用意を……」

ぐずぐずはしていられない。Ｆ－70の領空侵犯に備え、一刻も早く部署に戻りたい、誰もがそう願っている。

寺井はうなずいてみせた。三尉が立ちあがり、急ぎ部屋をでていった。

ポリグラフ検査、すなわち嘘発見器だ。千秋は深くうなだれている。身体の震えはとまらない。あきらかに動揺が見てとれる。

この場は軍法会議ではない、裁判でもない。だが判決も同然の判断が間もなく下る。寺井将補が千秋にたずねたい質問はひとつだけだ。理由などどうでもいい。Ｆ－70を奪ったのは誰だ。それさえあきらかになれば、ほかのあらゆる問題はとるに足らない。

6

寺井将補は百里基地で一夜を明かした。仮眠をとりながら万が一の事態に備えるうち、朝を迎えた。

むろん基地内の自衛官全員がそうだった。非番になるはずの者も、家族や知人に帰れないと連絡した。寺井は昨晩の早いうち、妻にメールしておいた。理由は教えられない。のっぴきならない事態と悟られるわけにいかない。平静を装ったつもりだったが、それでも送信後に誤字が見つかった。

午前十時半、厳戒態勢がつづく。寺井は廊下を急ぎたかった。それでも車椅子と歩調を合わせる必要がある。

臨床心理士の湯川が迷惑をかけまいと、車椅子の車輪をあわただしく回している。

「ポリグラフ検査は嘘発見器というより、記憶検査のひとつの方法でしかありませんよ」

「ええ。わかっています。しかし九十八パーセント以上の確率で、彼女が嘘をついていたとの結果がでました」寺井は車椅子の後ろにまわった。「押しましょう」

「だいじょうぶですよ」

「遠慮なさらずに」

「そうですか……」湯川は困惑ぎみに応じた。「なにがあったか、詳しいことはわかりませんが、神原二尉に大それたことができるはずはありません。事実を偽ったからには、きっとほかになにか理由があったんでしょう」

F－70の奪取を湯川は知らない。自衛官以外の職員には、きょうの出勤を断っている。湯川は唯一の例外であり、寺井がみずから招いた。神原千秋の心理分析のため、担当臨床心理士の手を借りねばならない。

寺井は車椅子を押しながらいった。「これまで何度かのカウンセリングで、情緒不安定なところはみとめられなかったと。たしかですか」

「まちがいありません。防衛大で起きたことを理由に色眼鏡で見るのは、彼女が可哀想ですよ」

可哀想か。事態の大きさを知らない人間との、意識のギャップを痛感する。寺井はため息をついた。「湯川先生も彼女が嘘をついている事実は、お認めになるんでしょう？」

「ひとりで教本を読んでいたというのが、嘘だときまったわけではありません」

「いえ。彼女の事務室に、風力三角形について掲載された航法の教本はなかったんです。当該の教本の貸しだし記録からも、誰も借りていなかったことがあきらかになっています」

　湯川が困り果てたようすで唸った。「カウンセラーの私としては、やはり彼女が嘘をついたのではなく、記憶ちがいが生じたのだと信じます。だから臨床心理士会に頼み、催眠療法の権威を呼びました」

「先生も催眠療法はおこなえるんでしょう？」

「原理は知っていますが、あまり好みません。相談者に要らぬ警戒心をあたえるからです」

「嵯峨《さが》先生と面識は？」

「けさ初めて会いましたが、顔は知っています。警視庁の事件捜査に協力し、何度かマスコミに紹介されていたので」

　身元調査は万全だった。信頼が置ける人物なのもわかっている。嵯峨敏也《としや》が基地に来るのを許可したのは寺井自身だった。思ったより若くて驚いたが、日本臨床心理士会が推薦するのも理解できる、生真面目な性格の持ち主のようだ。

　寺井はきいた。「催眠療法で記憶ちがいの原因が判明し、本来の記憶が戻るとおっしゃるんですか」

「そう思います。催眠は意思の力を失わせるものではありません。自白効果を期待しても、それは無理というものですよ。彼女はあくまで自発的に思いだすんです」湯川は前方を指さした。「ああ。そこのドアです」

　寺井はドアをノックした。顔をのぞかせた三等空佐が、寺井を見るなりかしこまり、ただちに車椅子を押す役割を買ってでる。三佐が湯川を暗い室内に案内した。寺井はそれにつづいた。

　ふだんカウンセリングルームとして用いられている部屋ではない。取調室に隣接した監視室だった。マジックミラーの窓を通じ、取調室のようすを眺められる。むろん向こうからこちらは見えない。

　監視室内の暗がりに、第7航空団の主要幹部らが立っていた。一等空佐らが寺井に敬礼をする。寺井も黙って敬礼をかえした。

　取調室の椅子には神原千秋二尉が座っている。まだ催眠は始まっていないらしい。千秋は赤く充血した目で、不安げに辺りを見まわしていた。たびたび視線がこちらに向く。マジックミラー越しの監視には気づいているのだろう。

　彼女の近くに立つのは二十代後半、瘦身《そうしん》のスーツだった。やや長めの髪に、神経質そうな細面。臨床心理士の嵯峨が千秋にささやいた。「なにも心配ありません。催眠といっても眠るわけじゃないですし、意識が遠のくことさえありませんから」

千秋が震える声でたずねた。「本当に思いだせるでしょうか」

「ええ」嵯峨が穏やかにいった。「でも思いだそうと努力しないでください。ただ僕の言葉に、すなおに身をまかせていればいいんです。まず楽に座ってください。深呼吸して。それからこの指をじっと見て」

突きだされた人差し指の先を、千秋が凝視する。嵯峨はわずかに指を上方に動かした。千秋の目もそれを追った。

嵯峨が静かに語りかける。「瞼《まぶた》が徐々に重くなっていきます。だんだん瞬《まばた》きが増えてくる。逆らいきれず、自然に瞼が閉じます。身体が深く沈んでいくのを実感してください。僕が数を逆に数えていくと、さらに深いところへ落ちていきます。十、九、八、七……」

千秋は着席したまま全身を弛緩《しかん》させている。すでに目は閉じきっていた。外見上は眠っているように見える。しかし嵯峨の言葉に耳を傾けている以上、やはり意識はあるのだろう。

静寂のなか、嵯峨のささやきがつづいた。「真っ白な雪景色を想像してください。

少しずつかたちになってくるものがあります。それはあなたの記憶の空白です。なにかが見えてきたら、右手をわずかに浮かしてください」

しばらく時間が経ったものの、千秋の右手は動かなかった。

湯川が小声で寺井に告げてきた。「嵯峨君は前後の状況を知りません。具体的にイメージさせられないので、神原二尉も当時を振りかえるのに苦労するでしょう」

それでも催眠による記憶想起が可能だと、けさ嵯峨は請け合った。だからまかせている。催眠だろうとカウンセリングだろうと、機密に触れられないがゆえ困難がともなうのは、すでにわかりきったことだ。

どうあっても事実は明かせない。嵯峨も湯川と同様、F-70の脅威など知るよしもない。ただ女性自衛官が虚偽の発言をしたため、本当はなにがあったのか知りたい。嵯峨に伝えてあるのはそれだけだった。

嵯峨は根気よくつづけた。「さらに深く沈んでいきます。五、四、三、二、一……。さっきよりも遠くに、少しずつ影のようなものが浮かんできます。あなたから歩み寄って、正体をたしかめてみましょう。その影はどんなかたちを……」

ふいに千秋が目を開いた。嵯峨が言葉を切った。千秋は悲しげなまなざしで嵯峨を見つめた。

喉《のど》に絡むような千秋の声がささやいた。「なにも浮かんできません」

すると嵯峨が微笑した。「気にしないで。僕のやり方がうまくなかったんです」

「あの……わたし」

「なんですか」

「教本を読んでいました。自分の事務室で。おぼえているのはそれだけです」

監視室の面々がため息を漏らした。車椅子の湯川が頭を抱えている。寺井も落胆せざるをえなかった。

湯川がつぶやいた。「催眠状態はまるで深まらなかった。言葉の暗示による誘導は的確だったが、彼女はトランス状態に入っていない。緊張が解けずにいる」

嵯峨が千秋にいった。「少し休みましょう」

千秋は両手で顔を覆い、肩を震わせ泣きだした。嵯峨がドアを開ける。女性自衛官が二名入ってきた。千秋をうながし、廊下へと連れだす。嵯峨は最後に退室した。

ほどなく監視室のドアをノックする音がした。三佐がドアを開けた。嵯峨がおじぎをし、なかに入ってきた。

湯川の車椅子が嵯峨に近づいた。「ご苦労様」

遠慮している場合ではない。寺井は不満を口にした。「記憶は戻らなかったようですが」

嵯峨が残念そうな顔になった。「申しわけありません。教本を読んでいたというのが嘘なのはわかります。そのとき彼女が本当はなにをしていたのか、それを知りたいんですよね？」

副司令の一等空佐が嵯峨にきいた。「故意に嘘をついたことが確認できたのですか」

「ええ」嵯峨がうなずいた。「呼吸が変化する一方、いっさい瞬きをしませんでした。僕がなにも問いかけなくても、発言の真偽を疑われていると意識しています。総合的に考えて、嘘の自覚があると考えるべきです」

「では自分がなにをしたか、本当はちゃんとおぼえているんですね？」

「そこなんですが……。最初の暗示で閉眼反応がみられたのは、彼女が催眠誘導を積極的に受けいれようとした証《あかし》です。自分の記憶をとり戻すことを望んでいました。でなければもっと早い段階で暗示を拒絶します」

湯川が同感だという顔になった。「なのにイメージが浮かばなかった以上、本当に記憶が失われている。思いだせないのは事実でしょう」

寺井は腑《ふ》に落ちなかった。「おぼえていないのなら初めからそういえばいい。教本を読んでいたと嘘をつく必要がどこにある？」

「いいですか」湯川は車椅子ごと寺井に向き直った。「なにも知らないわれわれが協力しようにも限度があります。少なくとも彼女がなんの罪に問われているのか、あなたがたがなにをききだしたいのか、それぐらいはあきらかにしてくれませんか。でなければ彼女の心理に正しくアプローチできない」

論外だと寺井は思った。「湯川先生。機密に触れずにカウンセリングしていただくことは、あなたの採用条件に含まれていたはずです。きょうの嵯峨先生も同じです」

嵯峨が難しい顔になった。「そこまで機密とおっしゃるのなら、頼める臨床心理士はひとりしかいないでしょう」

湯川が嵯峨を見つめた。「私もそう申しあげたんですが、なぜか航空自衛隊からは依頼できないらしいんです」

「どうして？」

誰の話かは明白だった。寺井は苦い気分とともにいった。「元自衛官であろうと、辞めたら民間人と同じです。湯川先生や嵯峨先生のお立場と、なんのちがいもありません」

ふいに湯川が苦笑した。「とおっしゃってますが、じつは反目しあう仲になっているらしくて」

「ああ」嵯峨が頭を掻《か》いた。「でもほかに頼れる人はいないでしょう。よければ私があいだに入って説得しますけど」

生真面目そうに見えて、案外軽口を叩《たた》く若者だ。寺井は思わずむっとした。「勘ちがいしないでいただきたいのですが、われわれと彼女のあいだにはなにも……」

「それは事実に反します」嵯峨はあっさりといった。

「なにを根拠に？」

湯川が口をはさんだ。「呼吸が変化する一方で、いっさい瞬きをしなかったからですよ、寺井さん。臨床心理士の目からすればわかります。ひょっとして彼女と会うのを恐れていませんか。私たちにもあなたの心のなかは、あるていど読めるんです。まして彼女は……」

「恐れてなどいません」寺井は嵯峨に目を移した。「彼女に連絡がとれるなら、是非そうしてください。いつでもこちらから出向きます」

寺井は返事をまたずドアに歩きだした。苛立《いらだ》ちが募る。組織として彼女に頼りたくはない。だからこそ別の臨床心理士を採用した。なのに結局そこに行き着くのか。どんな理由があるにせよ、退官した者に対し、よい感情は持てない。F－70強奪のような事態を憂い、自衛隊に協力する意思があるなら、そもそも辞めるはずがないからだ。自己都合による退官。将補の寺井にとってはわがままとしか思えない。

7

嵯峨はヘリコプターに搭乗し、広めのキャビンにおさまっていた。機種には詳しくないが、UH－60Jというらしい。

百里基地からの離陸は、まったく揺れを感じさせなかった。まるで展望エレベーターが上昇するかのような安定感だった。上空で水平飛行に移ってからも、窓から見下ろせる景色が空撮映像に思える。飛行の実感が湧かないほどの乗り心地がつづく。

ただしキャビンは雑然としている。人よりは貨物の運搬に向いている気がしてならない。剝《む》きだしの鉄骨のなかに組まれた小さな座席に、嵯峨はシートベルトで固定されていた。周りは迷彩柄の自衛官ばかりだ。車椅子の湯川は搭乗を遠慮したため、機内にいる民間人は嵯峨だけだった。

自衛官のなかで唯一、迷彩柄でない制服姿の寺井将補が、嵯峨の真向かいに移動してきた。全員がヘッドセットを装着している。メインローターの爆音に対する耳栓になると同時に、インカムを通じ会話できるからだ。

寺井の声も嵯峨の耳もとにきこえてきた。「嵯峨先生。いま私が基地を離れるのは、本当のところ好ましくない。しかしヘリなら三十分とかからず都内に行けます。これは緊急事態だからと解釈していただきたい」

まさか自衛隊のヘリに乗るとは、嵯峨も予想していなかった。だがもう環境には適応した。なにが起きているのか知らないが、迅速な解決手段が必要とされているのだろう。嵯峨はインカムマイクで寺井にいった。「臨床心理士会によると、彼女も緊急の案件で外にでたところです。この機を逃すべきじゃありませんよ」

「緊急といっても、われわれが抱えている事態とは規模がちがう」

「どうですかね」嵯峨は窓の外を眺めた。「彼女にとっては同じかも」

さすがにヘリコプターは速い。もう筑波《つくば》山を越え、利根《とね》川上空に差しかかっている。じきに都内だろう。

臨床心理士にはひとりだけ元幹部自衛官がいる。それも女性自衛官だった。退官後、彼女は心理療法の現場で経験を積んだうえ、資格を取得し臨床心理士となった。

自衛隊の上層部は彼女の退官に反対だったときく。手放したがらなかったのも無理はない。女性として史上初のイーグルドライバー、すなわちF－15Jのパイロットだったからだ。

女性の輸送機パイロットや操縦教官は、航空自衛隊にも以前からいた。しかし戦闘機と偵察機のパイロットとなると、将来的に母となる肉体に影響があるという理由で、配置が制限されてきた。

時代は変わった。おそらく少子高齢化による人材不足が原因だろう、防衛省は二〇一五年、戦闘機と偵察機への女性自衛官の配置制限を解除した。

嵯峨は寺井に向き直った。「何年か前、また女性の戦闘機パイロットが生まれましたよね」

「ええ。快挙ですよ」

「なぜか女性初と報じられてます。臨床心理士に転職した彼女のことは、歴史から抹消ですか？」

迷彩柄の作業服のひとりが口をはさんだ。「あくまで現役の者に限定した報道です」

「ふうん」嵯峨には納得がいかなかった。「記事に現役という強調は、特になかったと記憶してますが」

寺井が嵯峨を見つめてきた。「彼女の場合、退官してからの行動のほうが問題なんです」

「たとえばコロナ禍です。彼女はどの団体よりも早く、空港閉鎖や渡航禁止をうったえる意見書を、政府筋に提出した。元幹部自衛官の臨床心理士の提言として重視されたが、臨床心理士会の総意でなく個人の意見にすぎないとわかった。医師会も臨床心理士が口をだすのはお門ちがいだと反発した」

「早期の空港閉鎖や渡航禁止ですか。実施されていればどんなによかったか」

「結果論にすぎません。彼女がですぎた行為に及んだことが問題なのです。防衛大臣も苦言を呈し、以降は自衛隊として、彼女への相談はなくなりました」

「おかしな判断ですね。自衛隊員の自殺は相次いでいるじゃないですか。臨床心理士が必要とされているからこそ、湯川先生を採用なさったんでしょう？　基地に勤務する臨床心理士として、彼女以上にふさわしい人はいないと思いますが」

別の作業服が真顔でいった。「噂のせいでみんな怖がっています。誰でも秘密を暴かれるのは恐ろしいので」

「ああ」嵯峨は思わず笑った。「彼女にもわからないことはありますよ」

寺井が渋い表情を浮かべた。「妙なあだ名で呼ばれているのは事実でしょう」

また苦笑せざるをえない。あだ名とは千里眼か。もともとカウンセラーは、観察眼と心理学的知識に長《た》けている。あるていど相談者の思考や感情は読めるものだ。彼女の場合、さらにイーグルドライバーとして鍛えられた動体視力があいまって、ほんのわずかな表情筋の変化も確実に見抜く。特殊な前職により身についた妙技といえる。

嵯峨はいった。「人の心は非常に早く変化します。表情筋も同様で、〇・三秒でもう別の感情が現れます。私たち臨床心理士による観察では、変化を見極めるにも限度があります。でも彼女はそれをやってのけるんです」

寺井がきいた。「表情を読んでいるだけなんですか」

「手の動きもあります。手は口ほどにものをいうのですが、ふつうカウンセラーや精神科医は、相手の顔と手を同時には見られません。彼女はそこをすばやく視認できるようです。複数の人間が対象でも、ほぼ同時に観察できるらしくて」

「ますます苦手意識が募る」寺井が顔をしかめた。「当てずっぽうでこちらの考えを決めつけられるのは迷惑です」

「そこまで独善的な人ではありませんよ。会って話せば、きっといまの彼女が理解できます」

ヘッドセットにパイロットの声が届いた。「降下に入ります」

機体は依然として揺れないものの、高度を下げているのがわかる。嵯峨は窓から地上を眺めた。都心部、それも渋谷《しぶや》だった。駅のハチ公口から道玄坂《どうげんざか》と文化《ぶんか》村《むら》通りにかけての賑《にぎ》わいが、徐々にクロースアップされていく。渋谷エクセルホテル東急《とうきゅう》のビル屋上、ヘリポートに近づいた。もちろん民間施設だが、管制圏内の空港から緊急使用の求めがあれば、着陸を受けいれる。ドクターヘリと同じ扱いだった。

ヘリを降りると制服警官が数名いた。寺井将補と自衛官らが、警察官とともに階段塔に駆けていく。嵯峨もそれにつづいた。上空にはほかにもヘリが旋回している。警視庁だけでなく、報道関係の機体も交ざっているようだ。ここで起きていることを考えれば、特にふしぎでもない。

エレベーターに乗りこんだとき、自衛官のひとりが警察官にきいた。「現場は近いんですか」

「すぐそばです。すみませんが商業施設のなかを突っ切ります」

降下したエレベーターが、ほどなく停止した。扉が開くや、全員が揃って駆けだす。地下街に似た空間がひろがっていた。店舗が連なる通路に、大勢の人々が往来する。渋谷マークシティの内部だった。迷彩柄の集団は、その存在だけで物々しい。小走りに突き進むと、周りの誰もがぎょっとして足をとめる。スーツ姿の嵯峨はひとり申しわけなく思った。

非常階段に飛びこみ、ただちに駆け下りていく。一階の外にでた。渋谷マークシティとは対照的に、大和《おおわ》田《だ》通り沿いには古くからの雑居ビルがひしめきあう。パチンコ店の裏の狭い路地に人だかりがしていた。

先行する警察官が道を空けるよう呼びかける。空将補の制服を先頭に、迷彩柄の作業服らが駆けつけるのを見て、野次馬たちがスマホカメラを向ける。事態の拡大を面白がっているのだろう。こんな街角の事件に、航空自衛隊の幹部らが関心を持つなど、本来ありえない状況なのだが。

雑居ビル内の薄暗い階段を、自衛官らが駆け上っていく。五階、六階。嵯峨は息切れしてきたが、迷彩柄はみな呼吸ひとつ乱れない。八階から上には警察官の群れが待機していた。静かにするよう指示を受けた。一行は靴音を控え、慎重に上りつづけた。

十階は屋上の階段塔だった。出入口のドアが開け放たれている。寺井将補が屋上にでようとしたが、警察官に制止された。自衛官らはひとかたまりになり、ドアの外をのぞきこんでいる。嵯峨も後方で伸びあがり、屋上のようすを眺めた。

空調の室外ユニットや給湯用タンクが、屋上の大半を占める。くだんの状況は意外にも、階段塔の目と鼻の先にあった。

すぐそこの格子状フェンスの外側、すなわちビルの外壁の鉄ハシゴに、ひとりの男がしがみついている。嵯峨のいる位置からは、フェンス越しに顔だけが見てとれた。ぼさぼさ頭に眼鏡をかけ、無精髭《ひげ》を生やしている。年齢は三十代ぐらいか。

男が鉄ハシゴをつかむ手を放せば、むろん転落はまぬがれない。フェンスの格子は間隔が狭く、屋上側からは手を差し伸べられない。しかもフェンスの高さは二メートルほどもある。救助のため乗り越えようとすれば、男がただちに飛び下りる可能性が高い。

自殺志願者を刺激しないよう、警察官は屋上から退去し、階段塔に籠《こ》もっていた。ただひとり屋上に残り、フェンス近くにたたずむ女性がいる。警察から依頼を受けた臨床心理士会が、説得のため派遣した人物だった。こんな重責に応《こた》えられるのは、たしかに彼女ぐらいしかいない。

華奢《きゃしゃ》な身体をブラウスとロングスカートに包んでいる。ストレートロングの黒髪に、色白の小顔、九等身から十等身とおぼしき抜群のプロポーション。幹部自衛官時代に鍛えあげた筋肉は、日々のトレーニングでそのまま維持しているときく。もっとも服の上からは、そんなたくましさは微塵《みじん》も感じられない。着痩《きや》せのためか、どちらかといえばひ弱で薄幸そうに見える。少女のような大きな瞳《ひとみ》に絶えず漂う、憂いのいろのせいかもしれない。女子大生っぽく見えたりもするが、実年齢は二十八歳だった。嵯峨と同世代でもある。

岬《みさき》美由紀《みゆき》はフェンス越しに男を見下ろしている。表情はいたってクールだった。涼しげなまなざしが対象をじっととらえる。両手にはなにも持っていない。男が気づいているかどうかはわからないが、美由紀は裸足《はだし》になっていた。履いていた靴は近くに揃えて置いてある。

　路上を埋め尽くす野次馬の声も、十階まではほとんど届かない。旋回するヘリの爆音も空の彼方《かなた》だった。静寂のなか、ふたりの会話は明瞭《めいりょう》にききとれる。

　男がハシゴにしがみつきながら、情けない声でこぼした。「みんなチー牛だってバカにしやがる」

　呂律《ろれつ》がまわっていない。かなり酒が入っているようだ。美由紀もそのことに気づいたにちがいない。だがいたって冷静だった。静かな物言いで美由紀は語りかけた。

「由季央《ゆきお》さん。それがあなたの名前でしょう。ほかのあだ名は、あなたのことを指してなんかいない」

　階段塔のなかで、寺井将補がじれったそうにささやいた。「警察は傍観するつもりか？　岬が気を引いている隙に、地上にエアパックを用意すべきじゃないのか」

警察官が小声で応じた。「野次馬をどけようとすれば騒然とします。まず気づかれますし、ただちに飛び下りないともかぎりません」

「それでも準備ぐらいは……」

「手配はしています。しかし十階からの落下となると、大型のエアパックでなければ衝撃を吸収しきれないんです」

「ああ……。知っている。われわれも訓練に用いるからな。この場合、エアパックは百型だ。大きさは約七メートル四方、重量は百六十キロというところか」

「そうです。でも十階の高さからは、ごく小さな面積に見えます。落下中の横移動は難しく、受けとめるのは至難のわざです」

嵯峨は寺井に耳打ちした。「焦らなくても、間もなく片がつきます」

寺井が眉《まゆ》をひそめた。「なぜそういえるんです」

「自殺志願者の名前をききだしてるからですよ。それも苗字《みょうじ》でなく下の名前を。岬さんの説得を、相手が受けいれつつある証《あかし》です」

美由紀がフェンスの向こうの由季央にいった。「ありがとう」

「なに？」由季央が頓狂《とんきょう》な声を発した。

「感謝してます。死にたいという気持ちを行動でしめしてくれた、あなたの勇気に。言葉だけでも大変なのに、本気だと伝えるには、この方法しかなかったんでしょうね」

「ああ。本気だとも。死ななきゃ誰もわからねえんだよ。生きてるうちは、みんな俺なんかに同情しねえ」

　また一歩前進したと嵯峨は思った。当事者が自殺の意向を打ち明けたことに対し、説得者はねぎらいの言葉をかけねばならない。それが自殺志願者の心を開かせる。自殺は本来難しい。さまざまな理由から抵抗が生じる。そこで飲酒により泥酔状態になり、判断力を低下させたうえで、自殺を実行に移そうとする。この人物の場合はそうだった。まずその不安定な思いを受けとめる必要がある。

　美由紀は穏やかに告げた。「死にたいというあなたの気持ちを尊重します」

　由季央が目を剝《む》いた。愕然《がくぜん》とした表情を浮かべている。

　寺井が唸《うな》るようにいった。「自殺を助長してないか。どうして相手を励まそうとしない？」

　嵯峨は首を横に振ってみせた。「自衛隊に自殺者が多いわけだ」

「なにか？」寺井が睨《にら》みつけてきた。

「頑張ればなんとかなる。根性をだせ。甘えるな。励ましの言葉というのは、そんなところですか。自殺志願者はもともとまっすぐな性格の持ち主ばかりです。すでに充分頑張ってきたのに、報われなかったから死を考えてるんです」

「だから禁句だとでも？　これ以上頑張れるかと、やけっぱちになるとでもいうんですか」

「そのとおりです。激励する。価値観を押しつける。自殺という手段を卑怯《ひきょう》と罵《ののし》る。話題を逸《そ》らしにかかる。質問攻めにする。すべて自殺者を追いこむ行為です」

寺井が複雑な面持ちで黙りこんだ。ほかの自衛官らも同様だった。みな身におぼえがあるようだ。部下に対し、そんなふうに叱った過去の記憶が、いま脳裏をよぎったのだろう。体育会系組織はいつもこうだ。自殺者が減るはずもない。

由季央はむせび泣きながら、震える声でうったえた。「ずっと非正規雇用の仕事ばかり転々としてきた。最後は派遣切りに遭った。上司がパワハラの糞《くそ》野郎で、さんざんいじめられてクビになった。みんな努力が足りないっていいやがる」

美由紀が落ち着いた声で応じた。「あなたは努力してます。ちゃんと役所にも相談に行きましたよね」

「なんで知ってる？」

「表情を見ればわかります。でも話をきいてもらえなかったんでしょう」

「そうだよ。生活保護を受けようにも、まだ処分できる物があるだろうとか、親戚《しんせき》を頼れだとか……。誰も助けちゃくれない。もうだめだ。また上司から馬鹿呼ばわりされると思うと、仕事探しさえできねえ。あんな履歴書じゃバイトの面接にも行けねえ」

「勇気を持って先のことを考えたんですね」

「この歳で働いたところで、低賃金でなんとか食ってくだけの話だ。結婚して家庭を持つとか、もうありえねえ。将来の夢とか希望とか、それどころじゃねえんだよ。生まれてこなきゃよかった。だから死にてえんだよ、文句あっか」

「ありません。あなたは勇気を持って行動に移そうとしている。でもあなたの辛《つら》い思いを、わたしは気の毒に思っています」

「うわべだけだ」

「ちがいます。由季央さん。いちど心にきめたからには、いつでも死ねます。ならそれは、わたしと話し合ってからにしていただけませんか」

　由季央が黙りこんだ。ハシゴをつかむ自分の手に視線を向ける。表情が恐怖にこわばりだした。説得が功を奏した、嵯峨はそう確信した。

自殺志願者が望むのは共感だ。偽りのない真心での思いやりだ。それをわずかでも感じとれば、気持ちにゆとりが生まれ、現実を意識できる。手を放せば転落死してしまう、理性がそのように判断する。

美由紀はきいた。「わたしと話すのが嫌ですか」

「口約束だ。どうせ守る気ないんだろ。あんたみたいな美人が俺の相手をしてくれるはずがねえ」

「いいえ。誓います。あなたの悩みを一緒に解決します」

由季央はしばし黙って震えていた。やがて怯《おび》えきった顔で怒鳴った。「動けねえよ！　ハシゴを昇ることも降りることもできねえ」

「少しそのままでいてください。あなたは勇気をもって一歩を踏みだした。わたしもそれを見習います」

「どうする気だよ。……おい⁉」

由季央がうわずった声をあげた。自衛官らもいっせいにどよめいた。

美由紀はフェンスに駆けていき、いきなり跳躍した。途中で鉄格子にしがみつき、さらに伸びあがり、フェンスを乗り越えた。美由紀の身体はビルの外側へと舞った。

だがそれは一瞬のことだった。美由紀は由季央の背に抱きつくように、ぴったりと身を寄せ、片手でハシゴをつかんだ。由季央を落下させまいと全身でガードする。

次の瞬間、美由紀は驚異的な身体の柔らかさを発揮し、片脚を高く振りかざした。フェンスを外側から蹴《け》破る。鉄格子は幅数十センチにわたり外れた。防災救助のための仕様だった。屋上やバルコニーのフェンスは、内側からはけっして壊せないが、外からの力で容易に破れるようになっている。

美由紀と由季央はもつれあいながら屋上に転がりこんだ。制服警官がいっせいに躍りでて、由季央の身柄を確保にかかる。

まだ横たわっている由季央に対し、うつ伏せた姿勢の美由紀が、上半身を起こしながらいった。「約束に背いたりはしません。きょうはずっとあなたと話します。それと……」

「な」由季央がひきつった表情できいた。「なんだよ」

「あなたはチー牛じゃありません」

由季央は茫然《ぼうぜん》とした顔のまま、警察官らに引き立てられた。半ば放心状態のようすで美由紀を見下ろす。救急隊員も加わり、大勢が由季央を屋上から連れだしていった。

美由紀が立ちあがり靴を履いた。階段塔に近づいてくる。待ち受ける自衛官の群れに気づき、美由紀の表情が硬くなった。次いで嵯峨に目をとめた。さばさばした態度に変わりはなかった。

寺井将補が声をかけた。「岬。ちょっと話が……」

「先約があります」美由紀は人混みを掻《か》き分け、階段を下りようとした。

「まて。先約とは、いまの自殺志願者のことか」

「樫田《かしだ》由季央さん。ちゃんと対話すると約束しました」

「こっちは国家の非常事態だ」

美由紀はためらいの反応をしめしたものの、ため息まじりにいった。「仕事が済んだら、杉並和順園《すぎなみわじゅんえん》にいます」

「杉並和順園？」

「児童養護施設です。そこがいまの職場です。戻ったらすぐ連絡します」

それだけいうと美由紀は警察官らに紛れ、さっさと階段を下っていった。

寺井が唖然《あぜん》とした顔で見送った。「反抗的だ」

「申しあげたでしょう」嵯峨は思いのままをささやいた。「飛び下り騒動も国家の非常事態も、彼女にとっては同等なんです」

8

それから二日間、嵯峨は自分の仕事にかかりきりだった。

美由紀はとっくに杉並和順園に戻り、百里基地にも連絡したはずだ。だが寺井将補のほうからは、なにも伝えてこなかった。臨床心理士会にも通達がないらしい。あんなに岬美由紀を急《せ》かしておきながら、緊急事態とやらに忙殺されているのか、その後はなんの音沙汰《おとさた》もない。役人は平気で民間人を振りまわす。その身勝手な態度が信用を失う理由だというのに、当事者はいっこうに自覚しない。美由紀が古巣を嫌う気持ちもわかる、嵯峨はそんなふうに思った。

三日目の午後、嵯峨のもとに連絡が入った。寺井の側近からだった。岬美由紀に会いに行くので、同伴をお願いしたい、そう要請された。

神原千秋二尉を三日三晩問い詰めたが、いっこうに埒《らち》が明かなかった、その可能性が高い。たぶん美由紀のほうはスケジュールを空けて待っていただろうに、元上官のつまらない意地が、またも要らぬ軋轢《あつれき》を生じさせる。

ほとんど現地集合も同然に、嵯峨は寺井将補や幹部自衛官らと再会した。空自の制服や迷彩柄の作業服が、杉並区の住宅街にまるでそぐわない。きょうも近隣のヘリポートまで飛んできたのだろうか。

杉並和順園は住宅街の一角にある。嵯峨も訪ねるのは初めてだった。外見上は敷地が広めの民家と変わらない。古びた門を手で押し開ける。まるで幼稚園の休み時間に似たありさまだった。五歳以下とおぼしき幼児たちが、緑豊かな庭先を駆けまわる。男の子たちは迷彩柄に反応し、銃をかまえる姿勢をとった。作業服らは苦笑したが、寺井将補はむっつりと黙りこくったまま、建物の玄関へと突き進んだ。

二階建ての正面入口、ドアは開放されていた。ＬＤＫに幼児の遊具や玩具《がんぐ》が散乱している。やはり小さな子供たちがそこかしこにいた。

訪問者一行は靴を脱ぎ、フローリングにあがった。四歳ぐらいの女の子が、猫のパペットを片手に嵌《は》め、嵯峨に駆け寄ってきた。あどけない顔で大人たちを見上げ、猫の口を開閉させる。なんの用かとたずねているようだ。

嵯峨は愛想よく応じた。「岬美由紀先生に会いにきたんだけどね。どこにいるかわかる？」

女の子は猫の顔を階段に向けた。二階にいるといいたいらしい。子供たちが動きをとめ、じっと見つめてくる。しかめっ面の寺井が階段を上りだした。

自衛官らとともに、嵯峨は二階に足を踏みいれた。どのドアも開け放たれている。うちひとつ、窓から陽射しが降り注ぐ和室に、美由紀の姿があった。卓袱《ちゃぶ》台のわきに座り、幼児たちに切り絵を教えている。女の子が作品をしめすと、美由紀は笑顔で褒めたたえた。

寺井が戸口に立ち、咳《せき》払いをした。

美由紀の顔があがった。たちまち表情が曇る。まってて、子供たちにそうささやいてから、美由紀は腰を浮かせた。一行を別の部屋へといざなう。

そこは洋間で、質素な書斎だった。本棚には児童心理学や小児発達学の書籍が並んでいた。椅子は机とセットの一脚しかない。美由紀は立ったまま振りかえった。視線がこちらに向けられる。美由紀が怪訝《けげん》そうに問いかけてきた。「嵯峨君はなんで……？」

「同行を求められたんだよ」嵯峨は応じた。「基地にも招かれた。ある女性自衛官が問題を抱えていて、催眠誘導の必要があって」

「そう」美由紀は寺井に目を移した。「三日前、ここに戻ってすぐ、百里基地に連絡を差しあげたんですが」

「われわれも忙しかった」寺井はぞんざいにいったものの、美由紀の冷ややかなまなざしに気づいたらしく、ややトーンを落とし付け加えた。「真の意味での緊急事態だ。基地をなかなか離れられなかった」

「渋谷でお会いしたとき、すぐお話をうかがうべきでしたか」

「いや。私はあの後、早々に基地に戻る必要があった。以来二日間、ずっと働き詰めだ。ようやく会えて嬉《うれ》しい」

嘘とまではいえないが、誇張がすぎると嵯峨は思った。寺井の表情の緊張ぐあいから真意が読みとれる。渋谷の自殺騒ぎの翌日か、その翌日には美由紀に連絡が可能だった。ただ自分がないがしろにされたのが気に食わなかったらしい。しばらく美由紀を待たせたまま、連絡せず放置した。くだらない報復措置だった。むろん美由紀は元上官の底意地の悪さを見透かしている。

寺井がいった。「久しぶりだ。きみの現役時代、私に会ったのは数回ていどだと思うが、おぼえていてくれたか」

「いまはおぼえています。ときどき記憶から消しますけど」

「……それは冗談か？」

嵯峨は割って入った。「寺井さん、お気を悪くなさらずに。嫌なことや辛《つら》いことは、自己催眠により一時的に忘れられるんです」

「ほう。岬にとって自衛隊の記憶は、嫌なことか」

美由紀が淡々と応じた。「素晴らしい職場だと信じて疑わなければ、辞めたりしません」

「私や自衛隊のことを忘れたくなるのは、どんなときだ」

「個人的な恨みはありません。ただ被災地のカウンセリングに派遣されたとき、救難活動に勤《いそ》しむ自衛隊員を見て、複雑な思いに駆られることもあります」

「退官すべきでなかったと、後悔の念にさいなまれるわけか」

「臨床心理士としての業務に支障がでないよう、自己暗示で退官時の嫌な思い出を忘れます」

「そんなことが本当に……」

嵯峨は寺井にいった。「できますよ。自律訓練法のトレーニングを積み、みずからを催眠状態に誘導するんです」

シュテファーニエ法と呼ばれるやり方だった。トランス状態を記憶支配の段階まで深め、自分自身に後催眠暗示をあたえることで、ある特定の記憶が思いだせなくなる。椅子に座って目を閉じ、力を抜いたうえで想起を中断し、真っ白な雪原を思い描くだけでいい。カウンセラー全員ができるわけではないが、嵯峨は会得していた。

もっとも長期にわたり記憶が飛ぶわけではない。自衛隊にいたことをすべて忘れるのは不可能だ。美由紀はおそらく退官したとき、なにか心が傷つくひとことを浴びせられたか、言い争いになったのだろう。その数分間のできごとのみ、意識の表層に浮かびあがるのを抑制できる。

寺井は茶化すような口調でつぶやいた。「それが本当なら、神原千秋二尉の記憶が飛んだ理由も説明がつくな。最も怪しいのは臨床心理士の湯川先生ということになるが」

美由紀がつぶやいた。「神原二尉……？」

嵯峨は首を横に振った。「シュテファーニエ法では、本当に記憶が消えるわけではありません。ど忘れのように、なんとなく思いだせない感覚がつづくだけです。それもせいぜい二、三時間ていどです。やがて自然に想起してしまいます」

寺井が美由紀に向き直った。「そうなのか？」

「はい」美由紀がうなずいた。「二、三時間もあればカウンセリングは終えられますので」

「ふうん」寺井はまだ半信半疑のようすだった。「便利なもんだな。敵に捕まって拷問を受けても、肝心なことを思いだせないものなのか？」

嵯峨はやれやれという気分になった。「そこまでしなくても、催眠で確実に思いださせられます。神原千秋さんの場合、私が催眠誘導しても、なにも想起できなかった。暗示の力ではなく、ほかの理由で記憶がとり戻せずにいるんです」

「あるいはただ嘘をつき、しらばっくれているかだ」

「前に申しあげたように、彼女は催眠を初期段階では受けいれていて……」

「催眠では意思の力を奪えないんだろう？　眠ってしまうわけでもない。なら意識的に質問を突っぱねることも可能だ」

嵯峨は黙りこんだ。プロからすれば、そんな理屈は成り立たない。だがそのように説明したところで、寺井はどうせ聞く耳を持たない。

美由紀がいった。「嵯峨君。神原二尉になにがあったの？」

寺井は鼻を鳴らした。「彼女は防衛大学校で岬の一個上だったな。直接指導を受ける立場でもあった。私が思うに、指導する上級生に問題があると、被指導者たる下級生も規範を見失い……」

「F-70を奪われたのは基地全体の責任です」

作業服がいっせいに凍りついた。寺井も驚愕《きょうがく》のいろとともに絶句した。

「な」寺井は美由紀に詰め寄った。「なぜそれを……」

「目に入る光の刺激が脳まで放散し、頭痛を生じさせます。それでも凝視しつづけると、首や肩の筋肉や神経に負担がかかるんです。痛みを避けるための動作により、光が目に入った方向がわかります。左斜め上を長くご覧になっていました」

「首も肩も動かしてないぞ」

「自覚しないていどの、微妙かつ瞬時の動きです」

「私がレーダーサイトのモニターを見つめていたというのか」

「第7航空団司令のお席からなら、当該のモニターは左斜め前です。でも領空侵犯であればマスコミが騒ぐでしょう。不祥事だから情報を開示しないんです」

「墜落の可能性もあるだろう」

「いえ。墜落機の捜索ならレーダーサイトを気にかける必要はありません」

「F－70というのは……」

「奪われたのが正式に配備されている機体であれば、とても隠し通せません。だからといって退役したF－4なら、そこまで大げさなことにはならないでしょう」

「基地周辺で軍事マニアが一眼レフを構えているんだぞ。不自然な離陸騒ぎがあれば、噂になったはずだろう」

「たぶん黄昏《たそがれ》どきです。マニアは日没とともに引き揚げます。それより遅ければ地域住民が騒音をききつけ、苦情を寄せます」

寺井の目が嵯峨を気にかけた。F－70が奪われた、その事実をきかれてしまった。失態を悔やみつつ、対処を迷っている。そんな心理が読みとれる。

嵯峨はとぼけた。「自己催眠で忘れる努力をしてみます。二、三時間で思いだすでしょうけど」

忌々しげな表情になった寺井が、憤然と美由紀に向き直った。「退官しても守秘義務は継続する。わかるな？　これは現在の最高機密だ。絶対に口外しないでもらいたい」

美由紀は寺井を見つめた。「神原千秋二尉となんの関係があるんですか」

心が読まれるのを嫌うように、寺井が顔をそむけた。「嵯峨先生。この場は……」

しかし美由紀がすかさず制した。「嵯峨君がいたから話をきく気になったんです。追い払うなら協議もこれまでです」

寺井は怒りの感情をしめした。「失礼だろう。なぜそんなにつっかかる」

「二日も時間を無駄にしたからには、わたしの優先順位も、そんなに高くないと思いますが」

「きけ」寺井がため息をついた。「たぶん私は、きみが嫌いなタイプの上官だな。権威と衝突しがちなきみの性格は知ってる。だがそんなきみは幹部自衛官にふさわしくなかった」

「辞めて正解でした」美由紀はつぶやくようにいった。「毎年六十人から九十人の自衛官が自殺してる。異常な状態です」

「平成二十九年度をピークに減少してる」

「二十八年度にも、二十五年度をピークに減少傾向と発表されました。でも翌年は過去最多を更新したんです」

「百里基地の臨床心理士に、きみを採用しなかったことを恨んでるのか」

美由紀は黙りこんだ。わずかに戸惑いのいろが垣間《かいま》見える。図星だったのだろうと嵯峨は思った。

寺井が低い声で美由紀にたずねた。「あらためて採用の要望を提出するか?」

「いえ」美由紀は首を横に振った。「いま基地に勤めている臨床心理士の職を奪う気はありません」

「基地内に勤務しなくていい。神原二尉は寮の部屋で謹慎中だからな。彼女に会って本心を探れないか」

「謹慎中というと……」

「F－70が奪われる前、操縦に必要な全データをコピーし持ち去った。補給と兵装に関する偽の命令も発した」

「たしかなんですか」

「監視カメラ映像は上書きされていた。しかしデータ管理室からのアクセスは彼女のIDだ」

幼児の泣き声がけたたましく響いた。美由紀が小走りに部屋をでていった。寺井がまた苦い顔になった。

嵯峨は廊下にでた。寺井らとともに、隣りの部屋をのぞきこむ。幼女が花瓶をひっくりかえしたようだ。美由紀は幼女をいたわりながら、布巾《ふきん》で畳を拭《ふ》きだした。

寺井の物言いは、さほど高飛車ではなくなった。「岬。事情を知ったからにはわかってくれると思う。われわれはすぐ基地に戻らねばならん。寮に行く時刻を指定してくれれば、管理隊が対応する。とにかく急いでくれるとありがたい」

美由紀は寺井に背を向けたままだった。黙って畳を拭きつづける。

「邪魔したな」寺井が階段を下りていった。ほかの作業服らも後につづいた。

庭で遊ぶ子供たちの声がきこえてくる。物音はそれだけだった。

嵯峨は美由紀の背に声をかけた。「ここが人手不足なのはきいてる。施設長も昼間は留守なんだろ？　外にいる子、ほったらかしにしちゃまずいよな。僕がみてようか」

「助かる」美由紀は振り向きもせずささやいた。「お願い」

ひとりにしてほしい、そんな独白の響きを帯びてきこえる。幼女がきょとんと嵯峨を見つめていた。嵯峨は無言で階段を下りだした。

慰めは必ずしも心を癒《い》やさない。臨床心理士にはわかりきっていることだ。いまは彼女の思いを尊重すべきだろう。心配はしていない。きっと人より早く立ち直れる。

9

岬美由紀はランボルギーニ・ウラカンのステアリングを切り、常磐《じょうばん》自動車道を駆け抜けていった。

右ハンドルで五年落ちの中古だが、デュアルクラッチの七速は、いかにも高級車の乗り心地だった。スポーツカーらしい骨太さを好む美由紀には物足りない。トランスミッションをマニュアルにし、パドルで変速しても、スポーツモードでフル加速はできない。まだ陽があるうえ、ウラカンの後方視界は悪すぎる。覆面パトカーに張りつかれたりはしないが、監視対象になるだけでも迷惑だった。その後ずっと飛ばせなくなる。

助手席の嵯峨には、これでもかなり速く感じられるらしい。嵯峨は身をのけぞらせながらいった。「新幹線みたいだ」

施設長と連絡がついたおかげで、思いのほか早く解放された。美由紀は車線変更し、次々とクルマを追い抜いた。「もうすぐ石岡《いしおか》小美玉の出口。到着予想時刻が早まった」

「戦闘機ほどじゃないだろうけど」嵯峨が笑った。美由紀が黙っているからだろう、嵯峨は気まずそうに、おずおずと告げてきた。「正直ほっとしてるよ」

「なんで？」

「きみが基地からの要請を受けいれたことに。政府筋も困ってるらしいし」

「政府……」

「わかるよ。気に食わないことばかりだってのは。でもしょうがない」

ウラカンは高速を降り、茨城空港アクセス道路を走っていた。周りにひろがるのは大自然の緑だけだった。ほかに通行するクルマはほとんどない。自然に速度が上がる。

いまこの国は酷《ひど》い状況にある。先のことを考えない政治家と、ひと握りの富豪が結託し、利権ばかりを追求している。庶民の自由は制限され、人権も踏みにじられる。殺伐とした世のなかで、自分にできることをするのみ、それが美由紀の日常だった。

　嵯峨がきいた。「なぜ臨床心理士をつづけてる？」

「人と向かいあってるのが好きだから」美由紀はささやいた。「ほかに理由なんてない」

「神原千秋さんとも積極的に向きあう気になったわけだ」

「あの人は特別だし」

　いまなら冷静に過去を振りかえれる。防衛大学校における、上級生による指導とは、ただのいじめだった。肉体的にも精神的にも虐待のかぎりが尽くされた。戦争という理不尽さにあらかじめ慣れておく、そんな大義名分のもと、指導という名の暴力は受け継がれていく。理屈の半分は正しい。いざ有事となれば、狂気に染まらないかぎり任務をこなせない。

　だがそのうえで正常な倫理観は、どうやって維持するのだろう。神原千秋は美由紀にやさしく接してくれた。指導が手ぬるいと指摘されても、下級生に辛《つら》く当たろうとはしなかった。二学年だった彼女は、いつも一学年をかばっていてくれた。

　やがて千秋は三学年から標的にされてしまった。いちどだけ千秋の泣き叫ぶ声をきいたことがある。彼女は精神を崩壊させる寸前だった。

美由紀はなにもできない自分を悔やんだ。下級生ゆえ文句のひとつもいえなかった。千秋は体調不良で休んでいる、そうきかされた。ふたたび防衛大のキャンパスで会ったとき、千秋はげっそりと痩《や》せ細っていた。虚《うつ》ろな微笑に、抗うつ剤の作用だと気づいた。

ふと考えが頭に浮かぶ。美由紀は嵯峨にきいた。「神原二尉は抗うつ剤を服用してた？」

「いや。精神科医の世話にはなっていなかった。薬の処方はされてない」

「むかし処方された薬を保管してて、最近また飲んでたってことは……？」

「僕は彼女を催眠療法した。薬の作用らしき反応は、まったく見てとれなかった。ここ最近の神原さんの精神状態からすると、抗うつ剤にいちど頼りだしたら、常用性から逃れられないはずだ。でも服用してなかったと断言できる」

「そう……」

国道３５９号線に入った。空が広い。辺りに建物がまったくないせいだ。片側二車線、中央分離帯を挟む双方向の道路は、高速道に見まがうほど走りやすい。緑地と田畑以外にはなにも目につかない、そんな一帯だった。基地に近づいたと感じる。嫌な思い出もよみがえってくる。

嵯峨がいった。「僕も考えたよ。神原さんの記憶が飛んだのは、向精神薬のせいじゃないかって。セパゾンやワイパックスみたいに強い薬ならありうる」

「レキソタンやデパスも。だけど向精神薬も常用性を生じがちになる。嵯峨君の催眠誘導時だけ、彼女が薬を抜いてきたとは思えない」

「僕は事前の通知なく基地を訪ねた。彼女が何日も前から警戒することは、まず不可能だった」

雲のなかを小さな機体が上昇していく。F－2戦闘機だとわかった。F－70が奪取されたいま、第3飛行隊は首都圏上空のパトロールを欠かさない。むろん全国各地の航空団すべてが駆りだされているにちがいない。

嵯峨も戦闘機に目をとめたらしい。世間話のような口調で切りだした。「史上初の女性戦闘機パイロット、記録が塗り替えられちゃったね」

「またそうなる可能性がある」

「というと？」

女性自衛官の戦闘機や偵察機への配置制限は、たしかに解除された。けれども二十四時間のスクランブル発進に備えるアラート待機、そのローテーションからは外されがちだ。将来の母胎への影響を考慮、自衛隊は常にそう主張する。

だが事実はちがう。女は常にワンランク下の扱いを受ける。毎朝七時のマスブリーフィングで、一日のフライトが割り振られるが、女性パイロットに声はかからない。ファーストとセカンド、サード。いずれの時間帯にも飛べない。

いつまで経ってもレギュラーメンバーになれない。よって配属の記録についても、解釈に多少の曖昧《あいまい》さを残す。ゆえに今後また、女性初の戦闘機パイロットが誕生する可能性がある。前にもいたはずだと指摘された場合、いくつかの言葉が足されるだけだ。現役、あるいは最新鋭機の、そのあたりだろう。

基地が見えてくる前にステアリングを切り、脇道に入った。女性幹部自衛官の寮はこの先にある。戦闘機パイロットなら基地の近くに住むが、事務職の寮はやや遠方に存在する。

森林のなかを進むと、ふいに視界が開けた。ウラカンを減速させる。ツインクラッチのトランスミッションにより、オートマのようなクリープで徐行する。

鉄筋コンクリート造、五階建てのマンションの前だった。砂利の駐車スペースに停車した。非番の者以外のクルマは出払っている。いまは数台を残すのみだ。

フロントガラス越しに建物を観察する。ほとんどの部屋のカーテンが閉じきっている。事務職の自衛官が戻ってくるのは、おもに日没後になる。この時間は不在の部屋ばかりだが、空き巣が入ったという話はきかない。防犯カメラがそこかしこにあるからだろう。

美由紀はドアを開けた。ほとんど仰向《あおむ》けに寝た状態のシートから、腹筋のみで身体を起こし、車外に降り立った。離陸する飛行機の音を耳にする。ノイズだけでＣ－２輸送機だとわかる。いまだ当時のままの聴覚が恨めしい。

嵯峨もウラカンの低い車体から這《は》いだしてきた。「このクルマ、ドアが上に開くわけじゃないんだな」

ドアを閉じ、ウラカンを離れる。ふたりでエントランスに向かった。オートロックだったが、暗証番号はきいていた。開いた自動ドアのなかに進む。神原千秋二尉の部屋は１０６号室だ。

無人の廊下を歩いていき、１０６号のプレートの前に立った。ドア脇のチャイムを鳴らす。美由紀の訪問について、基地の主要幹部からメールで伝達があったはずだ。室内で待っているにちがいない。

何度かチャイムを鳴らしたものの、なんの返事もなかった。美由紀は妙に思い、ドアノブに手をかけた。意外にもすんなりと回った。施錠されていない。思わず嵯峨と顔を見合わせた。

ただちにドアを開け放った。美由紀はなかに踏みこんだ。すでに異臭が漂っている。靴のまま廊下を駆けていく。行く手の引き戸を横に滑らせた。

美由紀は息を呑《の》み立ち尽くした。嵯峨も驚きの声をあげた。

リビングルームの天井から吊《つる》されているのは、パジャマ姿の神原千秋だった。だらりと垂れ下がった両腕と両脚は揺れもしない。首に巻きついたロープが深々と喉《のど》もとに食いこむ。瞳孔《どうこう》が開ききり、すべての表情筋を弛緩《しかん》させ、肌は生気を失っていた。

10

午後九時を告げる厳かな鐘の音。むかしとなにも変わっていない。

美由紀は百里基地の司令棟の廊下で、待合用の椅子に腰かけていた。前のめりにうつむき、傷だらけの床材を眺める。

防衛大学校でこんな床を磨くのも、一学年の日課だった。上級生が絶えず見張り、難癖をつけては蹴《け》り飛ばしてきた。千秋だけは例外だった。見張りの上級生に交替を持ちかけ、美由紀とともに雑巾《ぞうきん》掛けをしてくれた。

自室は四人の相部屋だった。留守中に四学年のチェックが入る。わずかでも不備があると、ベッドも机もひっくりかえされた。美由紀の引き出しの中身も、窓の外にぶちまけてあった。雨のなか、泥まみれになった私物を拾ううち、涙が滲《にじ》んできた。そんなとき、千秋は黙って傘を差しかけた。

なぜ親切にしてくれるんですか。美由紀は千秋にそうたずねたことがあった。千秋は寂しげに微笑した。岬学生が二学年になったとき、同じようにしてほしいから。彼女はそうささやいた。

神原千秋二等空尉の死亡が確認された。警察による現場検証は、日没後もつづいている。嵯峨は事情説明のため現場に残った。基地の幹部自衛官も何人か赴いた。美由紀は入れ替わりに基地に呼ばれた。

遺書は見つかっていないものの、自殺にちがいない、現場の警察官はそう話した。事実だろうと美由紀は思った。首のひっかき傷、いわゆる吉川《よしかわ》線が見あたらなかった。彼女が蹴ったとおぼしき椅子が床に転がっていた。

忌まわしいことに、死体の表情も真実を告げる。臨床心理士になってからそう知った。頬が隆起し、口角が下がっていれば、意に反し命を奪われた、そんな可能性を示唆する。千秋はちがった。悲嘆のいろしか遺《のこ》されていない。みずからの意志で人生に終止符を打った。そこに疑問の余地はなかった。

靴音が響いた。寺井将補が歩いてくる。同行する一等空佐は面識がない。おそらく副司令か飛行群司令だろう。

美由紀はとっさに立ちあがった。気をつけの姿勢をとってしまった、そんな自分に戸惑う。寺井が足をとめた。やはり美由紀の条件反射に、当惑ぎみの反応をしめしている。

休めの合図を待つ必要はなかった。美由紀は力を抜き、ただその場にたたずんだ。

寺井が視線を落とし、低くささやいた。「ついさっき警察から連絡があった。検視の結果、自殺と断定されたそうだ」

「死んで何日かききましたか」

「いや」

防衛大学校で死後変化について教わる。美由紀が死体を見たのも、これが初めてではない。二日か三日は過ぎていた。

渋谷の飛び下り自殺騒動の後、すぐに寺井将補からの連絡があれば、千秋に会いに行くのも早まった。助けられた可能性はある。そんなふうに寺井を責めるのは無駄な行為だ。寺井にしてみれば、美由紀が渋谷で聞く耳を持つべきだった、そう不満を募らせるだけだろう。自殺志願者の樫田由季央は危険な状況にあった。あの日カウンセリングを実施しなければ、また自分の命を絶つ衝動に抗《あらが》えない、そこまで追い詰められていた。そのように伝えたところで、第7航空団司令兼百里基地司令の寺井が、理解をしめすはずもない。

美由紀はきいた。「これからどうするんですか」

「なにも」寺井の顔があがった。なんの感情もない無表情がそこにあった。「気の毒だが、彼女が機密漏洩《ろうえい》に関わっていたと白状したようなものだ」

「真実はわかりません」

「わからないというより、もう問題ではなくなった。神原二尉を追及するすべは失われた。ただひとつ揺るがない事実がある。F－70が周辺国いずれかの手に渡ったことだ」

「国家が敵とはかぎりません」

「岬。テロリストにこんな大それた真似が可能か？　幹部自衛官を引きこみ、最新鋭戦闘機を奪ったんだぞ。高度な操縦訓練を受けた者のしわざにちがいない」

「三人いたそうですが、怪しむべきは誰ですか」

「基地内の犯人捜しはもう必要とされていない。政治的駆け引きも、閣僚や外務省の仕事だ。われわれはF-70による万が一の攻撃に備え、ハイレベルの警戒態勢を敷く」

寺井はそれだけいうと歩きだした。一佐とともに立ち去ろうとする。

憤りに身体が震える。美由紀は寺井の背にいった。「犯行の全容を解明しないまま放置するんですか。そこから黒幕の正体が浮かびあがるかもしれないのに」

「警察に捜査は依頼できん。自衛隊の任務は国防だ。侵略に対し、わが国を防衛する義務を有する」

「直接侵略および間接侵略に対する防衛です。敵勢力は神原二尉を操ったか、もしくは濡《ぬ》れ衣《ぎぬ》を着せたことにより、わたしたちに不和を植えつけました。すでに間接侵略ではないのですか」

寺井が足をとめ振りかえった。「きみは防衛技士ではない。基地に勤務する臨床心理士とはちがう。助言は的外れだ」

「ではなんのためにわたしをここに呼んだのですか」

「神原二尉の自殺現場に置いておけば、警察になにを喋《しゃべ》るかわからん。信頼の証《あかし》ではなく、むしろ不審ゆえだと解釈しろ」寺井はいったん口を固く結んだのち、つぶやくようにいった。「恨んでくれてもかまわん。私は任務を果たすのみだ」

「わたしも臨床心理士として職務を果たします。自殺の背景になにがあったのかを探ります」

「それが臨床心理士の仕事か？　生きている人間の心のケアが専門と思っていたが」

「神原二尉のご両親は辛《つら》い思いを抱えているでしょう。心のケアが必要かどうか、会って判断します」

「すみやかに基地を立ち去れ」寺井はふたたび歩きだした。「もうひとついっておく。神原二尉と呼ぶのは正しくない。私も今後あらためるものとする。元二尉だ」

一佐のほうは困惑のいろを浮かべたものの、寺井の後につづいた。ふたりの背が廊下を遠ざかっていく。

悲嘆に暮れている場合ではない。美由紀は出口に向かいだした。ここにはみずから別れを告げた。居場所がないのも当然だった。弱音など吐けない。千秋の心が真実を求めている。

11

美由紀は基地勤務の臨床心理士、湯川に面会の申しいれをした。湯川からは、今夜のうちに会えると返事がきた。千秋の死にショックを受け寝つけそうにない、むしろ話がしたいと返信のメールにあった。

湯川の住む借家は小美玉市下吉影《しもよしかげ》、百里基地から二キロ弱の距離だった。障碍《しょうがい》者用通勤バスが、基地と敷地を同じくする茨城空港とを往来している。それゆえ下吉影を選んだのだろう。

いちど石岡市東石岡の警察署に移動した美由紀は、またウラカンを飛ばし、百里基地近くの下吉影に舞い戻った。

石岡署に行ったのは、むろんその後の状況を知るためだった。最寄りの病院に千秋の遺体が運ばれている。両親は遺体と対面したのち、署内に戻っていた。美由紀は憔《しょう》悴《すい》しきったふたりの姿を見たものの、声をかけることはできなかった。面識がないうえ、なにを話せばいいのか、まったく見当もつかない。

千秋の両親がいる部屋の、ドアの前までは行った。千秋の母親が女性警察官にぼそぼそと告げていた。娘は防衛大学校でいじめられても、そのことを明かさなかったんです。もともと向いていなかったのかもしれません、母親は泣きながらそうこぼした。

父親も過去に言及した。千秋が中学生のころ、父親は事業に失敗してしまい、巨額の負債を抱えた。高校にはなんとか通わせたものの、大学は無理だった。勉強ができた千秋は、授業料が免除になるうえ、月給もでる防衛大学校を志望した。在学中は両親に仕送りを欠かさなかったという。

半開きのドアから室内が見えた。六十近い夫婦が涙をぬぐっている。その姿だけでも辛い。顔を観察するや、嘘をついていないとわかった。美由紀はその場を立ち去った。

署をでたとき、迷彩柄の作業服をひとり見かけた。二十代半ばの男性で眼鏡をかけていた。声をかけると基地勤務の三等空曹だとわかった。千秋と知り合いだったため、両親にせめてお悔やみを伝えたいと願い、署を訪ねたらしい。美由紀と同じく、彼も千秋の両親に話しかけられないまま外にでた。あまりに気の毒で言葉が見つかりませんでした、三曹はそうささやいた。

深夜零時すぎ、小美玉市は真っ暗だった。ウラカンのヘッドライトの照射範囲のみが浮かびあがる。雑木林と自然公園、田畑ばかりの一帯では、街路灯すら目にしない。倉庫やスクラップ工場も点在するが、それらも闇のなかに溶けこんでいる。下吉影は集落と呼べる地域ではあるものの、ブロック塀と老朽化した家屋がめだつていどだ。いたるところに空き地もある。商業施設は一軒もないが、寺なら見かける。

湯川の借家も古びた平屋建てだった。そこだけ窓明かりが点《つ》いている。ウラカンの

V10エンジンの轟《とどろ》きは近所迷惑にちがいない。美由紀は駐車するやエンジンを切り降車した。玄関に向かいかけたとき、庭のほうから声がした。岬先生。

平屋をまわりこむと、ガレージのシャッターが半分ほど上がっていた。なかにはクルマがなかった。土間を書斎兼居間として使っているらしい。電気スタンドがおぼろに照らすなか、応接用ソファにテーブル、ライティングデスクが並べてある。

車椅子に乗った四十代後半の男性は、ワイシャツにスラックス、サンダル姿だった。年齢相応の皺《しわ》を顔に刻んでいる。

男性は車輪を回し、車椅子を前進させてきた。「初めまして。湯川です」

「岬です。夜分遅くすみません」

「こちらへどうぞ。いちいち靴を脱いで家にあがるのは大変でね。ここは半分外、半分は家のなかみたいな空間なんです」

美由紀は土間に立ち入った。湯川がソファを指ししめし、座るよう勧めてくる。美由紀はおじぎをし、浅く腰かけた。立ったままでは、車椅子の湯川を見下ろすばかりになる。どうも落ち着かない。

ようやく目が同じ高さになった。美由紀はきいた。「先生は何度か、神原千秋さんのカウンセリングを担当なさいましたよね」

「ええ」湯川が車椅子の向きを変え、美由紀をまっすぐ見つめてきた。そのまなざしに哀感が漂う。「ここ三日ほどは会わせてもらえませんでした。基地への出勤すら断られたんです。なにがあったんでしょう」

部外者に話すなと釘《くぎ》を刺されたばかりだ。しかし美由紀は機密を口にした。「F-70が盗まれたんです」

「F……?」

「最新鋭の戦闘機です。国内では百里基地に一機、米軍の普天間基地に一機あったのみです。千秋さんは強奪に関わった疑いを持たれました」

「なんですって」湯川が目を丸くした。「彼女が？　ありえませんよ」

「なぜそう思われるんですか」

「私はカウンセリング中に、彼女に質問をしたんです」湯川は車椅子を移動させ、ライティングデスクに近づいた。引き出しをまさぐり、一枚の紙をとりだすと、それを手にまた戻ってきた。「これを見てください」

臨床心理士がよく用いる、相談者に関する記録表だった。八角形のいびつさから、千秋の不安定な精神状態が読みとれる。いくつか質問した結果、マイナス思考でネガティブな面があるとされている。美由紀はいった。「バルテレミー値は二十二ですね」

「そうです。ご存じのとおり、精神疾患と責任能力低下の因果関係をしめすのがバルテレミー値です。四十一以上なら、なんらかの反社会的行為に手を染めることもありえます。しかし二十二ですよ。規範的人物にちがいありません」

美由紀は湯川を見つめた。「この数値は事実でしょうか」

湯川の頬筋が引きつった。「どういう意味ですか」

「数値を正しく算出しましたか？　彼女をかばおうとして、都合の悪い答えについては無視したんじゃないですか」

瞼《まぶた》のわずかな痙攣《けいれん》を美由紀は見逃さなかった。隠しごとがあると認めたようなものだった。

だが湯川は頑《かたく》なに否定した。「数値にまちがいはありませんよ」

「本当ですか」

「岬先生。初対面でこんなことを申しあげるのは、どうかと思いますが……。いや、私は人生の先輩であるし、やはりきいておかねばと思います。あなたは猜疑《さいぎ》心が強すぎませんか」

美由紀は視線を落とした。「よくいわれます」

「臨床心理士にしては、ずいぶん自己肯定感が低いようにも見受けられます。疑い深いのはそのせいかと」

「わたしの自己肯定感の低さについて、湯川先生はどう分析しますか」

「カウンセラーがカウンセラーを分析するなんて」湯川は苦笑すると、車椅子の方向を変えた。キャビネットに近づきながらささやいた。「紅茶でもいれましょう」

「クランベリーのフルーツティーですか」

　車椅子のきしむ音が途絶えた。湯川が静止した。

　美由紀はうつむいたまま静かにいった。「石岡署で三曹と会いました。先生と千秋さんのカウンセリングに立ち会ったとか」

「ああ。彼ですか」

「アルミ缶のなかにはティーバッグがいくつか入ってた。彼はそれをカップのお湯に浸し、カウンセリングルームに運んだ。千秋さんは口をつけたけど、先生は飲まなかったとか」

「偶然ですよ。臨床心理士はリラックスしているように見えても、脳内は観察や分析で忙しい。的確なタイミングで話しかける必要もある。紅茶に手を伸ばす余裕は、毎回なかなか得られない。きみならわかってくれると思うが」

「ティーバッグに向精神薬が混ぜてあったら？」美由紀は冷静な声を響かせた。「千秋さんは一時間ほどにわたり、朦朧《もうろう》とした意識状態に置かれる。知覚が極端に鈍化するため、そのあいだの記憶は残らない。催眠誘導でも想起できない」

「岬先生。なにをおっしゃりたいんですか。神原二尉が正気を失ったとでも？　そのせいで、なにかよからぬ行動に走ったとか？」

「いいえ。向精神薬が効き、自分の事務室でぐったりしていたでしょう。その隙に誰かが彼女のＩＤカードを持ちだし、データ管理室に向かったんです」

「なにがあったかよく知らないが、寺井さんが彼女を取り調べた際の録音はきいた。彼女は事務室で教本を読んでいたと証言した」

「ポリグラフで嘘だと証明されました。嵯峨君も彼女の虚言と判断した」

湯川が目を怒らせた。「きみは彼女を嘘つき呼ばわりする気か」

「自衛官は常に即答を求められます。それも具体的な回答でなくてはなりません。彼女はただ、自分がなにをしていたか思いだせないことに焦り、あわてて嘘をついてしまった。向精神薬を服用した自覚がないため、その後は常用することもなく、ただ混乱だけが残った」

「きみ……。私が紅茶に向精神薬を混ぜたといったね。つまり私が何者かの共犯だというのか？」

「実行犯ですよ」美由紀は手もとの紙をしめした。「わたしがバルテレミー値に疑いを持つと予想してましたね。そのように仕向けたんでしょう。千秋さんをかばっているのではと、あなたに問いかけたとき、瞼が痙攣した。隠しごとをしている反応です」

「相談者をかばいたくなるのは当然だ。彼女は無実だよ」

「茶番はやめてもらえますか。あなたの隠しごととは、千秋さんをかばった事実ではありません。そんな事実はそもそもなかった。あなた自身がデータの窃盗犯なんです」

「なにをいいだすんだ」

「瞼の痙攣は抑えられなくても、わたしに別の解釈をさせようとした。千秋さんをかばう湯川先生は善人だ、そう信じこませるのが目的だった。巧みですよね。わたしが表情を読むと承知してたからでしょう」

「岬先生。あなたは気の毒な人だ。臨床心理士として名高い友里《ゆうり》佐知子《さちこ》に師事し、心理療法の道に進んだ。ところがじつは友里こそ稀代《きたい》の凶悪犯と判明した。自衛隊に裏切られたと思い、転職をきめたにもかかわらず、さらなる裏切りに遭った。あなたの自己肯定感の低さはそこからきている」

「詳しいですね、先生」美由紀は立ちあがった。「この距離からの蹴《け》り、難なく躱《かわ》せますよね」

「おい」湯川が目を剝《む》き、美由紀を見上げてきた。「足の不自由な人間に暴力を振るう気か」

「サンダルの底、磨《す》り減りすぎです。それも独特の摩耗がみられる。音を立てない歩き方を心得てる。重心の移し方も。武道を極めてますよね」

「妄想もここまで来ると立派だ。私が本当は歩けるっていうのか。基地の採用には身体検査がある。障礙《しょうがい》を偽れると思うか」

「防衛技官としての採用試験はまず口述試験。人柄と知識を個別面接でたしかめる。身体検査は胸部X線撮影と一般内科系検査のみ。外科の検査はない。脚については調べられない」

「きみは友里佐知子と同じ、演技性人格障害や反社会性人格障害の気《け》があるな。虚言も辞さず、他者をねじ伏せ圧倒したがる。一方で自身の異常性にはまるで無頓着《むとんちゃく》だ」

「それ、先生の自己分析じゃなくて？　千秋さんを罠《わな》に嵌《は》め、自殺にまで追いこんでおきながら、まだしらばっくれていられる。じっとしたまま回し蹴りを食らっても平気でいられますか」

「そんなことをして、後悔するのはきみだぞ。私がなぜ足の不自由なふりをしなきゃならない？」

「臨床心理士会の記録によれば、先生が自動車事故で足を怪我したのは一年前。百里基地に採用されたのが十か月前。でも人はわざわざ問いかけない。ずっと前から足が不自由だったように受けとる」

「私は防衛大学校でもカウンセリングを担当した！」

「防衛大に勤めていたころは、車椅子に乗ってなかったんですよね？」

「だったらなんだ」

「まず健常者として採用され、次はその経歴を担保にしつつ、歩けないがゆえ信用を得るやり方で、基地内勤務になった。湯川先生。本名はなんというのか知らないですけど、工作員ですよね」

　湯川はなにかをいいかけたが、抗弁を断念するかのようにため息をついた。五十前の男の表情が、少しばかり和んだ。「岬先生。ひとつ腹を割って話そうじゃないか。さっきからきみの披露する妄想について、心理学的見地からいえば……」

　ふいに湯川の身体は車椅子から消えた。垂直方向に跳ねあがると同時に、湯川は空中で車椅子の背を蹴った。車椅子が美由紀に向かってきた。そちらに気をとられた隙を突き、上方から襲いかかってくる、そんな戦法だった。

だが美由紀はその動きを予期していた。軽く跳躍し、車椅子の上で左足を踏みきると、空中にいた湯川の顔面に右脚で旋風脚を放った。身体を捻《ひね》りながら上段回し蹴りを浴びせる。頭部をなぎ払うように、力いっぱい蹴り倒す。翻ったロングスカートのせいで湯川の姿は見えなくなったが、踵《かかと》にしたたかな衝撃をおぼえた。湯川はもんどりうって壁に叩《たた》きつけられた。

すかさず跳ね起きた湯川が、油断なく身構える。睨《にら》みつけてくる目つきは、老眼ぎみを装った温厚なまなざしから、猛獣のごとく一変している。

やっと本性を現したか。美由紀は右腕を前に構えた。右利きの美由紀には本来向かない、サウスポーのスタイルだった。右腕は防御に用い、引いた左の拳《こぶし》を浴びせるための構え、通常そう解釈される。

だがそれは偽装だった。湯川が叫びながら突進してくる。美由紀は防御のはずの右腕を瞬時に繰りだし、湯川の腹部を殴打した。鍛えた腹筋だったが、美由紀の拳は深々と抉《えぐ》った。湯川が呻《うめ》き声を発し、一瞬動きをとめる。美由紀はすかさず合気道の入《い》り身で手刀を浴びせた。体勢を崩した湯川に連続蹴りを縦横に見舞う。最後に膝蹴《ひざげ》りで湯川の顎《あご》を突きあげた。湯川は仰向《あおむ》けに宙に浮き、背中からテーブルに落下した。テーブルは潰《つぶ》れた。散乱する破片とともに、湯川が土間に転がった。

湯川が倒れたまま顔をあげた。愕然《がくぜん》とした表情が浮かぶ。頬と顎が変色し、口の端から血が滴り落ちていた。腕力が劣るはずの女に叩きのめされた、その事実がいまだ信じられずにいるようだ。

たしかに筋力では及ばなくとも、しなやかな動きを利用することで、鞭《むち》のような打撃の強さを生む。男ばかりの自衛隊で鍛えた成果だった。敵の弱点も見切っていた。格闘のみの訓練を積んだ者は、ＫＶＡ動体視力の深度に限界がある。せいぜい奥行き数メートルまでしか捕捉《ほそく》できない。イーグルドライバーだった美由紀には、ＫＶＡ動体視力に無限の深度が備わっている。

湯川は身体の痛みを堪《こら》えるように、ふらつきながら立ちあがった。だが美由紀に向かってはこなかった。身を翻すや奥のドアに飛びこんだ。美由紀は慎重にドアへと歩み寄った。

ふいにクルマのエンジン音がきこえた。木造の壁を震動させつつ、向こう側から響いてくる。美由紀はとっさに身を引いた。壁の全面を突き破り、大きく張りだしたボンネットが迫ってきた。

無数の木片が飛散する。ＳＵＶが家具を蹴散らしながら、ガレージ内を突進してくる。美由紀は土間に転がり、間一髪躱しえた。頭のすぐ近くを巨大なタイヤがかすめていった。

ジープのラングラー、オフロード走行に優れた車体だった。運転席側のサイドウィンドウから、湯川の鋭い目が見下ろした。しかしそれも一瞬にすぎず、ラングラーは半開きのシャッターを破壊し、庭の暗がりへと飛びだしていった。

乱れ放題のガレージ内には濃霧のごとく、埃《ほこり》と排気ガスが混ざりあい立ちこめる。美由紀は息をとめたまま跳ね起きた。へたに呼吸したのでは咳《せ》きこむ。ただちにガレージの外に駆けだした。

ラングラーの赤いテールランプが、道なき道を疾駆していく。田畑を難なく越え、ブロック塀を突き崩し、林の雑木を薙《な》ぎ倒す。黒々としたシルエットが遠ざかる。

逃がすわけにいかない。美由紀は平屋建ての前に駆け戻るや、ウラカンのドアを開けた。シートに乗りこむとブレーキペダルを踏み、指先でセンターコンソールの赤いフラップを跳ね上げる。ボタンを押した瞬間、爆音が轟《とどろ》いた。車体の震えにエンジンの始動を感じる。美由紀はアクセルを踏みこみ、闇のなかに急発進させた。

マニュアルに切り替え、パドルで変速しながら狭い路地を駆け抜ける。前方でラングラーが斜めから路上に飛びこんできた。道を挟んだ反対方向の荒れ地へと逃走していく。美由紀はナビ画面を一瞥《いちべつ》した。ラングラーの行き先を予測し、路地の分岐を次々と選ぶ。

　このままでは見失う。なんらかの手段を講じなくてはならない。

　鋭角状のカーブに入った。ウラカンの横滑り防止装置は、あえて緩めに設定されている。サスペンションのきしみと車高の低さにより、タイヤの滑りぐあいがじかに伝わってくる。おかげでドリフトが容易だった。テールを流しオーバーステアにしつつアクセルを踏みこむ。リアタイヤの焦げるにおいが車内にまで漂う。ほとんど減速せず、厳しいコーナリングをクリアした。ふたたびラングラーのテールランプをまのあたりにする。

　ラングラーの斜め後ろに急接近した。美由紀はサイドウィンドウを下ろすと、走行状態のまま半身を乗りだした。車高の低いウラカンから見れば、ラングラーのウィンドウはかなり上にある。美由紀は自分のスマホをラングラーに投げつけた。車体後方のサイドウィンドウが割れた。スマホはラングラーの後部座席に転がったとわかる。

　湯川がラングラーの進路を変えた。畑のビニールハウスを引き裂き、造成地の急斜面を上っていった。電柱に衝突したものの、かまわず走行しつづける。倒れた電柱が火花を散らしながら電線を引っぱり、さらに数本の電柱を巻き添えにする。道がふさがれた。美由紀はステアリングを切り、いったん別の路地に入った。

スマホの位置情報はオンになっている。ナビ画面のマップ上をドット表示が移動する。ラングラーの居場所だった。民家の敷地を突っ切るラングラーに対し、美由紀のウラカンは大きく路地をまわりこむ。ラングラーが道路に復帰するポイントを狙い猛進する。

またラングラーを前方にとらえた。とたんに眩《まばゆ》い光が目に飛びこんできた。ヘッドライトだった。ラングラーは後ろ向きに走っている。窓から身を乗りだした湯川の片手に、サブマシンガンが握られていた。

銃火が閃《ひらめ》く。フルオート射撃を浴びる寸前、美由紀は急ブレーキで距離を置き、ハンドルを左右に振り蛇行した。車体への着弾を躱《かわ》しながら走る。ラングラーも減速し、ウラカンを射程内に置こうとしてくる。美由紀はステアリングを大きく切った。道端にひろがる畑の荒れ地にウラカンを突っこませた。

タイヤが嵌《は》まりそうになるリスクは承知のうえだった。ステアリングをめいっぱい切り、あえてタイミングを遅らせアクセルを踏む、荒っぽい運転方法で走行不能に陥るのを免れる。ウラカンはほとんど減速なしに畑を駆け抜けていった。湯川はウラカンが身動きとれなくなると信じて疑わなかったらしい。バックで走るラングラーはろくに速度もあがらず、無防備な状態を路上に晒《さら》していた。ウラカンはラングラーを追い抜き、道路に復帰した。

美由紀は故意にブレーキを強く踏みこんだ。湯川が衝突を避けるため、ステアリングを切ったとわかる。だが後ろ向きに走行しているせいで、舵《かじ》のとり方に迷いが生じたようだ。ラングラーはタコ踊りを始めた。左右への蛇行の振り幅がどんどん大きくなっていく。コントロールを失いつつある。やがてラングラーは道端の金網フェンスを突き破り、工場の敷地内に突っこんでいった。

ナビを一瞥した。小規模な干し芋工場の敷地内でドットが静止している。美由紀はブレーキを踏むや、ステアリングを大きく切った。ミッドシップは重心が車体の真んなかにあるため、独楽《こま》のように回転しがちになる。それを利用し、わざとウラカンをスピンさせ、路上で一八〇度急転回した。ただちにアクセルを踏みこみ、来た道を戻る。

ラングラーが消えた工場の敷地に飛びこんだ。

トタン板を継ぎ接《は》ぎした母屋が見える。その外壁が大きく凹《へこ》んでいた。ラングラーが衝突し停車している。運転席のドアが開ききっていた。美由紀は瞬時に車内が無人なのを見てとった。ウラカンを減速させ、私有地内を前進しながら、辺りのようすをうかがう。

前方の暗がりに人影があった。湯川が立っている。腰を深く落とし、肩に掲げた円筒の先端をこちらに向けた。ロケットランチャーだとわかる。美由紀は減速せず、ヘッドライトのハイビームを湯川に浴びせた。

点火具合からロケットランチャーがパンツァーファウスト3だと気づいた。陸上自衛隊の装備だけに、防衛大学校の実習で撃ったことがある。ハイビームの照射は暗視照準具を狂わすためだった。ロケット弾が発射されても、空中でブースターに点火するまで一瞬の間がある。その隙を突き、美由紀は一気にステアリングを切り、唐突に進路を変えた。

飛んできたロケット弾は車体をかすめ、ウラカンの後方で地面に着弾した。落雷に似た閃光《せんこう》が、辺りを白昼のような明るさに染める。美由紀は視線をバックミラーから外し、爆心の光源を直視しまいとした。次いで轟音《ごうおん》が辺りを揺るがす。舞い上がった大小の土塊が、フロントとサイドのガラスに降り注いだ。

美由紀はブレーキを踏み、ウラカンを急停車させた。ただちにドアを開け、車外に転がりでる。辺りに火薬のにおいが立ちこめていた。

湯川がロケットランチャーを放りだし、代わりにサブマシンガンを拾いあげた。さっききいた銃声から察するに、ウージーにちがいない。美由紀は湯川めがけジグザグに駆けていった。フルオート掃射の銃撃音が響き渡る。

被弾はないと確信していた。爆発の閃光をまのあたりにした湯川の目には、多少なりとも光過敏性発作が生じる。視界が絶えず揺れ、狙いは微妙に定まらない。ウージーの最も長い五十発のマガジンでも、フルオートなら五秒で撃ち尽くす。あと三秒、二秒、一秒。

銃火が途絶えた。美由紀は跳躍し、飛び膝蹴《ひざげ》りを湯川の胸部に浴びせた。湯川は横方向に回転しながら倒れ、地面に突っ伏した。ウージーはマガジンの交換前に放りだされた。

湯川の背を見下ろす。腰のベルトにオートマチック拳銃《けんじゅう》を挟んでいた。うつ伏せの姿勢のまま、湯川は手を背後にまわし、グリップをつかもうとしている。美由紀は湯川の腕を強く踏みつけた。湯川が激痛に絶叫を発した。

すかさず美由紀は拳銃を奪った。手もとを眺めずとも、握った感触でＨ＆ＫのＳＦＰ９と認識できた。また自衛隊の装備品だった。湯川が防衛技士の立場を利用し、武器庫から盗んだにちがいない。

美由紀は湯川の襟首をつかみ、力ずくで引き立てた。「どこの工作員？」

「なにも喋《しゃべ》らん」

「質問をきくだけでいい。顔を見せてよ。答えなくても表情でわかる」

湯川の顔面は泥だらけだった。うつろなまなざしは脳震盪《しんとう》のせいばかりではない。心を読まれまいと、あえて虚空を見つめているのだろう。

この男が千秋を死に追いやった。そう思ったとたん殺意が燃えあがってくる。美由紀の手には拳銃があった。銃口は湯川の顎《あご》の下に突きつけている。湯川の頰筋《きょうきん》が痙攣《けいれん》の反応をしめした。もしや撃つ気ではと、一瞬の恐怖にとらわれたのがわかる。

だがトリガーは引けなかった。生命は奪えない。ただの殺人者になってどうする。

美由紀は湯川に問いかけた。「F－70のデータをコピーして、誰に渡した？」

機体を操縦したのが湯川のはずがない。パイロットならもっと動体視力が優れている。基地内での情報の奪取については、湯川が実行犯だった。その後を引き継いだのは別の人間だ。

湯川の目つきが変化しかけた。しかし美由紀は注視できなかった。湯川のこめかみに赤い光点を見てとったからだ。レーザーポイントによる照準にちがいない。

とっさに湯川をかばおうとしたが、それより早く、狙撃《そげき》の弾が湯川の頭部を貫いた。

次の瞬間、湯川の肉体は破裂するも同然に消し飛んだ。美由紀は寸前に異変を感じ、後方に飛び退いていた。

地面には湯川の着衣だけが残っている。青白い煙が立ち上る。酸っぱいにおいが鼻をついた。

四エチル鉛弾。どの国の軍隊でも実用化していない。国連が研究開発を禁じたからだ。こんな物を使いこなす勢力はひとつしかない。

美由紀は駆けだした。通常ならレーザー照準が浴びせられた角度から、敵の位置を割りだす。いまはその考えを除外した。狙撃手の逃走経路について、思いつくかぎりのあらゆる可能性を捨て去る。それらはすべて目くらましだ。心理学を駆使するあの輩《やから》どもは、常識では考えられない行動で、まんまと裏をかく。そこにあいつらのテリトリーがある。

狙撃手が天才だろうと愚鈍だろうと、絶対に留《とど》まるはずのない場所、工場の敷地の最深部に拳銃を向ける。暗くて見通せないが、袋小路なのはあきらかだった。美由紀はトリガーを引き絞った。闇のなかに数発発砲する。反動をてのひらに感じ、薬莢《やっきょう》が宙に舞った。銃火の閃《ひらめ》きには、人影ひとつ浮かびあがらない。

それでも美由紀はささやいた。「でて」

無人にしか思えない暗がりから、降って湧いたように、小柄で瘦《や》せた老人が歩みでてきた。白髪頭に中折れ帽をかぶり、黒っぽいスーツを着ている。身だしなみだけなら老紳士と呼ぶにふさわしい。ただし手には見慣れない銃を下げていた。44オートマグに似ている。

老人の人種はさだかではなかった。コーカソイドやオーストラロイド、モンゴロイド。あらゆる人種の中間的な顔立ちをしている。隆起した鼻に細い目、髭《ひげ》はなかった。恐怖の感情は見てとれないが、そもそもこいつらの心は読めない。特殊な自己暗示で表情筋の変化を抑制しているからだ。

美由紀は拳銃を老人に向けつづけた。無言のうちにどうすべきかを悟らせる。老人は自前の銃を懐におさめた。投げ捨てないのは、非正規品の銃を警察に回収されるわけにいかない、そんな事情ゆえだろう。両手を挙げたりはしない。老人は撃たれることを恐れてはいない。

なおも美由紀は拳銃を握る手を下ろさなかった。なにを要求しているかはわかるはずだ。

老人は小さくため息をつき、上着のポケットからスマホをとりだすと、美由紀に投げてよこした。美由紀は片手で受けとった。

思ったとおり美由紀のスマホだった。やはり老人は一部始終を把握している。放置されたラングラーから、スマホを回収しないわけがなかった。

　すると老人は美由紀の思考を察したようにいった。「そうです。メフィスト・コンサルティングとしては、岬美由紀様のスマホにはおおいに興味があります」

　落ち着いた声の響きだった。美由紀も静かに応じた。「データはなにも入ってない。ふだんから記録しない主義だし」

　ああ、と老人は平然とした表情でささやいた。「それは用心深い」

「名前は？」

「ここは干し芋工場のようです。ドライド・ポテトにちなんで、ドライと呼んでください」ドライを名乗る老人が、美由紀の手もとを眺めた。「撃つとは思っていませんが、お好きにどうぞ。職務に殉ずる運命なのがメフィストですから」

　ブラフではない。人類の歴史のバランスをとると豪語する、奇妙極まりない多国籍秘密結社。所属する者たちはみな、世を超越した崇高な為事《しごと》を果たす役割だと、心の底から固く信じている。死など恐れはしない。

　美由紀は拳銃を下ろした。醒《さ》めた気分で問いかける。「まだ人々を操ってる気でいるの」

「まだ？」ドライが初めて感情をのぞかせた。わざと面食らったような顔をしたにちがいない。「岬様。誰がコロナ禍を鎮めるワクチンを開発させたと思いますか？　福島第一原発の汚染被害が限定地域に留まっている理由は？」

「あなたたちの理屈だと、新型コロナウイルスの発生も、メフィストの意図したことでしょ」

「いかにも。世界戦争が起きなくなった現代、人口増加問題は深刻です。歯止めをかけるすべを模索しなくては」

「被害者遺族の前でもそんなたわごとを吐ける？」

「お怒りですね」ドライはゆっくりと歩きだした。「F-70を奪った勢力をたどるすべが失われた。頭にくるのも当然です」

美由紀はドライに歩調を合わせた。F-70の奪取自体はメフィストのしわざではない。湯川は臨床心理士だったが、友里佐知子やダビデのように、ポーカーフェイスに長《た》けてはいなかった。美由紀はドライにきいた。「どんな勢力か知ってた？」

「もちろんです。メフィストは彼らを支援する方針でしてね。日本人はふだん意識していませんが、ここ日本列島は、アメリカの対共産圏戦略の最前線基地です。過度の軍事大国化は世界平和の均衡を崩します」

「世界平和のために、F-70を盗んだ勢力を応援するの？」

「そのとおりです。勘のよい岬様のことですから、周辺国が盗んだわけでないことは、とっくにお気づきと思います。もしそうだったとしたらメフィストとて見過ごせません。軍事バランスも共産圏に傾きすぎる」

「メフィストが応援するからには、ノン＝クオリアでもないのね」

「あの連中は困りものです。いまだ私たちの事業を世界各地で妨害してくる。攻防はなおも延々と継続中です。詳細をお知りになりたいですか？」

「興味ない」美由紀はいった。「ドライ。今回は見逃してあげるから、これ以上メフィストは手だししないで」

ドライが立ちどまった。意外そうな顔で見つめてくる。やはりわざと表情を作っているのだろう、美由紀はそう思った。

「なんと」ドライが冷静な声でささやいた。「私たちに理解をしめしているのですか」

そんなわけはない。だがメフィストの存在意義はゼロではない、このところそう感じるようになっていた。

相次ぐ大災害や、経済の行き詰まり、政策の失敗。コロナ禍への無力さを露呈するに至り、人類の誰もが知った。どの国の政府も案外、頼りにはならないと。

F－70は国防のレベルをはるかに超える戦闘機だった。現在のF－35と同じ数が配備されれば、ある意味で核保有国より強力な軍事大国になる。侵略の抑止力としては過剰なうえ、なにより政治家が増長する。そうなりがちなのが現代社会だった。一部の利権追求だけのために、アジアの緊張が高まり、戦争に向かいかねない。

そんな悲劇が起きるはずはないと、かつてはみな信じた。いまは状況が異なる。世界を暗雲が包みこむ事態は現実に発生しうる。

ドライはまた美由紀の思考を読んだかのようにうなずいた。「いいでしょう。湯川幸造の口を封じた時点で、メフィストの懸念は消えました。あとは静観を約束しましょう」

「状況はひっくりかえす」

「岬様がどうあがこうとも、F－70は奪回できないどころか、敵勢力が何者かも突きとめられないでしょう」

「ありえないことが起きたら？」

「万が一にも岬様が形勢を逆転したら、それはそれでメフィストにとって、興味深い研究対象となります。そのメリットを感じればこそ、さらなる干渉を控えます」

美由紀はウラカンに向かいだした。「約束は撤回しないで」

「ここの後始末はおまかせください。誰がいたか、警察の科学捜査でも浮かびあがらないようにします。幸いにも、この辺りには街頭防犯カメラもないのでね」

「タイヤ痕《こん》が数キロにわたって路上に残ってる」

「間もなく豪雨がすべてを洗い流します」

「天気予報じゃ雨が降らないって……」美由紀は言葉を切った。ふと思いあたるものがあった。「ああ」

「ノン＝クオリアから盗んだ技術、人工降雨ロケットを上空に放つだけです。ご記憶でしょう？」

「忘れた」

「今後は手だしをしませんが、くれぐれも忠告しておきます。あなたに勝ち目はありませんよ」

「メフィストはいつもそういう」

「どうしてそこまでなさるんですか」

意図せずため息が漏れる。千秋のことを想った。彼女はずっと苦しんできた。深い絶望のなかで死んでいった。なぜそんな人生を送らねばならなかったのだろう。手を差し伸べてあげたかった。

「ドライ」美由紀はウラカンのドアに手をかけた。「消えてよ」

静寂がかえってきた。美由紀は視線をあげた。要望どおりドライの姿はどこにもなかった。

小さく鼻を鳴らした。美由紀はドアを開け、車内に乗りこんだ。

警察署は遠いが、百里基地の付近だけに、爆発音は警戒されるだろう。周辺住民の通報のみならず、基地関係者らが動く可能性はある。パトカーの接近はまだでも、ヘリが飛来するかもしれない。ここには長く留《とど》まれない。

エンジンの始動が車体を揺さぶった。美由紀はウラカンを発進させた。敵が何者かはまだ知らない。だがF－70はとりかえせる。それが唯一の希望だった。千秋はもう戻らない。

12

午前二時、常磐自動車道の上り線は、土砂降りの雨に見舞われた。稲光までも伴っている。予想済みではあったが、ウラカンには最悪のコンディションといえる。美由紀は冷ややかな気分とともに運転した。

東京に戻ると、雨はやんでいた。路面も乾ききっている。カーラジオは、茨城上空で雨雲が異常発達し、ゲリラ豪雨に至ったと説明した。百里基地のレーダーに捉《とら》えられず小型ロケットを放つとは、いつもながらこざかしい。

美由紀は代々木《よよぎ》上原《うえはら》のマンションに帰った。シャワーを浴びると生傷がひりついた。ベッドには入らず、リビングルームのソファに沈みこむ。テレビは地上波でなく、動画配信に切り替えた。検索窓に自殺と入力し、ニュース動画を連続再生する。

神原千秋二尉のことは報じられていなかった。特に防衛省が警察に圧力をかけたわけでもないのだろう。年間六十人から九十人が自殺していて、すべてがニュースになりはしない。F－70の奪取が公表されていない以上、ほかの自衛官の自殺と変わらない。報道機関も毎度のことのように受けとる。千秋の一生は、なんの情報も明かされず、ただひっそりと幕を閉じた。

代わりにニュース動画は、あらゆる世代の、さまざまな自殺について報じていた。過去一年の自殺未遂者は約五十三万人。

日本の自殺者は増えている。深刻な事情を抱える人々が救われないまま、死を選んでしまうケースばかりがめだつ。表向きの統計など氷山の一角にすぎない。飛び下りや電車への飛びこみ、ガス中毒死などが、事故として記録されたりもするからだ。

臨床心理士として自殺志願者と向き合ううち、痛感させられたことがある。誰もが心を閉ざしているようで、じつは対話を求めている。人との絆《きずな》を切望している。当事者がいくら否定しようが、行き着くところは孤独ゆえの辛《つら》さでしかない。そんな日常が、命を絶つほどの苦しみにつながることを、周りは理解できない。

ひとりの人間として尊重されず、命が軽視される。環境に追い詰められた例も多いのだろう。千秋もまさしくそうだった。

ふと疑問が脳裏をかすめる。死者の名誉を回復することに、どれだけの意味があるのか。臨床心理士として癒《い》やしたがっているのは、ひょっとして自分の心ではないのか。

美由紀は頭《かぶり》を振り、消極的な思考を遠ざけようとした。F－70が奪われたいま、より多くの命が危険に晒《さら》されている。行動の停滞など許されない。

カーテンがうっすらと明るくなった。夜が明けてきた、そう感じるまでは意識があった。美由紀はいつしか浅い眠りについた。夢のなかにかつての緊張状態が去来した。

F－15Jの設計はアメリカ仕様のため、コックピットのすべてが大きい。ふたつあるスロットルが同時に握れない。そのせいで何度となくひやりとさせられる。シートのサイズも合わず、いつも腰が浮く。重力加速度が背もたれに逃げず、背骨をじかに締めつける。喘《あえ》ぐほどの苦しみが襲う……。

スマホの着信音に目が覚めた。美由紀はびくっと痙攣《けいれん》した。キャノピーを通じ、空の明るさを見た気がした。ほどなく自分の部屋にいるとわかった。眩《まばゆ》い陽の光がカーテンの隙間から射しこんでいた。

テーブルの上でスマホが振動しながら鳴っている。画面には大塚珠代《おおつかたまよ》とあった。臨床心理士会の事務員だった。朝の早いうちにメールを送った、その事実を思いだした。

美由紀は喉《のど》に絡む声で応答した。「はい」

「岬さん？」高齢の女性の声がたずねた。「まだ寝ていらしたの？」

「いえ……。おはようございます」

「メールでお尋ねの件ですけどね。湯川幸造さんは一年前に事故に遭われたとき、三人の相談者のカウンセリングを担当していました」

「三人の名前はわかりますか」

「ええ。でもなぜ岬さんが……」

臨床心理士どうしであっても、相談者のプライバシーに関する情報は、本来明かせない。美由紀は断片的に事実を伝えた。「わたしも百里基地に呼ばれました。基地勤務の湯川さんから、相談者のその後が気になるから、調べてほしいといわれて」

「どうして湯川さんは、岬さんに頼んだんでしょう。さっき湯川さんに電話したんですが、応答がなくて」

湯川の死はけっして公にならない。メフィストが歴史の闇に葬ってしまった。干し芋工場に突っこんだラングラーも、湯川とは無関係と見なされる。足の不自由な湯川は、運転できないことになっているからだ。臨床心理士会はそのうち、湯川が失踪《しっそう》した事実を知るだろう。

美由紀はとぼけてみせた。「湯川さんはお疲れのようで、しばらく休みたいといってました」

「そう……。責任感の強い人だったから、休暇の申請をだす前に、誰かに仕事を託したかったんでしょうね」

「たぶん……。あのう、湯川先生はどの現場も、車椅子で通ってたんですか」

「うちの職員がクルマで送迎したんです。企業ビルの場合はエントランスで手続きを補助して、エレベーターまで送ってあげました」

「ああ。そうなんですね」

「相談者三人の情報は、いまメールで送りますから」

「ありがとうございます。朝早くからすみません」美由紀は礼を述べると、通話を切った。

　スマホのメールアプリを起動する。大塚珠代からのメールを受信した。PDFファイルが添付してある。それを開くと、三人の顔写真と氏名、略歴が現れた。中高年ばかり三人、いずれも都内勤務の会社員だが、自衛隊とのつながりはなさそうだった。資料を見るかぎり、みなただの一般人に見える。

けれども美由紀は確信していた。湯川にとって臨床心理士という職業は隠れ蓑《みの》でしかなかった。過去にも工作員として多様な任務に就いてきたと考えられる。

　F－70のデータを奪う命令を受けたのは、自動車事故を装う直前だろう。怪しまれず他人と接触し、会話をきかれる心配がない状況。カウンセリングの相談者と一緒にいるときだ。湯川に命令を伝えた人間は、相談者を装っていた可能性が高い。

　表示をスクロールさせ、三人の顔写真と履歴をかわるがわる見た。怪しむべきはひとりしかいない。

13

　正午すぎ、美由紀は恵比寿《えびす》駅付近、年季の入った十四階建てインテリジェントビルに赴いた。

企業への出張カウンセリングは、社員の福利厚生の一環として、心のケアがある場合にかぎられる。社員の個人的要請では、まず社内の個室など利用できない。

訪ねた会社は十二階にあった。社内にカウンセリングルームを備えている。ほどよい広さにテーブルと二脚の椅子だけの、シンプルな室内だった。

美由紀は村田《むらた》和久《かずひさ》という、課長職の四十四歳と面接した。十か月前まで、村田はこの部屋で数回にわたり、湯川のカウンセリングを受けた。途中から湯川は車椅子になった。

挨拶《あいさつ》を交わしたのち、美由紀は村田にきいた。「その後はいかがですか」

「ええ、おかげさまで」村田はくつろいだ姿勢で応じた。実年齢より老けている印象はあるものの、おそらく白髪を染めていないせいだろう。表情はいたって穏やかで、性格も社交的に思える。村田が笑顔になった。「湯川先生がおいでになるかと思ったら、あなたのようにお綺麗《きれい》な人に来ていただけるなんて」

「先生が休暇中なので、わたしが代わってうかがいました。その後なにかお困りのことはないかと」

「今後もあなたが来てくださるなら、なんとか悩みをひねりだしたいですが……。残念なことに公私ともに順調です」

「当時を振りかえってみて、いまどう思われますか」

「そうですね。あのころは混乱するばかりでしたけど、いまはもう自分がうつ病だったと理解できます」

「どんな症状だったかおぼえていますか」

「不安や焦りがあったり、集中力が持続しなくて、なにをやるのもおっくうだったり。自分を責めてばかりで、一日の終わりにはひどく消耗していました」

「胃が痛くなったり、眠れなくなったりすることは……」

「毎晩そうでしたよ。でもすっかり元気になりました」

　美由紀は妙な感覚にとらわれた。当時、湯川がカウンセリングを担当していた三人のうち、ふたりには医師の受診記録があった。ただひとり村田だけは、湯川との面接を除き、どこにも相談していない。カウンセリングが偽装だったとすれば、村田以外ありえないと思っていた。

　ところが村田の表情は、嘘をついているように見えない。うつ病だったとは信じられないぐらい、明るく活発な印象を受ける。認知の偏りが改善されたからだ。憑《つ》き物が落ちたような顔は、うつ病から立ち直った場合によく見られる。村田は典型的な回復例に感じられる。

美由紀は村田を見つめた。「アサーショントレーニングが功を奏したんでしょうか」

「まさにそうです」村田が目を輝かせた。「上司と話すのが怖くなってから、私の人生は開けだした気がします」

自分と相手、両者の心をいたわりながら、うまく伝えるべきことを伝える。精神的ダメージをいっさい生じさせない、そんなコミュニケーションのとり方が身につくのが、アサーショントレーニングだった。表情と言葉の節々に感じられる自信でわかる。上司との対人関係こそ、村田の悩みの原因であり、いまはそれが解消されている。カウンセラーへの感謝も見てとれた。演技で可能な領域ではない。

美由紀は問いかけた。「当時と現在をいろに喩《たと》えると、何いろでしょうか」

「いろ? 当時は茄子《なす》紺《こん》とか、焦げ茶とか、消し炭いろとか……。いまはオレンジ、いや深緑あたりかな。すみません。はっきりしなくて」

「いえ、いいんです。詳しい説明をありがとうございます」

「なにかおかしなところがありますか?」

「いたって健康であられると思います」

「それはよかった」村田は安堵《あんど》したように笑った。

実際、村田の精神状態は良好にちがいない。過去を振りかえり、真っ暗といいたがる人は、思考が停止している。いまも問題から目を背けている可能性が高い。しかし村田は暗めのトーンながら、黒以外を選んだ。当時のイメージを振りかえる余裕がある。現在をオレンジと深緑に喩えたのも、交感神経と副交感神経のバランスがとれているからだ。相談者の立ち直った姿以外のなにものでもない。

どうしてもきかねばならないことがある。美由紀はささやいた。「湯川先生は途中から、車椅子で来られるようになったと思いますが……」

「ええ」村田が真顔になった。「最初に見たときは驚きました。先生は心配ないとおっしゃいましたが、本当にお気の毒で」

「カウンセリングに支障はありましたか？」

「まったくありません。湯川先生は変わらず献身的に話をきいてくださいました。助言もおおいに役立ちましてね。先生にはまたお目にかかって、お礼を申しあげたいと思っていたところです」

複雑な思いが胸をよぎる。少なくとも村田に対しては、湯川は親しく人間関係を築き、うつ病からの立ち直りに貢献したようだ。だがうわべだけの臨床心理士に、そこまでのことが可能だろうか。疑問は残るものの、村田にはなんら怪しい点がない。

実際にうつ病から回復できた人物なら、猜疑《さいぎ》心など向けるべきではない。美由紀は立ちあがると、深々と頭をさげた。「どうもありがとうございました」

「お帰りですか」村田も腰を浮かせた。「湯川先生にはくれぐれもよろしくお伝えください」

当惑をおぼえながらドアに向かう。エセ臨床心理士がここまで相談者の信頼を得られるはずがない。湯川にはまるで異なる別の一面があったのか。すべて見当ちがいだったというのか。

ふと足がとまった。肝心なことをきいていない、そう思った。美由紀はスマホをとりだし、タッチパネルに指を滑らせた。村田を振りかえり、画面を向けた。「この人をご存じですか？」

村田が首を横に振った。「いえ。どなたですか」

「どうもお邪魔しました」美由紀は足ばやに部屋をでた。

通路を抜け、この会社のエントランスに戻る。受付に一礼し、フロアの共用部にあたるエレベーターホールにでた。

スマホを一瞥《いちべつ》する。画面に表示されているのは、臨床心理士会の会員プロフィール、湯川幸造の顔写真だった。

カウンセリングに来ていたのは別人だった。湯川を名乗ったうえ、途中から本人に合わせ、車椅子に乗って現れた。

おそらく臨床心理士の資格取得にあたり、ばれない範囲で活動を替え玉にまかせたのだろう。臨床心理士になって以降も、一定期間内に業績がなければ資格が剝奪《はくだつ》されてしまうため、何者かと定期的に入れ替わっていた。

しかし臨床心理士会の職員は、クルマで湯川を送迎した。エントランスで手続きを補助し、エレベーターに乗せてあげた、けさ電話で大塚珠代がそういった。

このビルは入館証が必要だ。来訪者はエントランスで入館手続きをとらねばならない。湯川に同行した職員は、エレベーターまでつきあったと考えられる。なら入れ替わりはそのあとか。

美由紀は天井を見上げた。日本コムテックの防犯カメラ。小さなシールが貼ってある。ＩＤが記載されていた。４９２７５１７５。

防犯カメラの視界から外れるため、美由紀は壁ぎわに向かった。日本コムテックのユーザー専用サイトにアクセスする。ＩＤに数列を入力した。

覗《のぞ》きや盗撮防止のため、防犯カメラ映像のインターネットを介したモニタリングは、かならずメーカーを経由する。すなわちユーザーは、メーカーの専用サイトにログインするだけだ。

パスワードに関しては、通常どの会社でも未設定にしている。カメラが共用部にしかない企業なら、誰もが遠隔監視できるほうが防犯につながる、そんな考え方が主流だからだ。あえてユーチューブにライブ配信している企業や自治体すら、最近ではめずらしくない。

ＩＤを入力し、パスワードは空欄のまま、入力完了のボタンをタップした。画面が切り替わり、四分割の映像が現れた。このビルのエントランスや一階のエレベーターホールが映っている。

画面下のアイコンをタップすると、操作画面が現れた。日本コムテックは大容量サーバーを有し、一年間にわたり映像を保存する。一年前、湯川が車椅子に乗って以降、初めてここを訪問した日はわかっている。プルダウンの月日をその日に設定した。エレベーターホールの映像を拡大表示する。ビルの始業時刻から早送り再生した。

ぼんやりと思った。百里基地の監視カメラ映像は、外部の警備会社に託すわけにいかず、自前のＨＤＤに録画される仕組みだった。けれどもひとたびデータ管理室に潜入されたとたん、すべて好き勝手に操作されてしまった。

防衛技士の採用試験は厳格でも、その高いハードルをクリアするため、周到に偽装する輩《やから》どもがいる。一機二百三十二億円のF－70を盗むなら、それぐらいはやるだろう。従来のセキュリティは国際水準に満たなくなってきている。

美由紀の注意が喚起された。スマホの画面をタップする。動画を巻き戻し、通常再生した。車椅子がフレームインしてきた。本物の湯川幸造だとわかる。同行している職員は美由紀の顔見知りだった。職員がエレベーターのボタンを押した。開いた扉のなかに車椅子が進む。ほかに乗りこむ者はいない。湯川ひとりを乗せ、エレベーターの扉が閉じた。職員が湯川を見送ったのち、その場から立ち去った。

年季の入ったビルだ。エレベーターも古く、扉の上に階数表示板がある。四階を過ぎると、ふいにランプが消えた。長いことその状態がつづいた。二十二秒が経過し、五階のランプが点灯した。そのまま十二階まで上っていった。

美由紀は表示するカメラ画像を切り替えた。ここ十二階のエレベーターホールの映像を再生する。

エレベーターの扉が開き、車椅子が現れた。あきらかに別人だった。年齢は五十前後だが、黒髪をオールバックにしている。下顎《したあご》が発達した四角い顔、目つきは鋭く、口髭《くちひげ》をたくわえている。肩幅が異常に広く、上腕も極端に太い。湯川も筋肉質だったが、さらに鍛えた身体つきだとわかる。長い脚は車椅子におさめるのが窮屈そうだった。

美由紀はスマホをしまいこむと、エレベーターの扉の前に引きかえした。下りのボタンを押す。ほどなく扉が開いた。なかに乗りこみ、エレベーターのメーカーをたしかめる。四階と五階のボタンを同時に押した。ふたつのボタンのランプが点滅しだした。もういちど押す。表示は消えたものの、エレベーターが下降しだした。

防衛大の救助活動実習で教わった。この規模の企業ビルには電気室の専用階がある。通常はスキップされるが、メンテナンス要員が乗り降りできるよう、エレベーターに裏操作が存在する。防犯カメラ映像により、電気室は四階と五階のあいだだとわかった。

エレベーターは途中階に止まらず、一気に下降していく。乗っているのは美由紀ひとりだった。五階を通過した直後、停止する感覚があった。四階より上で扉が開いた。非常灯のみが暗がりを照らす。工事現場のような通路が目の前に走っていた。美由紀は一階のボタンを押したのち、エレベーターを降りた。

床は養生カバー、壁は剝《む》きだしのベニヤだった。通路の行く手は電気室で、無数の配電盤が並んでいる。

美由紀は電気室に向かわなかった。通路の逆方向、狭い柱のあいだを入った。車椅子なら通れない。追跡者が見落とすことを狙ってそうしたのだろう。だが湯川は歩けた。ここにも入りこめる。

行きどまりはベニヤ板で塞《ふさ》がれているが、終点のはずはない。美由紀は歩数で通路の長さを測ってきた。十二階の面積と比較し、この先にはまだ五メートルほどの奥行きがある。

ベニヤ板を蹴《け》りこむ。硬かった。すぐ向こうがコンクリート壁になっている。用意周到なことだ。美由紀は数歩さがり、勢いをつけ跳び蹴りを食らわせた。

壁は破壊された。構造に関わる壁なら、こんな脆《もろ》さはありえない。体当たりでベニヤ板の亀裂《きれつ》を大きくし、その向こうに身体をねじこんだ。

真っ暗だった。美由紀はスマホの懐中電灯機能をオンにし、辺りを照らした。

コンクリートの天井と壁、床に囲まれた、立方体の空間だった。一辺の長さは約五メートル。床にはごみが散らばっている。家具類はないが、なにかが設置された痕跡《こんせき》がある。砂埃《すなぼこり》の堆積《たいせき》していない部分が四角く見てとれる。

美由紀は部屋の奥に歩いた。空気が流入してくる。どこかに通気孔がある。しゃがんでゴミを拾った。

背後に立つ者の気配に、美由紀はとっくに気づいていた。振り向きもせずささやいた。「マット・デイモンの『アジャストメント』って映画、防衛大に入学する前に観た」

ドライの声が静かに響いた。「原作がありますよ。フィリップ・Ｋ・ディックの短編で『調整班』」

「そっちも読んだ。メフィスト・コンサルティングにそっくりの、いかれた奴らの話だった」

「運命調整局ですね。われわれがモデルですよ」

「フィクションとして発表しておけば、現実にメフィストの存在が疑われたとき、ばかばかしいって声が優勢になるって？」

「そう。われわれがよく用いる手段です。隠蔽《いんぺい》には、賢ぶる愚民を操作するのが、最も手っ取り早い。冷戦時のあらゆる領空侵犯事件も、ＵＦＯの噂を流行させることで、すべて問題視されなくなった」

美由紀はごみを投げだし立ちあがった。憤りとともに振りかえる。「メフィスト・コンサルティングの特別顧問だった男が、自慢げに潜伏方法を披露してた。心理の盲点を突いた隠れ場所。都内のあちこちにある」

ドライは昨夜《ゆうべ》、干し芋工場で見かけたときとは異なる、黒のスーツに身を包んでいた。老紳士風の澄まし顔を維持しながら、眉間《みけん》にわずかな皺《しわ》が寄る。「おっしゃることはわかります。しかし私どもは無関係です。ここへもいま初めて来ました」

「よくいう。湯川は警察にマークされてもいなかったのに、代役との入れ替わりだけでも、こんなに慎重なやり方をとった。隅々までメフィストの哲学と理念が反映されてる」

「たしかに。私どももショックでした。あなたと同じく、私もついさっき、ここの防犯カメラ映像を確認したのですよ」

「この潜伏場所に心あたりがないって？」

「誓って申しあげます。私は昨晩、あなたと約束しました。メフィストは干渉しないと。事実としてF－70の奪取にも関わっていないのです」

「ならここはなに？」

「メフィスト・コンサルティングを離れた者が、独自におこなったことです。われわれにとっても予想外でした」

防犯カメラに映った、十二階に現れた車椅子の男。いかつい顔に、ごつい身体つき。

美由紀はドライにきいた。「あの男はメフィスト出身なの？」

「蟹垣摂男《かにがきせつお》。日本人ですが、戸籍を調べたところで、氏名に該当者は見つかりません。岬様もご存じのダビデと同じ、特別顧問を務めていた人物です。所属はグループ傘下のイリーガル・ファンクション・プロデュース社」

「メフィストが独立を許すとは思わなかった」

「普通ならありえません」ドライの顔に翳《かげ》がさした。「不穏な動きをとっただけでも、確実に抹殺されます。しかし蟹垣は暗殺部隊をことごとく返り討ちにしたのです」

「以前の同胞がF－70の強奪犯だとは知らなかったって？」

「手際のよさから、才能のある人間のしわざだとは感じていました。できればスカウトできないかと、正体を突きとめるのに全力を挙げてきたのですが……」

呆《あき》れた話だ。『調整班』を読んでいなくても絵空事に思える、そんなレベルだった。

美由紀はふたたび身を屈《かが》め、ゴミを調べだした。「元メフィストが、市販の防犯カメラに映るヘマをするはずがない。あいつはわざと映った」

「同感です。蟹垣はわれわれを嘲笑《ちょうしょう》し、挑発しているのです」

「世界じゅうのスマホで観られる映像に、堂々と記録された蟹垣って男を見逃すなんてね。メフィストの馬鹿さ加減が浮き彫りになってる」

「奴がどれだけ巧《うま》く心理の盲点を突いていたか、あなたなら実感できておいででしょう。私や岬様がここにたどり着くのは、F-70の奪取より後になると、蟹垣は確信していたのです」

「わたしも対象なの?」

「蟹垣は当然、岬美由紀様を知っているのですよ。メフィスト・コンサルティング・グループを日本から撤退させた岬様を」

　こちらの行動を予測していたというのか。蟹垣はみずから百里基地に潜入する危険を冒さなかった。工作員の湯川を使い捨ての駒に利用した。

　湯川もカウンセリングの基礎を学んだにちがいないが、臨床心理士資格を取得できたのは、蟹垣が身代わりを務めたからだろう。防衛大には湯川自身が勤務する一方、それ以外の現場で相談者に回復が求められる場合、蟹垣が代行した。業績を挙げられねば疑惑の目を向けられてしまうからだ。

　他者への共感が必要となるカウンセラーは、サイコパスに適した職業ではない。しかしメフィストの元特別顧問なら、表層はいくらでも情に厚いふりをし、相談者とのあいだに信頼関係《ラポール》を形成できる。心理学にとてつもなく造詣が深いため、実際にうつ病を改善させられる。村田の前で、蟹垣は情け深い善意の人を装ったのだろう。なんのためらいもなく偽りの仮面を身につける。やり方のすべてがメフィストのセオリーそのものといえる。

美由紀は厚紙の切れ端を拾った。折り方に見おぼえがある。

ドライがきいた。「それはなんですか」

「神に代わって万物を熟知してるんじゃなかったの」

「ちぎれたボール紙。神が実在しても、そういうでしょう」

「これは緩衝材。グアムやハワイで売ってる、日焼け止めクリームの段ボール箱に入ってる」

「そんなことがよくわかりますね」

「まとめ買いをしたことあるし。以前は何度も……」

思わず口ごもった。ひとつの考えが頭のなかにひろがりだした。

「なんですか?」ドライが怪《け》訝《げん》そうにまわりこんできた。

表情を読まれたくはない。美由紀は顔をそむけた。「なんでもない」

「私たちの存在をお認めになり、尊重してくださったのだと思いましたが」

「尊重はしてない。強いていえば容認。いつ気が変わるかもわからない」

「頑固ですね」ドライがため息まじりにいった。「ダビデがあなたについて書いた論文を、メフィスト・コンサルティングの各社幹部は読んでおります。特に私の属するクローネンバーグ・エンタープライズは……」

ふいに衝撃が床を突きあげた。地震のように思えたが、揺れ方が異なる。鉄骨が小刻みに震動し、唸《うな》りに似たノイズを発する。コンクリートの壁面に亀裂が走り、破片が剝《は》げ落ちてきた。

ドライが険しい表情で天井を見上げた。「これは妙な……」

美由紀は息を呑《の》んだ。この種の震動にはおぼえがある。過去に体感した。百里基地内の照明が一瞬暗くなると同時に、建物全体がこんなふうに共鳴する。原因はひとつしか考えられない。

身を翻し、さっき蹴《け》破った壁を抜け、電気室への通路を駆け抜ける。エレベーターの扉の上、階数表示板を一瞥《いちべつ》した。ランプが消灯している。地震を感知しエレベーターが停止したらしい。だが問題はもっと深刻だった。

電気室に入った。配電盤が並ぶ奥、非常口のランプの下、鉄の扉を開けた。陽光が眩《まぶ》しい。風が吹きこんでくる。美由紀は外階段に身を躍らせた。ビルの電気室はハシゴ車が届く高さにある。地上はさほど遠くない。

雷鳴に似た轟音《ごうおん》が絶え間なく響く。辺りの低層ビルの屋上に人だかりがしていた。みな揃って特定の方向を眺めている。路上でも通行人が足をとめ、同じほうを仰ぎ見る。風が強くなってきた。ゴミがしきりに舞いあがる。もはや誰もが異常事態に気づいている。

外階段を四階から三階へと駆け下りた。徐々に歩幅が広くなる。踊り場から踊り場へ飛び下りるも同然になった。轟音がいっそう音量を増す。二階の踊り場は、まだそれなりに高く位置していたが、もう時間がない。美由紀は手すりを乗り越え、空中へと跳躍した。

落下にともなう風圧を全身に受け、速度をわずかに殺し、ビル前の歩道に降り立つ。膝《ひざ》と腰を曲げ、衝撃を吸収した。美由紀はしゃがんだまま顔をあげた。

恵比寿駅前、タイル張りの歩道に、あろうことか地割れが発生しつつある。近くの宝くじ売り場の幟《のぼり》が突風に舞い、通行人が悲鳴とともに逃げ惑う。砂嵐が襲った。ガラスの割れる音があちこちで響く。破片が頭上から降り注いだ。群衆が両手で頭を抱え、歩道にうずくまる。

美由紀は空を仰いだ。信じがたい状況に愕然《がくぜん》とした。

南東の方角、超低空飛行してくる機体が見える。高度は百メートルを割っていた。敏捷《びんしょう》に翼を振り、ビルの谷間を掻《か》い潜る。エンジンは１５０ｋＮを確実に超えている。

F-70の機首が急速接近し、頭上をかすめ飛んでいった。

とたんにビルの窓ガラスがいっせいに粉砕された。おびただしい量のガラスの粒が、路面一帯に撒《ま》き散らされる。衝撃波が襲うばかりではない、爆風も同然に突風が吹き荒れた。車道にいたワンボックスカーが宙を舞う。車列を構成していたクルマは次々と横転していった。美由紀も吹き飛ばされ歩道上に転がった。表層のタイルが削りとられるように、ばらばらになって飛散する。悲鳴や絶叫が辺りにこだました。甲高い飛行音が響き渡る。鼓膜が破れるのを防ぐため、美由紀は両手で耳を塞《ふさ》いだ。風はほどなくおさまってきた。美由紀は埃《ほこり》まみれになっていた。痛みに耐えつつ身体を起こした。

ガラス片と砂が覆い尽くした一帯で、人々がよろよろと立ちあがる。まさしく被災地も同然のありさまだった。タクシーがビルの一階に突っこんでいる。信号機も交通標識も薙《な》ぎ倒されていた。窓ガラスを失ったビルから無数の紙類が舞い落ちる。

F−70のオレンジいろの排気は、もう光点のごとく小さくなっていた。機体は空の彼方《かなた》に遠ざかり、ビルの向こうに消えていった。

ところがF−70の飛び去った方角に、いきなり異変が生じた。巨大な炎の壁が立ち上った。隙間なく連続する火柱が、幅数百メートル、いや数キロにわたり林立していく。ひとつの街を呑みこむように、真っ赤な火球が膨れあがった。数秒の間を置き、轟音が響き渡った。地鳴りが辺りを揺るがす。恐怖の叫びが反響した。

空爆だ。ナパーム投下どころではない。すさまじい加圧力だとわかる。北西の方角。杉並和順園はあの辺りにある。

黒煙が空を覆い尽くし、陽射しが遮られていく。街並みが日没のごとく暗転しだした。焦げくさいにおいが漂う。美由紀は駆けだした。たちまち全力疾走に転じた。歯を食いしばり、がむしゃらに走った。こんなことが起きてはならない。目に映るすべてを認めたくない。

14

七十四歳の久保谷総理は、戦後の生まれだった。終戦から二年後に誕生した。東京大空襲も玉音放送も、のちに伝えきいただけだ。閣僚は高齢者ばかりのようで、いまや戦争の未経験者だけが占めている。

総理官邸の地下、危機管理センターよりさらに深く潜った核シェルター内。いまや通夜のごとく静まりかえっていた。壁のモニター群は、ニュース映像を表示するものの、不具合が発生しているらしい。音声はいっさいきこえない。

ブロックノイズの発生しがちな映像は、まさしく目を疑うような光景だった。阪神《はんしん》淡路《あわじ》大震災、いやそれ以上の凄惨《せいさん》な状況がひろがっている。ビルも家屋も瓦礫《がれき》の山と化し、いたるところで火災が発生している。黒煙が濃霧のごとく一帯を包みこむ。赤土が剝《む》きだしになった地面は大きく陥没し、無数の車両を路面ごと呑みこんでいた。電車の高架橋は支柱のみを残し、跡形もなく消滅している。コンビニの看板だけが地面に突き刺さっていた。そこに市街地があったことを、かろうじて物語る。そんな地獄絵図が、見るかぎり果てしなくつづく。

画面の端に表示されたテロップには〝杉並区　阿佐ケ谷《あさがや》駅周辺〟とあった。久保谷総理は絶句した。これがそうなのか。中東の紛争地帯も同然ではないか。

沈黙は長くつづいた。内閣総務官室の職員がおずおずといった。「あのう……。報道各社にはあえて、総理は官邸から別の場所に移ったとの情報を流させました。この核シェルター内は空爆に耐えられますが、地上での被害を食いとめるため……」

久保谷は遮った。「そんなことはいい。市民のようすは？」

情報官はノートパソコンと格闘しつつ、ヘッドセットの音声に耳を傾けていた。久保谷が見つめると、情報官が気づいたらしく、こわばった顔で腰を浮かせた。震える声で情報官が報告した。「被害は中野《なかの》区から杉並区一帯、武蔵野《むさしの》市や三鷹《みたか》市の一部にも及んでいます。都内ばかりか各地で混乱が発生。北海道から九州まで交通渋滞が発生し、物販の店舗に人が押し寄せています」

入室してきた情報集約室の職員が、円卓に書類を配りだした。「航空路線は全便欠航、飛行中の各便は緊急着陸のうえ、各空港が閉鎖。公共交通機関も各社が運行を停止しました。関東では民間の通信網が、ほとんど機能していません」

内閣官房副長官補が身を乗りだした。「すでに官房長官が記者会見をおこないましたが、総理からのメッセージが重要です。国内秩序が保たれていることを、一刻も早くお伝え願えないかと」

樺澤祥央防衛大臣が防衛省の官僚を振りかえった。「防空状況は？」

立ち働いていた官僚が応じた。「百里のF-2、三沢のF-35、いずれもスクランブル発進しました。在日米軍からも出撃の連絡が入りました」

「総理」樺澤防衛大臣が向き直った。「領空内のいずれにおいても、発見しだい撃墜の許可を……」

江崎肇財務大臣が遮った。「発見できる可能性はあるのか」

樺澤がむっとした。「それを前提に捜索をおこなっている」

防衛省の官僚が青ざめた顔で告げた。「F-70の機影を捉《とら》えたという、全国のレーダーサイトからの報告は皆無です。稚内《わっかない》の第18警戒隊から、宮古《みやこ》島《じま》の第53警戒隊まで沈黙しています」

久保谷総理のなかに焦燥が募った。「もともと味方の機体だったというのに、探知できないのか」

「……それが」樺澤が苦々しげにいった。「F－70はレーダーに映りません」

「映らない？」

「どの角度からレーダー波を浴びても、反射面積を生じないのです。特殊な電波吸収材をコーティングしているからです。燃料タンクも搭載兵器も機内に格納する設計で」

「まさか。まったく捉えられないわけじゃないんだろう？」

「いえ。F－35なら、小鳥ていどの反応がレーダーに捕捉《ほそく》されます。F－70の場合は、なにも映らないのです」

大臣のひとりが声を荒らげた。「ロッキード・マーティン社が製造した機体だろう！　自衛隊や米軍に探知できなくてどうする。そこいらじゅうにレーダーやら基地があるんだ、なにかしら情報がつかめそうじゃないか。衛星とか……」

樺澤の尖《とが》った目が見かえした。「マレーシア航空370便が航路を外れたのち、どこに飛んでいったか、把握できた国はなかった。一年も経って、インド洋に墜落したと推測された。民間の旅客機すらそんなありさまだ。なにがどこを飛んでるか常にわかるなど幻想にすぎない。ましてF－70だ」

官僚が付け加えた。「無駄な燃料を節約するため、空爆後はすみやかに引き揚げたものと考えられます。すでに防空識別圏《ADIZ》外でしょう。飛び去った方角は不明です」

航続距離八千キロだ。どの周辺国からも飛来でき、空爆を仕掛けたうえ、難なく帰還を果たせる。レーダーが捕捉不能である以上、わが国の領空内に、いつでも出入り自由だった。領空侵犯どころの騒ぎではない。

今回のF－70は、百里基地にあった機体か、それとも普天間か。どちらでも同じことだ。盗まれた戦闘機が東京を空爆した。その事実に揺らぎはない。各国首脳が説明を求めてきている。どう答えればいい。

室内をまた静寂が包んだ。閣僚はみな茫然《ぼうぜん》と壁のモニターを見つめている。久保谷総理もモニターに視線を向けた。

空爆被害を受けた地域以外の映像にもかかわらず、市街地にパトカーが集結している。一部外国人が略奪や暴動。テロップにはそう表示されていた。

総理秘書のひとりが歩み寄ってきた。「原稿ができました。緊急放送の準備も整っています」

開放されたドアの向こう、自然光に似せた照明が焚《た》かれていた。演壇の背景に、議事堂内と同じ壁紙が貼ってある。三脚に据えられたカメラは、その一角のみをとらえる。しかし実際には、ここは地中深くの核シェルターのなかだ。

久保谷総理はゆっくりと立ちあがった。閣僚たちが注視してくる。祈るようなまなざしに、思わず視線が落ちる。同じ気分だ、久保谷はそう思った。

「諸君」久保谷はささやいた。「国家非常事態を宣言せねばならない。くれぐれもいっておく。私的な通信はいっさい禁止だ。身内にも機密を漏らしては……」

情報官がモニターを見つめながらいった。「総理」

ただならぬ空気が漂う。久保谷はモニターに向き直った。

視聴者撮影、そんなテロップとともに表示されているのは、超低空飛行を捉えた映像だった。レインボーブリッジ上空を銀いろの機体がかすめ飛んでいく。スローで再生されると、F-35に似たフォルムがはっきり識別できる。

内閣官房副長官補が急ぎ退室していく。情報統制を図るつもりだろう。

久保谷総理は愕然《がくぜん》としたまま、身じろぎひとつできずにいた。いつまた空爆が発生するか、わかったものではない。二機のF-70が交互に、絶え間なく襲来したらどうする。もはや国家終焉《しゅうえん》のときではないのか。

15

午前三時。辺りは見渡すかぎり真っ暗だった。ときおりサーチライトが地表を走るが、照らしだされるのは荒れ果てた廃墟《はいきょ》にすぎない。瓦礫《がれき》すら粉砕された区画が多く、土が剝きだしになった地面が大半を占める。むろん凹凸が激しい。このハマーに似た高機動車なる車両でなければ、ここまで達することは不可能だろう。

嵯峨敏也は後部座席に揺られていた。運転する陸上自衛官の、迷彩柄のヘルメットの後頭部を、長いこと眺めている。窓の外が暗すぎて、ほとんど見るべきものがない。場所も識別できなかった。さっき自衛官が説明したところでは、日本大学幼稚園があった辺りを通り過ぎたという。だとすれば杉並区天沼《あまぬま》一丁目だ。とても信じられない。ここにあるのはただの焼け野原ではないか。

明るみのある一帯に差しかかった。夜間の工事現場で見かけるような投光器が設置してある。白色の明かりが付近を照らしだしていた。大勢の自衛隊員が広範囲に散開する。生存者の捜索がつづくものの、救助活動は見あたらない。この惨状を見ればやむなしとわかる。

どれだけ多くの人命が奪われたか、まるで想像もつかない。胸が詰まりそうになるたび、感情を表出させまいとした。意識的な努力で自我を抑えこまねば、正気すら保てない。嵯峨はそんな心境を自覚した。

日本じゅうに外出禁止令がでている。自主避難は好ましくないとされていた。逃げようにも行くべき場所がないからだ。無許可での国外逃亡も許されない。沿岸では小型船舶の勝手な出港を止めるべく、海上保安庁が警戒にあたっているという。

影響はここだけに留《とど》まらない。都内の空爆被害を受けなかった地域でも、停電や断水、都市ガスの供給支障が報告されている。テレビ放送は夕方まで受像できたが、それ以降は途絶えた。東京スカイツリーの放送用アンテナが破壊されたという噂もあるが、詳しいことはわからない。電話も通じない。スマホによるインターネット接続も不可能だった。

こんな悲惨な状況に陥るとは、きのうまで想像もつかなかった。いったい日本はどうなってしまうのだろう。東日本大震災以降、災厄の規模が拡大の一途をたどっている。天変地異に等しい集中豪雨の頻発、コロナ禍、そして首都空爆。

嵯峨は自衛官の背にきいた。「あとどれぐらいですか」

「場所はもう近いはずですが……。ここまでは来ていないでしょう。クルマがクルマですし」

焼け野原となった一帯は封鎖されている。だがランボルギーニ・ウラカンが検問を突破した、そんな報《しら》せが臨床心理士会を通じ、嵯峨に伝えられた。被災地の臨時運行バスに乗り、封鎖地域の端に到着したのが、すでに深夜零時すぎ。自衛官に事情を説明したのち、長いことテントのなかで待たされた。ようやくいまになり、くだんの場所まで運んでもらえた。

自衛官が車両を徐行させながらいった。「タイヤ痕《こん》が……。あ、ひょっとしてあれじゃないですか」

嵯峨は身を乗りだした。フロントガラス越しに前方の暗闇を凝視する。

まるでクルマの墓場だった。あちこちで車体が泥のなかに埋もれている。斜めになっていたり、ボンネットのみ垂直に立っていたりする。そんななか、あきらかに異彩を放つ車体後部が、地面から突きだしていた。極端な車高の低さ、独特なテールランプの形状から、まぎれもなくウラカンだとわかる。陥没した地面に頭から突っこむように、前のめりに停車している。

よくここまで走ってきたものだ。長いタイヤ痕が蛇行しながらウラカンまでつづいていた。走行可能な地面を絶えず見極め、執念を頼りに駆け抜けたのか。

闇のなかの人影が目にとまった。嵯峨は自衛官に呼びかけた。「停めてください」

車両が停止した。ドアを開け、嵯峨は外に降り立った。とたんに泥のなかに靴が沈んだ。空爆を受けた地域のほとんどで地面がぬかるんでいる。水道管の破断が原因らしい。一帯は液状化に近い状況にあった。

沼がひろがるなか、瓦礫が島のように堆積《たいせき》する。人影はそこにあった。ブラウスにロングスカート姿の痩身《そうしん》がたたずむ。こちらに背を向けているが、美由紀にちがいない。

嵯峨は泥濘《ぬかるみ》に足をとられながらも、必死に前進していった。「岬さん！」

美由紀は振りかえらなかった。黙って瓦礫に目を落としている。微風が美由紀の髪をなびかせた。

ようやく近くまできた。瓦礫の島に上りながら、嵯峨はもういちど声をかけた。

「岬さん……」

なおも無言だけがかえってくる。美由紀が見下ろす先に、嵯峨は目を向けた。

衝撃が全身を貫く。泥まみれになり横たわるのは、猫のパペットだった。見おぼえがある。和順園を訪ねたとき、幼女がこれを片手に嵌《は》め、嵯峨たちを出迎えた。

はっとして周りに視線を配る。瓦礫のなかに、記憶に残る壁材が交ざっていた。ちぎれたカーテンの柄、割れた照明器具。いずれも目がおぼえていた。

ここに杉並和順園があったのか。なにもかも破壊し尽くされてしまった。

美由紀はだしぬけに大声を発した。慟哭《どうこく》ともいえる絶叫だった。やがてそれは嗚咽《おえつ》に変わっていった。美由紀は膝《ひざ》をつき項垂《うなだ》れた。拾ったパペットを抱き締め、ひたすら泣きわめいた。

嵯峨にはなにもできなかった。憐憫《れんびん》で片づけられるような感情ではない。身体の内側を削られるかのような思いだ。

16

夜はまだ明けない。外出禁止令の発令中にもかかわらず、新宿《しんじゅく》区立大久保《おおくぼ》小学校の校庭には、大勢の人々が詰めかけている。周辺の各病院からの情報が集約され、死者の氏名が公表されるからだ。名簿は各報道機関が迅速に報じる、そうアナウンスがあったものの、待ちきれない周辺住民が押し寄せたらしい。

ただし校舎の外壁に貼りだされた大判の模造紙は、まだごく一部しか埋まっていない。あんな惨状では、遺体の身元確認どころか、回収作業自体が遅々として進まない。あまりにも被害の規模が大きすぎる。

警察が群衆に、集まるのは危険ですと呼びかけている。ご自宅にいてください、拡声器がそう繰りかえす。しかし住民にしてみれば、どこにいようが爆弾が降ってきたら同じ、そんな思いだろう。行方不明者の安否を求め、群衆はさらに膨れあがっていく。

校庭は自衛隊のヘリポートにもなっていた。遠方に連れていってくださいと、地域住民が頼みこむケースも少なくない。混乱に拍車がかかり、いっそうの喧噪《けんそう》に包まれている。

体育館内の白色灯は点《つ》いていた。幸いこの辺りは停電を免れたようだ。住宅密集地域の住民にかぎり、ここを避難所とする許可がでているが、訪れる人数《ひとかず》は少ない。がらんとした館内の壁ぎわで、いくつかの家族が寄り添うだけでしかなかった。

ほかに支援物資の段ボール箱が積みあがっている。どれも空っぽだった。在庫分の区民への配布はすでに終わった。受付の長テーブルにも、もう区役所の職員はいない。新たな搬入は夜明け以降になるという。

美由紀は長テーブルから少し離れた場所で、毛布にくるまり、パイプ椅子に身をあずけていた。視線を落とし、虚空をぼんやりと眺める。そんな時間が長いこと過ぎた。近づいてくるスリッパの音がした。嵯峨が両手にひとつずつ、紙コップを持っている。湯気が立ち上っていた。

嵯峨はきいた。「飲む？」

「いい」美由紀はささやいた。吐息を発声に変えるだけでも、あるていどの努力が必要になる。

沈黙のなか、長テーブルに置かれた小型テレビの音声が、かすかに耳に届く。嵯峨は黙って離れていき、パイプ椅子に腰かけた。

NHKの臨時ニュースが夜通しつづく。キャスターの声が、いままで何度も伝えたことを、また繰りかえしている。「東名《とうめい》高速道路、中央《ちゅうおう》自動車道、常磐自動車道、関《かん》越《えつ》自動車道など、都内から郊外へ向かう高速道路は、渋滞に解消の見込みがないとして、昨夜十一時までにすべての入口が閉鎖されています。一般道の混雑も過密状態にあるため、政府は自動車による移動を控えるよう、国民に広く呼びかけています」

正体不明機が首都を空爆。アメリカを含む各国首脳が哀悼の意を表すると同時に、いっさいの関与を否定。事実として伝えられているのはそれだけだった。F-35だったとの報道も一部にはあるが、政府筋は否定している。

Ｆ－70の存在を知る者は少ない。開発自体は情報開示されているものの、百里基地へのテスト配備は公になっていない。よって空爆機がＦ－70であることは、噂にも上っていなかった。

　犠牲者の数は三十万から五十万人。ずいぶん幅があるが、それだけ実態を把握できていない証《あかし》でもある。地域の警察署も全滅してしまったため、調査は周辺の各所轄により進められている。

　広範囲が一瞬に焼け尽くされた事実から、ナパームの可能性が高い、ニュースはそう解説した。ちがうと美由紀は思った。あれはＭＯＡＢだ。米軍がアフガニスタンでＩＳの拠点を破壊する際に用いた爆弾。当時はＣ－１３０輸送機から投下された。

　通常の爆弾は、地面への落下時の衝撃により起爆する。しかしその場合、地面には大きな穴が開き、爆風が大量の土砂を巻きあげてしまう。土砂は空気より重いため、爆風の広がりは限定的となり、破壊されるのは狭い範囲に留《とど》まる。

　だがＭＯＡＢであれば、地上から二メートルの高さで爆発する。破壊力だけでもＴＮＴ火薬十一トン分に相当するが、地表ぎりぎりにおける空中爆発のため、全方位に爆風がひろがる。下方への爆風は地面に跳ねかえり、起爆時に熱を帯び薄まった空気中に、ふたたび混ざりあう。最初の爆風と一体化し、長崎原爆にも生じたマッハステムなる衝撃波を生む。マッハステムは爆心地から遠ざかるほど爆風の威力を増す。MOABの加圧力の範囲は、半径約一・六キロといわれてきた。実際の被害はそれ以上だった。

世界各国で核兵器の開発や使用が禁止傾向にある。しかし核以外の大量殺戮《さつりく》兵器が次々と開発される。進化も恐ろしく速い。MOABもアフガニスタンでは、全長九メートル、重量一トンものサイズだった。F‐70の兵器倉《ウエポンベイ》には大きすぎて収まらない。機体下部に外付けしていれば、ステルス性能が意味をなさなくなる。

恵比寿でF‐70が美由紀の頭上をかすめていった。外付け爆弾などなかった。一瞬であっても、絶対に見まちがいではない。MOABは小型化され、F‐70の搭載兵器のひとつになっている。サイズしだいでは複数発が搭載可能だろう。

本来のMOABは落下中、格子状のフィンを展開し、方向を制御しながら地表に向かう。あらかじめGPSで設定した場所めがけ、まっすぐ正確に落ちていく。小型MOABにも同じメカニズムが採用されていれば、F‐70は狙いどおりに空爆できる。

杉並和順園は爆心地から外れていた。第一目標だったとは思えない。しかし蟹垣摂男なる男が、美由紀の存在を意識しているのなら、勤め先も確認済みだろう。施設を爆発に巻きこむことを意図していた、そうにちがいない。

あの子供たちはみな死んだ。当番の施設職員も助からなかった。

ほかにもどれだけの知人が命を失ったか、まだたしかめようがない。あまりに被害が甚大すぎる。冗談のように過剰だった。感情も鈍りがちになっている。自律神経がバランスを欠いていた。わかっていても、どうにかできるものではない。

「岬さん」嵯峨が小声で告げてきた。「こんなときに、慰めにもならないかもしれないけど……。樫田由季央さん、おぼえてる？　渋谷で飛び下り自殺をしようとした……」

美由紀は黙っていた。嵯峨の声がきこえる。だが語りかけられている実感がない。

嵯峨がつづけた。「彼が臨床心理士会に、お悔やみの言葉を寄せてきたって。岬先生にもよろしくお伝えくださいって……。たぶん自分が無事だと報《しら》せたかったんだと思う。ようやく命を大事にする気になったみたいだ。きみのおかげだよ」

心はまだ空白のままだった。美由紀はゆっくりと立ちあがった。まるで熱に浮かされたようにふらつく。足もとがおぼつかない。

外に向かいながら、美由紀は嵯峨にささやいた。「しばらく連絡がつかなくなる。でも捜さないで」

返事をまたず体育館をでた。スリッパから靴に履き替え、校庭の暗がりへと歩きだす。

辺りの喧噪は変わらなかった。群衆が警察官らと押し問答をつづけている。上空から爆音も響き渡る。報道関係と自衛隊のヘリが無数に飛びまわる。まぎれもなく戦場の夜空だった。

歩調を合わせてくる人影があった。横に並んで歩く者の顔を、あえて眺める気にもならない。美由紀は震える声でささやいた。「これを予想済みだったというのなら、あなたを生かしておくんじゃなかった」

ドライが唸《うな》るように応じた。「もちろん想定外です。度が過ぎています。奪ったF－70で空爆にまで及ぶとは」

「投下地点はなぜあんなところにきまった？」

「国と都の主要行政機関を避けつつ、最も多くの民間人を犠牲にできる爆心地を選んだのでしょう。メフィストによる算出でも北緯35・714403、東経139・604494とでました。蟹垣はむろん爆発圏内に、あなたの勤務先があるのを承知していたでしょう」

いつもどおり杉並和順園に出勤していれば、美由紀は死んでいた。そうなるほうがましだった、そんなふうにも思えてくる。

ドライがいった。「それはちがいます。あなたが生きていて幸いです。自分がなすべきことを、あなたもわかっているはず」

横目で美由紀の表情を読んだのだろう。腹立たしい連中だった。メフィストのメンバーはいっさい顔いろを変えない。美由紀のほうには、ドライの心理を見透かすすべはない。

「岬様」ドライが歩きながら神妙に告げてきた。「これは好ましくない事態です。日本の経済を崩壊させないよう、メフィストとしても最大級の調整をおこないます。とはいえ限度もあるのです。F-70が今後も空爆を続行すれば……」

「大量殺戮者の好き勝手にはさせない」

「私どもも協力します。メフィストの知りうる情報を、あなたに提供しましょう」

「必要ない」美由紀は足をとめた。「メフィストなんか認めない。罪のない人々に犠牲を強いる。F-70の強奪犯と同じ。ようやくそのことを思いだした」

ドライが見つめてきた。「私どもは人類に秩序をもたらし、あるべき未来に導こうとしているんですよ」

「人類にペテン師どもの道標《みちしるべ》なんかいらない」

「ひとりでどうなさるおつもりですか。情報がなければどうにもならんでしょう」

強風が吹きつけた。爆音がごく近くから響いてくる。美由紀は校庭のヘリポートに目を向けた。航空自衛隊の救難ヘリ、UH－60Jが降下してくる。着陸後、機体側面のドアが横滑りに開いた。キャビンから隊員らが降り立つ。旧知の顔を見つけた。

美由紀はドライにいった。「最初の約束どおり、手だしは控えて。わたしは自分の力で真相にたどり着く」

ドライは中折れ帽を飛ばされまいと、手で頭頂を押さえていた。啞然《あぜん》としながら美由紀を眺める。ひょっとしたら表情筋の抑制を忘れ、本心があらわになっているのかもしれない。どう思おうが関係なかった。ドライの真意をたしかめもせず、美由紀はヘリへと歩きだした。

メフィストの技能を身につけた者が、組織を抜けだし私利私欲に走れば、途方もない被害を生む。友里佐知子もそうだった。謀反を食いとめられないメフィストにも問題がある。

いかに国家が信用に足らずとも、人類はみずから成長し、己れの力で進歩せねばならない。文明は神を気どる狂信的秘密結社により、不自然にねじ曲げられるべきものではない。そのことを証明するためにも、メフィストの協力など得るべきではなかった。いちど心を許せば、悪魔に魂を売ったも同然に、メフィストに取りこまれてしまう。あの組織はそんな人間の吹きだまりだった。

群衆がヘリに駆け寄ろうとする。警察官らが必死に押し留《とど》める。美由紀は攻防のなかをすり抜け、ヘリに近づいた。迷彩柄の作業服らが忙《せわ》しく動きまわる。

美由紀は声をかけた。「堀田《ほった》二曹！」

三十代前半の男性が振りかえった。驚きのいろがひろがる。「岬二尉⁉　いえ、岬さん。ここでなにを？」

「百里基地に帰還するなら、乗せていってほしい」

「なぜですか？」

「寺井さんに話がある。無線でたしかめてくれてもいいけど、時間がないから離陸後にして」

堀田は当惑の反応をしめした。けれども美由紀の真剣さは伝わったらしい。スライド式ドアを開けてくれた。美由紀は機内に乗りこんだ。

私服姿の美由紀が搭乗するのを見たからだろう、群衆がヘリに押し寄せてきた。警察官だけでは阻みきれず、堀田ら自衛官も加勢しだした。

美由紀はひとりキャビンのシートにおさまり、離陸のときをまった。ボール紙製緩衝材の切れ端をとりだし、指のなかでもてあそぶ。たどるには細い線だ。だが容易に切れるほどヤワとも思えない。

17

窓の外に見える夜空が、いつしか明るみを帯びだした。百里基地の司令棟内は、かつて見たことがないほど慌ただしかった。

通路を進む美由紀を、パイロットのフライトスーツらが追い越していった。エプロンにいるはずのパイロットが、装備品を身につけたまま、司令棟に呼びだされている。まったくイレギュラーな事態だとわかる。自動音声によるアナウンスが、防空警報《アップルジャック》と反復しつづける。レーダーが敵機を捉《とら》えない時点での防空状態は、警戒警報《レモンジュース》になるのがふつうだが、F－70の襲来は探知できない。よってずっとアップルジャックが維持されている。

美由紀はブリーフィングルームに足を踏みいれた。主要幹部が集結し、机上の作戦図を囲んでいる。

飛行群司令の一等空佐が明瞭《めいりょう》に声を響かせた。「重要なのはF－35との識別である。現在は三沢基地と米軍のF－35が、絶えず領空内を警戒している。ＩＦＦに留意せよ。

F－70とあきらかになった場合、目視で追跡せねばならない。けっして見失うな。その後はパイロットの判断に委《ゆだ》ねられる」

　パイロットの判断。先制攻撃を命じているのと同じだ。自衛隊法に基づけば、領空侵犯機に対し、攻撃はけっして許されないことになっている。だが幹部自衛官が有事に際し、法律を議論する状況は、漫画や映画のなかでしかありえない。入間《いるま》基地が地位協定でアフターバーナー装備機を配備できないとか、そんな建前論と同じだ。

　ふだんのスクランブル発進でも、ミグ機とバルカン砲を撃ちあう事態は頻繁にある。ただ報道されないだけだ。人どうしの対立が、銃撃戦に発展する事件が起きるのに、戦闘機だけ双方がルールを遵守するなど、ナンセンスの極みだった。国防をめぐる空の喧嘩《けんか》はそんなに甘くない。戦闘機パイロットは外交官と同じという主張など、うわべだけのパフォーマンスでしかない。まして首都に甚大な被害を及ぼした敵機であれば、なおさら容赦しない。

　整備補給群司令の一佐が美由紀に気づいたらしく、驚きの表情になった。別の一佐もその視線を追い、美由紀を見つめる。反応が反応を呼び、会議中の主要幹部らが、みな美由紀を凝視しだした。

寺井将補はこちらに背を向け、最後まで作戦図を見下ろしていた。周りの静寂を妙に思ったのだろう、ようやく顔があがった。振り向いた寺井が、たちまち厄介とでもいいたげな面持ちになる。

「岬」寺井が苛立《いらだ》たしげに告げてきた。「来るとはきいたが、ここへの立ち入りは許さん。でろ」

美由紀はかまわず寺井に歩み寄った。「事実を隠してましたね」

「なんだと？」

「F-70のパイロット全員にアリバイがあったなんて」

「なにをいってる。現に三人とも……」

「三人以外にもパイロットがいたでしょう」美由紀はボール紙の切れ端を、作戦図の上に放り投げた。

寺井が眉《まゆ》をひそめた。「これはなんだ」

「わたしの現役時代、ロッカーのなかはこれと同じゴミであふれかえってました。アンダーセン基地に出向くたび、ＳＰＦ１００の日焼け止めをまとめ買いしたせいで」

どの国の空軍でも、女性の戦闘機パイロットの採用を増やすため、特別に認めている経費がある。効果の強い日焼け止めだった。

飛行中は透明なキャノピーを通じ、いっさい遮られることなく、苛烈《かれつ》な陽光に晒《さら》される。目もとはバイザーで覆われていても、酸素マスクはときどき外すうえ、襟もとは常に開いている。顔の下半分や喉《のど》の周辺のみ、黒く日焼けしたのでは、とても私服で外出できない。

日本で販売される日焼け止めは、ＳＰＦ50が上限だった。研修でグアムの空軍基地に行く機会があれば、ついでにＳＰＦ１００をごっそり買う。それが女性の戦闘機パイロットの習慣でもある。

美由紀は寺井を見つめた。「女性はのちに記録がいじれるよう、正式な配属とは呼びがたい半端な状況に置かれます。未配備のＦ－70なら、とりわけ事実を闇に葬りやすい。三人の男性以外に、少なくともひとりの女性が操縦訓練を受けたはずです」

「そんな事実はない」

「その女性がＦ－70を盗み去った。現在は音信不通です」

「ちがう！」

「ちがいません。渇いた口をすぼめがちなのは、本心を偽ってる証拠です」

「失礼だろう。きみはもう退官したはずだ。いますぐ帰れ。きょうの日中、いや明日以降も、自分の職場に籠《こ》もってろ」

「戻る場所なんかありません！　勤めてた児童養護施設は空爆で消滅しました」

室内は静まりかえった。美由紀は涙腺《るいせん》に刺激を感じたものの、目が潤みだすのを断固として拒否した。ここには美由紀のほかにも、身内が犠牲になった者がいるだろう。泣きごとなど許されはしない。

寺井はため息をつき、副司令にぼそりと告げた。「代わってくれ」

なおも沈黙がつづく。寺井は美由紀をうながし歩きだした。美由紀は寺井につづいた。

隣りは狭い事務室だった。美由紀が入ると、寺井はドアを閉めた。ふたりは立ったまま向かいあった。

「岬」寺井が怪訝《けげん》そうにきいた。「さっきのゴミはどこにあった？」

「F－70強奪犯について、別の線でたどったところ、あれを見つけました」

「勝手なことをするな」

「わたしが基地に来るのを許可していただけたのは、意見をきこうと判断なさったからでは？」

「うぬぼれるな。きみにたずねたいのは湯川先生の行方だけだ。なぜか空爆以前から連絡がとれなかった。なにか知ってるのか」

湯川は死んだ。だがいまはもう、臨床心理士ひとりの行方不明など、問題視される状況ではない。にもかかわらず寺井が気にかけるのは、湯川を疑っているからだ。あの男が基地に出勤しなくなって、寺井は初めて疑惑を向けだした。

美由紀は事実の一部を明かした。「行き先は知りません。湯川がデータを盗んだのはたしかです。向精神薬で神原千秋の記憶を曖昧《あいまい》にし、ＩＤカードを奪いました」

「なに？　向精神薬だと？　どうしてそういえる」

「湯川自身が認めました。嘘をついていないこともあきらかでした。証言を頼りに調べを進めた結果、ボール紙緩衝材を拾うに至ったんです」

「証拠は？」

「法廷で証明可能な論拠という意味なら、なにもありません。ですが、いまはもうそんなことをいってる場合ではないでしょう。警察の捜査など期待もできません。わたしを信頼し、ご存じのことを教えていただけませんか」

「きみに話してどうなる」

「現在の職業は臨床心理士ですが、元幹部自衛官としての責務を果たすため、実態解明に協力します」美由紀はささやくように付け加えた。「それで充分ではないですか」

寺井は低く唸《うな》った。「やはりきみは、自衛官に向いていないな」

かえす言葉もない。美由紀は無言で立ち尽くした。

沈黙は長くつづいた。寺井はため息をつくと、事務机に歩み寄った。引き出しを開け、なかをまさぐる。やがて一冊のファイルをとりだした。

ファイルを開き、机の上に置く。寺井がいった。「幹本史緒里《みきもとしおり》二等空尉。察しのとおり、女性のなかでただひとり、Ｆ－70の操縦訓練を受けた」

顔写真があった。丸顔で目の大きな、わりと色白の女性だった。薄めのメイクは、ベースから仕上げまで、ウォータープルーフのアイテムを多用しているとわかる。

防衛大学校で女子生徒は、二学年から化粧をする余裕がでてくる。以後はふしぎと、どんなに忙しかろうが、メイクの手間は惜しまなくなる。汗で落ちにくいコンシーラーやアイブロウ、粉っぽくなりにくいアイシャドウは必需品だった。幹本史緒里も例外ではなかった。強い日焼け止めも手放せなかったはずだ。

経歴に目を移した。年齢は二十八。防衛大学校を卒業後、航空自衛隊に任官。戦闘機操縦課程を志願し、訓練を受けたのち、第３０２飛行隊に配属。Ｆ－15Ｊパイロットに任命。

イーグルドライバーだった。美由紀は寺井にきいた。「彼女はなぜＦ－70の訓練を受けたんですか」

「F－35のパイロットのうち、F－70の操縦桿《かん》をまかせられる優秀者は三名だけだった。全員男性だ。しかしF－70は複座で、常にふたり搭乗する規則だった」

「あー。コ・パイロットも、パイロットと同じ訓練を受けなければ務まらないから……」

「そうだ。いわば空席を埋めるかたちでの、仮の任命といえた」

「本人が志願したんですか？」

「そのとおりだ。幹本二尉はF－35の操縦訓練でも、それなりの成績をおさめていた。３０２飛行隊が三沢基地に移駐してからも、なぜか彼女は百里に留《とど》まりたいといい、第３飛行隊に編入された」

「いつごろの話ですか」

「十か月ほど前だな」

湯川が防衛技士となり、基地勤務になった時期と重なる。幹本史緒里も、蟹垣摂男に操られた工作員だったのか。

だが腑《ふ》に落ちない点がある。美由紀はつぶやいた。「あの空爆が、訓練を終えたばかりのパイロットによる操縦だなんて……」

寺井が首を横に振った。「考えられん。難なく超低空飛行をこなし、空爆後ただちにどこかへ逃げ去った。一朝一夕には不可能だ」

幹本史緒里はF－70を奪取したのみで、空爆は別のパイロットか。美由紀は心が渇いていくのを感じた。「小型MOABは何発搭載可能なんですか」

「なぜMOABのことを……」寺井は言葉を切った。美由紀が児童養護施設の惨状を知っていた以上、被爆地を目にした、その事実に気づいたのだろう。ためらいがちに寺井はいった。「われわれはMOAB－ⅡAと呼んでる。F－70のウエポンベイに六発入る」

六発……。美由紀は思わず絶句した。F－70はいちどの出撃で、あの規模の破壊を六回おこなえるのか。

「岬」寺井がじっと見つめてきた。「教えられるのはここまでだ。最後にきいておく。なにか意見はあるか」

「……いまは幹本史緒里の行方を追うのが、首謀者の素性を知るための、最も適切な手段に思えます」

「F－70の奪取のためだけに、幹本二尉の操縦の腕が必要とされたのだとしたら、すでに彼女は……」

「いえ。それ以降もF－70を飛ばす機会が与えられていると思います」

「なぜそう思う？」寺井がきいた。

「F－70の奪取は黄昏《たそがれ》どきでした。日焼け止めは必要ないはずです。しかも黒幕は箱買いで調達しました」

「なぜ本人でなく黒幕が調達したと？」

「ボール紙緩衝材が、基地とは別の場所、黒幕の隠し部屋に落ちていたからです」

「それはどこだ」

「すでにもぬけの殻です。幹本二尉が、差し迫った戦闘機の搭乗任務もないのに、日焼け止めを大量に取り寄せるのは不自然です。だから黒幕が調達を代行したんです」

「きみは無断で怪しげな追跡活動をおこなっているようだ。しかも私に対し、すべてを打ち明けようとしない」

「F－70の盗難は警察に相談できません。寺井さんを面倒に巻きこむわけにはいかないと考えています」

「気遣いだというのか」寺井は鼻を鳴らした。「たしかに幹本二尉の足跡をたどっていけば、道が開けるかもしれん。しかし手助けはできんぞ。きみが消息不明になっても、知らぬ存ぜぬをきめこまねばならん」

「現役時代もそうだと思っていました」

「皮肉はよせ。まったく、いつもひとこと多いな」

美由紀は幹本史緒里の経歴に目を戻した。「家族は父親だけで、広島在住ですか」

「母親は彼女が幼いころ亡くなったらしい。父親との連絡はとれていない。こんな状況では、事情をきけるのもいつになるか」

本人にも家族にも会えない。所持品を調べるぐらいしか打つ手がない。美由紀は寺井にファイルを返却した。「彼女のロッカーのなかを調べさせてください」

「おい。まだ基地内をうろつくつもりか？　引っ掻《か》きまわされては迷惑だ。自己責任の調査なら外でやれ」

「これは戦争です。情報は可能な限り収集せねばなりません」

「……幹本史緒里二尉について、勝手に口外しないと誓えるか？」

美由紀は黙っていた。寺井は不祥事が外に漏れるのを恐れている。けれどもわかっているはずだ。保身を気にする段階はとっくに通り越している。

寺井は難しい顔になり、しきりに顎《あご》を撫《な》でまわしていた。だがやがて意を決したように、壁の受話器を手にとった。「柴藤瑤太《しばふじはるた》三尉をここに」

受話器を戻すと、寺井が深く長いため息をついた。「岬。敵勢力の情報がつかめるのなら、なんでもいい、報告してほしい。だが念を押しておく。われわれとしては、特に支援はできない」

「承知してます」

　ドアをノックする音がした。寺井が応じた。「入れ」

　開いたドアの向こうで、ずいぶん若い幹部自衛官が敬礼した。一見して新人とわかる。張りのある声でいった。「柴藤三尉、入ります」

　寺井はファイルを引き出しにしまいこんだ。「柴藤。岬を幹本二尉のロッカーに案内しろ。なかを調べる許可をあたえた」

　柴藤は目を瞠《みは》り、かすかに動揺をしめしながら、気をつけの姿勢をとった。「はい」

「緊張しているようだな」寺井が腕組みをした。「無理もない。おまえたちのあいだで囁《ささや》かれている、岬元二尉の噂は事実だ」

　美由紀は寺井にたずねた。「なんのことですか」

「きみが退官になった理由のひとつだ。日本海で韓国海軍の駆逐艦から、火器管制レーダーの照射を受けたな。要するに悪ふざけでロックオンされた」

「ああ……」

「岬はあろうことか急旋回し、甲板をかすめて飛んだ。衝撃波で駆逐艦は転覆寸前まで傾いた」

柴藤が腰の引けた態度をしめした。「本当だったんですか」

いまさらの話に思える。美由紀はささやいた。「あれ以来、悪ふざけはなくなりました」

18

美由紀は柴藤三尉の先導で、司令棟に隣接する待機棟のロッカールームに向かった。もっとも案内は要らなかった。基地内の隅々まで場所を把握している。ほぼ隙間なく並ぶロッカーのなか、どれが幹本史緒里のスペースなのか、知りたいのはそれだけだった。

朝五時をまわっている。基地内の自衛官は不眠不休のまま、各部署で仕事に追われていた。いまはロッカーの利用者もおらず、室内はがらんとしている。史緒里のロッカーの前に、美由紀は柴藤とふたりきりで立った。鍵《かぎ》がかけられる仕様だが、すでに解錠してあった。史緒里の失踪《しっそう》後、すでに基地関係者が調べたとわかる。

美由紀はロッカーの扉を開けた。スポーツバッグにリュック、ハンドバッグ、衣類がきちんと整頓《せいとん》されている。余分な物は溜《た》めこまず、効率重視ですっきりしているが、ミニマリストと呼ぶほどではない。

ウォータープルーフのメイク用品が大量にあった。それにＳＰＦ１００の日焼け止めクリーム。ここには三本しかない。箱買いは少なくとも二十本以上になる。

ロッカーの中身をベンチに並べる。美由紀はハンドバッグのなかをあさりだした。

柴藤が戸惑い顔でささやいた。「それらはすべて、管理隊の女性隊員らが調べました。スマホはなかったそうです」

美由紀はハンドバッグから財布をとりだした。現金はほとんど入っていない。手書きの領収書がある。幹本史緒里様、二万九千八百六十円、上北沢《かみきたざわ》ジュエリーショップ。但し書きにはブラックトルマリン・ブレスレットとある。日付は去年の十月十六日だった。美由紀は柴藤にきいた。「幹本二尉はブレスレットをしてた？」

「さあ。記憶にないですね」

制服着用時はアクセサリーを身につけられない規則だが、部隊によっては緩かったりもする。女性パイロットもフライトスーツを着ていないときには、比較的自由だった。

運転免許証も見つかった。誕生日が六月二十一日だとわかる。美由紀はつぶやいた。

「自分のブレスレットじゃなさそう」

「なぜですか」

「トルマリンは十月の誕生石だから」

「……私も十月生まれですが、オパールだったと思いますが」

「オパールもトルマリンも十月。誰かへの贈り物かな。私物にしては高価すぎるし」

「気になるようでしたら、店のほうに問いあわせを……」

「上北沢は被爆圏内」

「ああ……。そうですね」

リュックやスポーツバッグも調べてみる。隅々まで探したが、ブレスレットは見つからなかった。

柴藤が眉《まゆ》をひそめた。「そんなにブレスレットが重要なんですか？」

「贈った相手との関係がつづいているなら、彼女は私生活に戻る気でいたことになる。あ、これは？」

リュックのポケットから一枚の写真がとりだされた。史緒里が男性と寄り添っている。ふたりとも胸から上しか写っていないが、史緒里の襟もとはニットの服だった。

わざわざお洒落《しやれ》をしている。場所は飲食店内で、並んで座っていた。恋人か友達か、微妙な距離感覚だった。けれども美由紀の目には、ふたりの表情を通じ、双方の想いが手にとるようにわかった。

男性は三十前後、髪は短め、細面のハンサムだった。首の太さから筋肉質とわかる。背景にも同年代の男女らが写りこんでいた。

柴藤がいった。「合コンの写真だそうです。出席者に確認がとれました。一年ぐらい前だとか」

「隣りの男性は誰？」

「たしか陸上自衛隊、第1普通科大隊のかたです」

精鋭部隊だった。美由紀はたずねた。「名前がわかる？　誕生日と経歴が知りたい。ブレスレットを身につけてる最近の画像があるかないかも」

「内線で管理隊に問い合わせてみます」柴藤は近くの柱に赴き、備え付けの受話器をとった。

通常ならこの時間、基地業務群の各隊には当直しかいない。答えを受けとるのに時間がかかる。だがいまは非常時だった。どの部署も日中と同じ活動状態にある。

自衛隊では合コンがさかんだった。職場恋愛は禁止どころか自由奔放に近い。パートナーも同期や上司、部下と分け隔てなく選ぶ。美由紀は現役時代、エプロンのひとけのない物陰で、男女の自衛官が抱きあう状況に何度も遭遇した。カップルは気まずそうにするのが常だったが、美由紀はさっさと通り過ぎた。基地内ではありふれた光景だった。

柴藤が受話器を戻し、美由紀のもとに引きかえしてきた。「本部中隊の伊島頌栄《いじましょうえい》一等陸尉だそうです。年齢は三十一歳。幹本二尉とは三歳差なので、防衛大学校の在籍期間は一年重なっていますが、当時は知り合いではなかったようです。誕生日は十月十九日」

三日前に誕生石のブレスレットを史緒里が購入した。恋仲なのはあきらかだった。わざわざプリントした写真を持ち歩くからには、結婚を前提とした付き合いだったかもしれない。美由紀は柴藤に問いかけた。「伊島一等陸尉はいまも無事？」

「習志野《ならしの》駐屯地の配属ですから、ふつうに考えればご無事と思いますが、連絡をとるのはおそらく困難かと」

「幹本二尉の失踪後、この写真を重視しなかったの？」

「真っ先に調べたそうです。習志野駐屯地に問い合わせたところ、伊島一尉がこの基地に来られました。質疑応答のうえ、ポリグラフ検査もおこなったものの、恋愛関係にあったことが事実と判明したのみです。それ以外、疑わしいところはなかったらしくて」

　寺井将補がそんな重要な経緯を隠していたとは腹立たしい。だがポリグラフ検査の結果は事実だろう。写真のなかのふたりは、眼輪筋の弛緩《しかん》ぐあいにより、互いに恋心を抱いているとわかる。

　柴藤が写真をのぞきこんだ。「伊島一尉は防衛大で成績優秀、習志野でも指折りの優秀な人材だそうですよ」

「F－70が奪取された日までに、幹本二尉は伊島一尉に別れ話を持ちかけてない？　もう会えないと告げたとか」

「別れ話までは……。このところは忙しくて、なかなか連絡をとれずにいたとのことです。ただし……」

「なに？」

「管理隊の女性隊員の話では、基地に来た伊島一尉の袖《そで》から、黒いブレスレットがのぞいていたそうです」

　少なくとも伊島一尉のほうは、幹本二尉との恋愛関係が持続している、そんな認識だったようだ。史緒里は今後をどう考えていたのだろう。こんな笑顔を浮かべる女性が、F－70の強奪など、本当におこないうるのか。

蟹垣摂男がメフィストの元メンバーであっても、人の意思力を完全に失わせたり、意のままに操ったりはできない。できるのは巧みに欺して誘導することだけだ。どういう経緯で史緒里は蟹垣のいいなりになったのだろう。

柱の受話器に着信音が鳴った。内線電話がかかってきたらしい。柴藤が駆け寄り受話器をとった。柴藤三尉です、そう応じた。

しばし受話器の声に耳を傾けていた柴藤が、大きくうなずいた。「……はい。わかりました」

新たな情報を得たことは、表情を見ればわかる。柴藤が受話器を戻し、神妙な顔で戻ってきた。美由紀は目でたずねた。

柴藤が報告した。「第1普通科大隊は首都防衛のため、都内に移動しています。伊島一尉もそこにいるとのことです」

こんな状況だ、習志野に留《とど》まっているはずもなかった。だが都内なら会える可能性もある。基地の訪問は敷居が高いが、防御陣地ならつかまえやすい。

幹本史緒里の恋人、伊島一尉は自身も意識しないうちに、交際相手に関するなんらかの重要な事実を知ったかもしれない。直接会えば心理も読める。

にわかにサイレンがきこえてきた。美由紀は不穏な空気を察した。柴藤も緊張した顔で辺りを見まわした。

じっと耳をすます。サイレンのほか、基地内の喧噪《けんそう》を聴覚にとらえた。美由紀は走りだした。ロッカールームから飛びだすと、通路を迷彩柄の作業員が駆けまわっていた。アップルジャックを告げる自動音声に加え、アナウンスの声が飛び交う。騒々しさのせいでよくきこえない。ＡＡＲ発生、そのひとことだけが、かろうじて認識できた。

美由紀のなかを衝撃が駆け抜けた。現役時代にも訓練以外で告げられたことがないアナウンス。領空侵犯機による地上攻撃を意味している。またＦ－70が襲来したのか。

柴藤が追いかけてきた。「岬さん。まってください。勝手な行動は困ります」

エプロン方面に向かいたくなるが、いまはもう民間人だった。美由紀は柴藤とともに階段を駆け上った。連絡通路を司令棟へと渡る。隊員らの慌ただしい動きが顕著になった。演習で経験した戦争勃発《ぼっぱつ》時の緊急態勢。誰もが必死の形相で対応に追われている。

管制塔への入口の手前、作戦司令室沿いの通路に、自衛官らが群れている。みながラス越しに室内をのぞきこんでいた。美由紀と柴藤もそのなかに加わった。

ガラスの向こうに並ぶ百以上のブースに、それぞれオペレーターが着席している。全員が壁一面のモニター群を見あげていた。日本各地のレーダーサイトから寄せられる、リアルタイムの状況分析がデータ化され、各画面に表示される。

なんとも異様な表示内容だった。いまは午前六時すぎ、すでに外は明るくなっている。彼我不明機《アンノウン》の機影はどこにもない。にもかかわらず千歳《ちとせ》と三沢、那覇《なは》基地からスクランブル発進した編隊が、戦闘空中哨戒《CAP》を遂行中だった。さらに小松《こまつ》と新田原《にゅうたばる》からも、F－15Jが二機ずつ離陸、機影がレーダー上に出現した。

作戦司令室内の声はガラスに阻まれ、通路にはきこえない。しかし通路の天井スピーカーが、第3飛行隊のスクランブル発進を告げている。この百里基地もF－2を飛び立たせた。ほどなく築城《ついき》基地のF－2とともに、機影がモニターに表示された。

領空侵犯に対抗しうる全基地から戦闘機が離陸、列島上空を飛びまわる。さらに在日米軍の機影も加わった。嘉手納《かでな》からF－15、三沢からF－16。各機は首都を中心に索敵している。だが総じて闇雲に飛びまわっているようでもある。敵機の位置がまるで把握できていない。

通路にいた誰かの声がきいた。「本当にF－70が現れたのか？」

別の声が応じた。「奥尻島《おくしりとう》付近で輸送機が撃墜された。敵機の機影はまったく捉《とら》えられていない」

第３０２飛行隊のＦ－35二機が、いずれも赤いろに表示を変えた。ざわっとした反応が通路にひろがる。赤は交戦状態を意味する。敵機と遭遇した。レーダーでの捕捉《ほそく》が不可能な以上、目視で発見したにちがいない。

ところが次の瞬間、Ｆ－35の一機がモニターから消えた。通路にどよめきがあがった。次いでもう一機が消滅した。誰もが慄然《りつぜん》とし、ガラスの向こうのモニターを凝視する。戦闘司令室内は混乱状態だった。寺井が顔面を紅潮させ、なにやら怒鳴り散らしている。

モニターに表示された日本地図、本州の最北端を中心に、放射状の線がひろがる。画面が切り替わった。空撮のカメラが地上をとらえる。通路に嘆きの声がこだました。

美由紀は絶句した。きのうと同じ焼け野原だった。しかし杉並区ではない。海岸線が見える。黒焦げになった三角形の建物の残骸《ざんがい》があった。本来は地上に直立しているはずが、ばったり倒れている。あれは青森県観光物産館アスパム。ＭＯＡＢに破壊されたのは、青森市役所を中心とする広大な地域だった。

若い隊員が人を掻《か》き分け、ガラスに張りついた。「そんな。嘘だろ！」

あの辺りの出身者かもしれない。モニター上で自衛隊と在日米軍の戦闘機が、いっせいに針路を変え、青森上空に向かう。三沢のF－16が最も近い。けれども次の瞬間、F－16が二機とも真っ赤に染まった。

わずか数秒後、二機はいずれもモニターから消え失《う》せた。次いでF－15J二機が赤くなるや消滅した。F－2も同様だった。東北地方に駆けつけた戦闘機が、次々と姿を消していく。

衛星のセンサーが感知する地表の温度分布図に、オレンジいろのエリアが点々と現れた。墜落機により発生した大規模火災にちがいない。作戦司令室で寺井将補がモニターを指さし、しきりにわめいている。戦闘機が海上に散開しだした。内陸部に被害が及ぶのを避けるためには、それしか方法がない。だが退避中のF－15Jが数機、またも見えない敵の餌食《えじき》になった。

ふいに青森全体の表示が消えた。J／FPS－5、大湊分屯《おおみなとぶんとん》基地の第42警戒群からの情報が、いっさいモニターできなくなった。

誰かが当惑の声を発した。「なんだ?」

美由紀はささやいた。「釜臥山《かまふせやま》山頂のレーダーが破壊された」

沈黙がひろがったのち、隊員らが激しく取り乱した。なかでも青森出身者とおぼしき隊員が、すっかり冷静さを失い、叫びながらガラスを殴りだした。周りが制止を試みるものの、手がつけられない。柴藤が落ち着くよう大声で説得する。衛生隊が駆けつけ、隊員を保護にかかった。

美由紀は歩きだした。搬送されていく隊員を追う。遣《や》る瀬なさが胸に満ちる。いまは臨床心理士としてできることをしたい。

ガラスの前を離れる寸前、視界の端に作戦司令室をとらえた。寺井将補が項垂《うなだ》れている。目視で敵をとらえたにもかかわらず、味方機はなすすべもなく、次々と撃墜されていった。F‐70の操縦桿《かん》を握るのは、よほど凄腕《すごうで》のパイロットなのか。

19

久保谷俊充総理は、地下核シェルター内の狭い個室、仮の執務室にいた。エグゼクティブ・デスクと革張り椅子は、総理官邸の物に比べ質が劣るものの、そこにクレームをつける気はない。

妻や子を迎えたかったが、規則で不可能だった。家族は親戚《しんせき》とともに軽井《かるい》沢《ざわ》の別荘に避難させている。しかし安全という保証はない。青森市でさえ攻撃対象だったではないか。海外に逃がそうにも、奥尻島付近で輸送機が撃墜された以上、空の旅自体が許可できなかった。

机を挟んだ向こうに椅子が二脚。久保谷と同世代の高齢者のふたりが座る。日銀総裁の稲葉《いなば》昭太郎《しょうたろう》は見るからに憔悴《しょうすい》しきっていた。内閣情報官の辰野《たつの》博嗣《ひろつぐ》は、まだいくらか気力を感じさせるが、定例会議ほどの落ち着きぐあいはない。

辰野は膝《ひざ》の上で組みあわせた両手の指を、しきりに動かしていた。「外務省によれば、援助を申しでている諸外国も、物資の輸送となると二の足を踏む傾向があるようです」

久保谷総理はなにもない机の上を眺めるしかなかった。「当然だろうな。日本に近づけば撃墜の恐れがある」

「自衛隊機が危険を冒し、各国の空軍基地と行き来することになりますが、その受けいれを拒否されるケースも起きています」辰野内閣情報官の表情は暗かった。「巻きこまれるのを嫌っているんでしょう」

日本はいまや内戦が起きている国と同じ扱いだった。すなわち世界から孤立状態になっている。政府だけはなんとしても存続させねばならない。秩序が失われたら国民は違法に海を渡りだし、ゆくゆくは難民となってしまう。

久保谷は辰野を見つめた。「こういう状況を想定したシナリオはないのか」

辰野が渋い顔になり、首を横に振った。「日本国内のみが戦場と化す可能性はないと考えられてきました。内戦の勃発は、現権力体制への対抗勢力の存在か、イデオロギーの対立が前提となります。あるいは食料争奪や民族的紛争です。わが国にはどれも縁遠く、想定外だったといわざるをえません」

稲葉日銀総裁がつぶやくようにいった。「こんな事態下で経済をいかにバックアップしうるかも、まったく考慮されてこなかった」

領空に出入り自由な、見えない敵の空爆に、連日脅かされる。敵の正体も目的も不明。青森市の犠牲者も十万人から二十万人に上るという。攻撃はまたいつでも起きる可能性がある。

考えるだけでも気が遠くなりそうだった。久保谷総理はささやいた。「国内の治安状況は……?」

辰野内閣情報官が応じた。「治安維持は確実に困難になっています。在日外国人による暴動や略奪が激化しているからです。特に大阪が酷《ひど》い」

希望がまるで見えない。アメリカが同盟国として支援しようにも、敵勢力が判明しなければ、報復攻撃も可能にならない。

マサチューセッツ州では、ロッキード・マーティン社がＦＢＩの家宅捜索を受けたという。日本における空爆の被害状況が報じられて以降、紛争地帯を抱える各国から、Ｆ－70の発注が殺到したからだ。これまでＦ－70は高価すぎ、まったく売れないとされてきた。もしや一連の事態は、Ｆ－70を売るためのデモンストレーションではないのか、そんな疑いが生じたようだ。

　だがロッキード・マーティン社に怪しむべき点はなかった。戦闘機の性能を披露する目的であれば、対空ミサイルが完備された紛争地域こそ、最適のお披露目舞台となる。憲法が戦争を禁じ、平和が維持されている日本の油断を突くなど、ただ卑怯《ひきょう》な虐殺でしかない。

　それでもスクランブル発進した戦闘機を、次々と返り討ちにしたＦ－70の機動力は、いまや世界各国の脅威だった。国連は戦闘機の過剰兵装や、完全なステルス性能を禁じる法案を検討しだした。どうせ常任理事国のいくつかが否決にまわるだろう。たとえ国際法が定められたところで、すでに違法行為を重ねる正体不明の敵勢力に、なんの効力があるだろうか。

　稲葉日銀総裁が重苦しい口調で告げてきた。「総理。そろそろ銀行の預金封鎖まで考慮にいれねばなりません。でなければメガバンクが軒並み破綻《はたん》します。企業の倒産にも歯止めがかからず、街に失業者があふれます」

辰野内閣情報官も深刻な表情でうなずいた。「警察や消防を筆頭に、あらゆる公共機関が機能不全に陥るでしょう」

胃がキリキリと痛む。久保谷総理は稲葉日銀総裁を見つめた。「ＩＭＦはどう関与してくるか……」

稲葉が応じた。「破綻の規模が大きすぎます。ＩＭＦの拠出金ていどでは、日本の外貨準備金にも届きません。救いの手が差し伸べられても、せいぜい急場をしのぐのみです。治安維持と食料配給のための、最低限の融資に留《とど》まるでしょう」

「それも無償の融資というわけにはいかないでしょうな」

「むろんです。ＩＭＦから突きつけられる条件も厳しいものになります。年金や公務員の退職金は消滅、給料も半減。国債の利払いが十年間停止。消費税二十五パーセント。年収七十万円以上なら徴税。資産税の導入。預金の一律半減」

役人の既得権益など、当然のごとく失われる。雇用の喪失。国民の資産の没収。日本は先進国の座を追われ、経済大国から貧困国に成り下がる。

暗澹《あんたん》たる未来しかない。もうどうにもならないのか。

ノックの音がした。久保谷はどうぞと応じた。開いたドアから、七十二歳の江崎財務大臣が、やはり疲弊しきった顔で入室してきた。

「ああ、江崎君」久保谷は引き出しを開け、分厚いファイルをとりだした。「きみが提出した経済対策だが、よくまとまってる。当面はこういう地道な努力と調整をもって、慎重にやりくりしていくしかないだろう」

江崎は困惑のいろとともに頭をさげた。「恐れいります。国民からは消極的対応とそしりを受けるでしょうが、いまは節約しかないと思いまして」

「よくまとまってる」久保谷は繰りかえしたうえで、いわねばならないひとことを切りだした。「じつは国家非常事態対策大臣という役職を設けることにした。江崎君を任命したいと思うが」

気まずい沈黙がひろがる。江崎が眉《まゆ》をひそめ、稲葉と辰野を見た。ふたりとも目を逸《そ》らしがちになっている。

「あのう」江崎が久保谷に向き直った。「その書類は、財務上の延命を図る案について、なんとかまとめただけで……。むろん官僚の知恵あってのことです。過大な評価を受けるに値しません」

「引き受けてもらわないと困る。この国難を乗りきる牽引《けんいん》役には、きみこそ適任だ」

「国難を乗りきる牽引役は、ほかならぬ総理でしょう」

「私は政府それ自体を維持するのに忙しい。きみは古きよき昭和を愛する者を自負していた。一億総中流家庭が理想だったな。わが党の格差もやむなしとする方針に、きみは常々反対してきた」

「あらゆる貧困問題の元凶ですからな」

「節制が重要になってくる今後において、きみの信念と知恵が必要になる。どうかわかってもらいたい」

「私にすべての責任を負えと？」

久保谷総理は黙りこんだ。江崎の不満げな目が見つめてくる。真意に気づいたようだ。久保谷にとって江崎は長いこと政敵でありつづけた。昭和こそ悪平等だったとする与党の方針を、久保谷政権も踏襲している。法人税の引き下げ、消費税の増税。社会保障への企業負担を軽くし、国民の自己責任に委《ゆだ》ねてきた。

かつて日本は冗談半分に、最も成功した社会主義国などといわれた。その傾向から脱し、真の意味での資本大国をめざす。そんなわが党の理念に、江崎は真っ向反対した。彼のなかにある理想像は昭和だった。富裕層に多く課税し、貧困層に等しく分け与える、所得の再分配を是とする社会。だがそれでは経済界の反発を招く。

江崎が硬い顔でいった。「満足ですかな。医療費の自己負担、リストラの増加、正規雇用の減少。それらに反対してきた私に、すべての責任を負わせることができて」

「勘ちがいしないでくれ。世界不況のなか、わが国は資本を生き残らせるため、グローバル市場で競争力を強化せねばならなかった。それが従来の方針だ」

「企業負担の軽減を優先し、低賃金による貧困層の拡大は放置。今後はそれが私の方針になるわけだ。国家非常事態対策大臣とは名ばかり、国民に乏しい生活を強いる監督責任者ではないですか」

「江崎君。基本的にはこの書類にある、きみの改革案に沿った方針だよ」

重苦しい沈黙が漂った。江崎財務大臣は唇を固く結び、ドアへと立ち去った。一礼したのち退室する。

稲葉日銀総裁がつぶやいた。「国民にあるていどの犠牲は仕方がない。貧困層を切り捨てなければ、国の存続にかかわる」

そのとおりだ。久保谷総理は椅子の背もたれに身をあずけた。無言で天井を仰ぐ。政治的対立など平和な状況でしかありえない。非常時のいま、理想主義者には心を改め、政府のために尽くしてもらう。むろん自己責任でだ。

20

午後二時、美由紀は百里基地の取調室にいた。机を挟んだ向かいには、陸上自衛隊の迷彩服に身を包んだ、精悍《せいかん》な顔の男が座っている。第1普通科大隊の伊島頌栄だった。

室内にいるのはふたりきりだが、壁のマジックミラー越しに、基地の主要幹部らが見守っている。伊島も了承済みだろう。

美由紀が伊島と会ったのは、きょうの正午すぎになる。彼を迎えに行くべく、ＵＨ−60Ｊヘリが飛んだ。幹本史緒里二尉の恋人だった伊島に、深く事情をきく必要がある。そんな美由紀の主張に、寺井将補が同意したからだ。美由紀は柴藤三尉とともに、ヘリのキャビンに搭乗した。

機体が都内上空に達したとき、美由紀は衝撃を受けた。胸のうちに空洞が生じたかのようだった。そこに冷えきった気体が流入するのを感じた。

東京は様変わりしていた。中野区から西にひろがる、広大な焼け野原ばかりではない。無事だった都心においても、民間人の往来やクルマの通行は途絶え、ネオンや広告ビジョンが消えている。活気を失った市街地の路上に、陸上自衛隊が展開していた。16式機動戦闘車が幹線道路をふさぐ。10式、90式、74式戦車が首都高を前進する。国《こっ》会《かい》通りにM901発射機が密集して並ぶ。迷彩服はビルの屋上から線路の上まで、いたるところに群れをなす。

第1空挺《くうてい》団のほとんどが都心の防衛に集中していた。青森市が空爆されたばかりだというのに、地方の防御を手薄にしてでも、政治の中枢を守ろうとする。やむをえないことかもしれないが、どうにも受けいれがたい。ただでさえ人員不足の自衛隊だ。戦力をここまで結集させたのでは、がら空きの地方も多くあるだろう。

ヘリは在日米軍の協力を得て、赤坂プレスセンターのヘリポートに着陸した。本部中隊が六本木《ろっぽんぎ》七丁目近辺に展開している、そうきいたからだ。美由紀は機体を降りたのち、柴藤に連絡役を委ねつつ、国立新美術館に向かった。広大な庭園が陸上自衛隊の防御陣地と化している。あちこちに散開する小隊を訪ねてまわった。

小隊はいずれも上空からの視線を避けるように、木々の下を各々の拠点としていた。やがてペトリオット発射機の設置に追われる隊員らのなかに、伊島一尉が見つかった。柴藤が中隊長に事情を説明する。伊島はすでに話をきいていたらしく、百里基地へ飛ぶことを了承した。

いま取調室で美由紀と向き合う伊島は、きちんと姿勢を正し着席していた。迷彩服の汚れから、長時間任務に就きっぱなしだとわかる。それでも疲労感を漂わせない。着痩《きや》せして見えるが、鍛えあげた身体つきだった。態度は謙虚で、物腰が柔らかく、美由紀に絶えず気遣いをしめす。

史緒里が恋心を抱くわけだ、美由紀はそう思った。孤独な女性戦闘機パイロットにとって、伊島は理想の相手だろう。しっかり規律正しく暮らしながら、身の周りの世話も焼いてくれそうだ。日々のフィジカル・トレーニングも同じレベルでつきあえる。

美由紀はきいた。「アクセサリーは許されてるんですか」

伊島がたずねかえすような目で見つめてきた。すぐ問いの意味に気づいたらしく、申しわけなさそうに左袖《ひだりそで》をまくった。黒光りするブレスレット。表層は滑らかで、特に装飾はない。

「これですか」伊島が戸惑いがちにいった。「本当は規則違反なんですが、有事だからこそ、お守り代わりにと思って」

「誕生日に幹本二尉から贈られたんですね」

「そうです。彼女の誕生日に真珠の指輪を贈ったので、お返しも誕生石にするといって」

「ブラックトルマリンを選んだのは彼女ですか」

「はい。そのときにお守りの効力があるとききました。信じているわけではありませんが……」

几帳面《きちようめん》な受け答えに性格が滲《にじ》む。表情から真実を語っているともわかる。美由紀は伊島を見つめた。「以前、百里基地に来て以降、幹本二尉から連絡はありましたか」

「いいえ」

側頭筋にわずかな痙攣《けいれん》を見てとった。嘘をついている。

美由紀は慎重に言葉を選んだ。「わたしは臨床心理士ですから、あなたに対し、なんの強制力も持ちません。しかしこのままだと、あなたのスマホやパソコンを、自衛隊の権限において押収する必要が生じます。通信記録のいっさいが調べられるでしょう」

伊島の顔に緊張のいろが浮かんだ。震える声で伊島が謝罪した。「すみません……。本当はSMSでいちど連絡がありまして」

「いつですか」

「きのうの午後です」

「……杉並区の空爆の前ですか、後ですか？」

「直前です」伊島がスマホをとりだした。顔認証で解除したのち、画面をタップする。

美由紀は差しだされたスマホを受けとった。ＳＭＳの受信画面だった。たったひとこと『そs』とある。

それ以前のメッセージは半年も前だった。都内でデートの待ち合わせをしたらしい。やりとりに不審なところはなかった。お互い職務上の機密について探ったり、漏らしたりしたようすもない。

ひさしぶりのメッセージが『そs』だけか。美由紀は伊島にきいた。「上に報告しなかったんですか。あるいは通報するとか」

「しようとしました。でも直後に都内の空爆があり、それ以降はスマホもつながらなくなって……。百里基地に報告することもできないうちに、首都防衛に出動しました」

「幹本二尉のことが心配ですか」

「もちろんです。失踪《しっそう》したのはきいていましたから、気が気ではありませんでしたが、いまは任務に集中しようと」

史緒里の失踪はきいていても、彼女がＦ－70奪取の容疑者なのは知らない。いまもそのことを伊島に明かしてはならない、美由紀は寺井将補からそう厳命されていた。

「伊島一尉」美由紀はたずねた。「彼女がどんなメッセージを送ろうとしたか、見当がつきますか」

「いえ……」

　やはり嘘はついていない。これは伊島にとって予期しないメッセージの受信だった。内容に想像がつかないのも事実だ。

「あのう」伊島がいった。「岬先生」

「なんですか」

「史緒里に、いえ幹本二尉になにがあったんですか。以前ここに呼ばれたときにも、教えてもらえませんでした」

　表情から読みとれる伊島の心理は、不安と不信感だった。無理もない。だが質問には答えられない。美由紀は立ちあがった。「このスマホ、ちょっとお借りします」

　ロックが解除されたままになるよう、スマホの設定をいじりながら、美由紀は部屋をでた。廊下をすぐ隣りのドアに向かう。立っていた曹長がドアを開けた。

　美由紀は監視室に入った。薄暗い室内に主要幹部らがたたずむ。一様に落ち着かなそうにしている。

　透過するマジックミラーの向こう、伊島が視線を落とし座っていた。不満を募らせている、表情からそう感じられた。

　寺井将補が美由紀にきいてきた。「幹本二尉からメッセージを受けたというのは本当か？」

「事実です」美由紀はスマホを差しだした。「伊島一尉は嘘をついていません」

「これはなんだ？『そs』……？」

「戦闘機パイロットには、英語で会話する友達も増えます。ふだん日本語はローマ字入力のほうが早いんですが、このときは偶然ひらがな変換されたんでしょう」

「すると『ＳＯＳ』か」

「訂正する暇もなかったのだと思います」

　基地業務群司令の一佐が歩み寄ってきた。「国内携帯キャリアのＳＭＳなら、送信位置解析ツールがあります。お借りできますか」

　寺井が一佐にスマホを渡した。一佐は部屋の隅のデスクに向かった。データ分析担当の准尉が、ノートパソコンを前に待機している。スマホはＵＳＢケーブルでパソコンに接続された。

　柴藤三尉が部屋の隅に立っている。美由紀は感謝を目で伝えた。民間人の美由紀が基地内で行動できるのは、柴藤の随伴のおかげだった。

ところが柴藤は無愛想に視線を逸《そ》らした。奥歯に力が入っている。美由紀にあまり好ましい感情を抱いていないらしい。

美由紀は気にしなかった。どう思おうと自由だ。退官とともに自衛官の絆《きずな》からは外される。いまさら仲間意識を持たれるとか、虫のいい考えなど持っていない。

准尉が声を発した。「判明しました！　北緯29・9441 62、東経129・095489。賦《ふ》句《く》徳島《とくじま》です」

寺井将補の眉間《みけん》に皺《しわ》が寄った。「座標からすると、九州南端と奄美《あまみ》大島《おおしま》の中間あたりか。どういう島だ？」

「いまデータを……。賦句徳島、面積一〇・二七平方キロメートル、住民はいません。日本の領海内ですが、中国の胜利《シアンリー》公司が島全体を所有してます」

「なに？　島の土地が丸ごと中国資本に買われてるのか」

「はい。島内には携帯電話会社の無人基地局があるだけです」

美由紀は寺井にいった。「胜利はユニコーン企業です」

「ユニコーン……」

「創業十年以内のベンチャーで、評価額十億ドル以上、未上場のテクノロジー関連企業をそう呼びます」

「なんのために無人島を買った？」

准尉がパソコンから顔をあげた。「目的は不明ですが、よくあることです。日本の不動産が中国資本に買収されるなか、じつは離島がよく狙われています。現在までに二百七の島が、土地のすべてを海外企業に不動産購入されました」

「そんなにか……。しかし土地が買われようと、日本の司法権が及ぶはずだ」

「たしかにそうなのですが、島の隅々まで私有地になるため、海上自衛隊や海上保安庁にとっては悩みの種のようです。外国船の領海侵犯を警戒し、島に通信施設を建設しようとしても、断られるケースが多いとか」

「わが国の領土なのにか」寺井がさも嘆かわしいという顔になった。「まるで侵略行為だ」

日本には外国資本による不動産買収を規制する法律がない。土地をどんどん買われても違法ではない。きわめて深刻な問題だが、政府の対応は後手にまわっている。防衛施設周辺や離島など、外国に売るべきでない土地が、これまでどんどん売られてきた。こうした土地の購入希望者に、国籍の届出を義務付ける法案が、やっと国会で審議されている。とはいえ法律が施行されようと、抜け道は山ほどある。購入後の島をなにに利用するのか、どう開発するかは、所有権者の自由だった。日本国内でありながら、島をどのようにされようとも、政府はいっさい手をだせない。

副司令の一佐がささやいた。「実際これは、侵略の第一歩なのでは……」

寺井が口を固く結んだ。主要幹部は一様に由々しげな顔で黙りこくった。

幹部自衛官なら誰でも意識していることだが、ロシアや中国から見れば、日本列島は彼らの太平洋進出を阻む不沈空母だった。土地を買いあさり、不沈空母を少しずつ削りとっていくことは、彼らの国益になる。

メフィストを脱退した蟹垣摂男は、共産圏の手先になったのか。いや、ことはそう単純ではないのかもしれない。

美由紀は蟹垣という男の存在について、寺井将補に話さなかった。そこには理由がある。話したところで自衛隊には打つ手がないからだ。

もともとメフィストは、各国が司法の力を行使できない、不可侵の上位世界を勝手に築きあげている。メフィスト出身の蟹垣も、実体のない幽霊のような存在でしかない。しかもF-70が盗まれた事実を、いまだ認めていない自衛隊は、警察を頼ることさえできない。

准尉が伊島のスマホを寺井に返却した。寺井がそれを副司令に手渡す。

「岬」寺井が向き直った。「スマホはこちらで預かると伊島一尉に伝えろ。柴藤。岬と伊島一尉をヘリで都内に送れ」

また追い払おうとしている。美由紀は寺井に進言した。「賦句徳島への接近は慎重におこなうべきです。幹本二尉が島内にいる場合……」

寺井が片手をあげ制してきた。「すまんな。きみはもう民間人だ」

21

柴藤瑶太三尉は、岬美由紀を信用できない、そう考えていた。

現役時代はよく知らないが、スタンドプレーばかりの異端児だったらしい。彼女は退官後、国家転覆を謀った凶悪犯、友里佐知子に師事していた。それだけでも充分に疑わしい。臨床心理士になった当初は、友里が犯罪者だと知らなかったという。だが表情から心のなかが読めるのに、おかしな話ではないか。

友里はカルト教団、恒星天球《こうせいてんきゅう》教の教祖だった。岬美由紀が洗脳されていないと、どう証明できるだろう。彼女は基地内に深く介入しすぎている。部外者でありながら特権的立場にある。F-70奪取について、第7航空団が知りうる情報を、つぶさに調べあげていくとは尋常でない。きっと裏になにかある。

午後四時すぎ。外は薄暗く、小雨が降りしきっていた。基地のヘリポートに待機するUH－60Jヘリに、柴藤は伊島一尉とともに乗りこんだ。

キャビン内のシートにそれぞれ座り、シートベルトを締める。柴藤はいった。「岬さんはまだ上に抗議してるようです」

伊島がぼんやりとつぶやいた。「俺もそうしたいよ」

「……じきに岬さんも来るでしょう。パイロットが搭乗しだい離陸します」

キャビンと操縦室に間仕切りはない。ふたつ並んだシートの背が見えている。どちらも空席だった。ヘリのエンジンはすでに始動しているが、待機中の爆音はまだ小さく、会話に支障はない。メインローターが回転しつづけるなか、パイロットが戻ってくるのをまつ。基地ではよくあることだった。

「きみ」伊島が静かに語りかけてきた。「幹本二尉について、なにか知ってることはないか」

「なにかとおっしゃると……」柴藤は当惑をおぼえた。「いえ。現時点ではなにもきいておりません」

「頼む。彼女とは結婚を約束した仲だ」

「お察しします。でも規則ですので」

「彼女の居場所がわかったのか?」

柴藤は思わず口ごもった。

伊島が察したように柴藤を見つめた。「どこにいるんだ?」

「……幹本二尉はかならずわれわれが保護します。ですからご安心を」

「なあ。俺はもう首都防衛に戻らなきゃならない。場所ぐらい教えてくれてもいいだろ?」

機密事項だ。しかし伊島の気持ちも痛いほどわかる。愛する人の行方を知らぬまま、伊島は首都防衛に身を捧《ささ》げねばならない。

婚約者の居場所を知るだけでも、少しは安心につながるかもしれない。徐々にそう思えてきた。柴藤はささやいた。「けっして口外なさらないでください」

「ああ。約束する」

「幹本二尉は賦句徳島におられます」

「賦句徳島……?」

「九州南端と奄美大島の中間だそうです。上層部が作戦を練っていますので……」

側面の開放されたドアから、ヘルメットにフライトスーツ姿のパイロットが乗りこんできた。コ・パイロットの搭乗はまだらしい。パイロットは軽く敬礼し、操縦席へと向かいだした。

ふいに伊島が立ちあがり、猛然とパイロットの背に襲いかかった。伊島はパイロットを羽交い締めにし、こちらに向き直った。

柴藤は愕然《がくぜん》とした。あわてて腰を浮かそうとしたが、シートベルトに固定され動けない。急ぎバックルのボタンを押し、ベルトの留め金を外す。「伊島さん！　なにを……」

「動かないでくれ」伊島はパイロットを盾にしながら、操縦席に片手を伸ばした。収納庫から伊島の装備品、オートマチック拳銃《けんじゅう》をとりだす。基地訪問前に預けてあったＳＦＰ９だった。

パイロットは怯《おび》えのいろを浮かべ、脱出せんと身じろぎした。だが屈強な身体つきの伊島は、羽交い締めにしたパイロットを逃さない。

拳銃がパイロットのこめかみに突きつけられた。そのとき機体に美由紀が近づいてきた。異変を察知したのか、美由紀の表情がこわばった。開放されたままのドアから、ただちにキャビンに乗りこんでくる。

パイロットを人質にとった伊島は、操縦室に立っている。キャビンからは、あるていど距離があった。美由紀も接近できない。

伊島が低い声を響かせた。「ふたりとも降りろ」

美由紀は冷静な態度をしめした。「どうする気？」

「賦句徳島に行く」

柴藤はうろたえた。美由紀が冷ややかな目を向けてくる。たじろぎながら柴藤は弁明した。「せめて幹本二尉の居場所だけでもと思いまして……」

「伊島一尉」美由紀が操縦室に視線を戻した。「そんな遠くまで行くのは無理」

「いや可能だ。基地に戻ったヘリは、常に燃料を満タンにする」伊島がパイロットにきいた。「そうだな？」

パイロットはこわばった顔でうなずいた。

柴藤はひやりとした。ＵＨ－60Ｊの最大航続距離は千二百九十五キロメートル。賦句徳島の位置を考えれば、直線距離でぎりぎりだろう。むろん帰るすべはない。

「頼む」伊島が急《せ》かした。「早く降りてくれ。コ・パイロットが戻らないうちに」

美由紀は穏やかにいった。「落ち着いて。なにを怯えてるの」

「怯えてなんかいない」

「手が震えてる。あなたの心理状態はわかる。恐怖と怒り。不信感もある」

「第7航空団の司令たちは、史緒里の居場所さえ明かそうとしない。俺は自分の手で彼女を救いにいく」

「無事で帰れるはずがない」

「いや。絶対に生きて帰る」

「不可能だとわかってるんでしょう？　思いとは異なることを口にしてる、あなたにはそんな自覚がある」

「心を見透かすのはよせ。俺はなんとしても離陸する。嘘をついてないことはわかるだろ？」

美由紀は黙って伊島を見つめた。伊島も譲らず美由紀を見かえす。柴藤はただ狼狽《ろうばい》するしかなかった。

やがて美由紀がため息をついた。「パイロットを解放して。わたしが代わりに操縦する」

伊島が目を瞠《みは》った。柴藤は泡を食った。いったいなにをいいだすのか。

「よせ」伊島のまなざしに憂いのいろが混ざった。「きみはそんなことをすべきじゃない」

「わたしもこのまま降りられない」美由紀が頑《かたく》なな態度をしめした。「どうしても賦句徳島に行くっていうのなら、無関係の隊員を巻きこまないで」

「きみも無関係だろう」

「もうちがう。あなたと関わったから」

「……ヘリを飛ばせるのか？」

「わたしの前職は知ってるでしょう」

伊島は当惑をのぞかせたものの、パイロットを盾にしたまま、美由紀に指示した。

「こっちに来い」

美由紀が柴藤を見つめてきた。「あなたは降りて」

慄然《りつぜん》としながらも、柴藤のなかにひとつの危惧《きぐ》が生じた。

いまや民間人でしかない岬美由紀が、パイロットを救うため、身代わりを申しでるなどありえない。そんな聖人君子は存在しない。岬美由紀を疑えばこそ、伊島一尉が危険だとわかる。

パイロットと柴藤が追いだされたのち、機内は伊島一尉と岬美由紀だけになる。ヘリを飛ばすのは美由紀だ。たとえ伊島が美由紀に拳銃を突きつけようとも、ひとたび離陸すれば、生殺与奪の権利は美由紀が握る。

彼女はまっすぐ賦句徳島に向かうだろうか。いや、おそらく別の針路をとるだろう。このままふたりで行かせてはならない。とはいえ柴藤も丸腰だった。せめて武装していれば。

「いえ」柴藤は膝《ひざ》が震えるのを抑えられなかった。だがきっぱりといった。「私も降りません。ヘリの離陸は許可できません」

心のなかを見抜いたのだろうか。美由紀は憐《あわ》れみにも似たまなざしを向けてきた。しかし柴藤も考えを変える気はなかった。けっして油断などしない。たとえ離陸してもついていく。

美由紀は無言で操縦室に向かった。伊島が座るよう目でうながす。指示に従った美由紀がシートにおさまる。

伊島が美由紀に声をかけた。「右手のボックスを開けろ。拳銃をこっちによこせ」

ヘリのパイロットが手にできる非常用の武器。幹部自衛官の伊島なら、在り処《か》を知っていて当然だった。美由紀はためらいがちに拳銃をとりだした。

すかさず伊島がパイロットから左手を放し、美由紀の差しだす拳銃を握った。伊島は両手に一丁ずつ拳銃を保持し、美由紀とパイロットをそれぞれ狙った。伊島はパイロットを見つめ、ドアの外に顎《あご》をしゃくった。「降りろ。だがヘリのすぐそばにいろ。遠ざかろうとしたら撃つぞ」

パイロットが機外に降り立った。拳銃の一丁は、なおもパイロットに向けられている。爆音が轟《とどろ》くなか、パイロットは周囲に助けも求められず、機体のわきに立ち尽くしている。

伊島が美由紀に命じた。「離陸しろ」

エンジン音が甲高く響き渡った。メインローターの回転速度が上がり、風圧が強まる。吹き荒れる強風のなか、機外にたたずむパイロットは動くに動けない。

機体が上昇しだした。揺れや傾きもない、ベテランによる操縦並みに安定した離陸だった。

柴藤は機外を見下ろした。地表が遠ざかっていく。伊島の拳銃が、もうパイロットに狙いを定められない、それぐらいの高度に達した。身を翻したパイロットが全力で逃走した。コ・パイロットが慌てたようすで近づいてくる。パイロットが身振り手振りで状況を伝える。爆音で声が届かないせいだ。

基地の警報がきこえないうちに、ヘリは水平飛行に移った。高度は五百メートルぐらいか。速度を上げ西南西に向かう。

伊島が美由紀の耳もとでなにか怒鳴った。爆音に掻《か》き消され、柴藤にはききとれなかった。だが美由紀は理解したらしい、コントロールパネルのスイッチを操作した。位置信号の発信をオフにしたようだ。

美由紀もなにやら伊島に告げた。伊島は複雑な表情を浮かべながら、拳銃をゆっくりと下ろした。武器で脅さなくとも、美由紀は針路を保っている。それを確認できたからか、伊島は拳銃を構え直すことなく、副操縦席におさまった。

柴藤はひとりキャビンにたたずんでいた。手近な席に腰を下ろす。開いたままのドアから風が吹きこむ。夕闇迫る曇り空だけが見えていた。

てのひらに汗が滲《にじ》む。地獄への直行便に乗り合わせてしまった。こうなったらもう、あくまで疑惑を追及するだけだ。防衛記念章を授与されるかもしれない。岬美由紀はそのうちきっと尻尾《しっぽ》をだす。

22

久保谷総理は疲弊しきっていた。ときおり七十四歳という自分の年齢を思いだし、空恐ろしくなる。いまもまたそんな感覚にとらわれた。

陽の射さない地中深くに籠《こ》もり、仮眠と会議を繰りかえすばかりで、体力の消耗が著しい。家族にも会えない。外界と切り離されながら、地上にいる全国民の命運に対し、ひとり責任を負わねばならない。

　閣僚らの疲労も顕著だった。危機管理センターの機能を移した会議室内で、誰もがぐったりとし、椅子の背もたれに身をあずけている。久保谷がネクタイを緩めることに許可をあたえてからは、締まりのなさに拍車がかかった。そのことを責める者はいない。ここはうわべだけの礼儀作法を重視する場とはちがう。

「総理」白髪のめだつ警察庁長官、尾木《おぎ》宗義《むねよし》が嗄《か》れた声で発言した。「百里基地でUH－60Jの盗難騒ぎが発生しています。F－70の奪取とは無関係のようですが、岬美由紀元二等空尉が関与している可能性があると」

「岬……」久保谷はささやいた。「たしかいまはもう臨床心理士だろう？」

「今回は警察として、正式に盗難届を受理します。それより重要なのは賦句徳島です。緊急に捜索差押許可状をとる方針でして」

「令状が必要なのか」

　樺澤祥央防衛大臣が不満げにいった。「ただちに上陸したいところですが、島全体が中国企業の所有となれば、勝手な真似はできません。とはいえ日本の領海内です。中国の法律で抵抗はできない。令状があれば島内を隈《くま》なく調べられます」

「警察官を上陸させるのか？」

　尾木警察庁長官が首を横に振った。「特殊な事案ですので、海上自衛隊による島の包囲、航空自衛隊による上空からの監視を要請します。治安出動ではなく、あくまで警察の護衛ですので、法的に問題なく自衛隊の艦艇が使用できます」

防衛省の見解は異なるらしい。自衛隊が警察の添え物という認識ではない、樺澤防衛大臣の険しい顔にそう書いてある。「島の包囲と上陸は自衛隊が主導します。陸上自衛隊第1空挺団の精鋭が真っ先に乗りこむ予定です。警察は護衛艦に同乗しますが、法的な対処の意味合いが強く、事実上は自衛隊による作戦行動です」

尾木警察庁長官は押し黙った。リーダーシップの争奪戦を演じている場合ではない、そう感じたのだろう。樺澤防衛大臣より年下でも、分別のわきまえぐあいは大人だった。

江崎財務大臣が唸《うな》った。「悠長に令状をまつにも限度があるでしょう。どこの裁判所が発行するのですか？」

「鹿児島です」尾木警察庁長官が即答した。「賦句徳島は鹿児島県内という扱いでして、鹿児島地裁の管轄になります」

「もう夜だが、令状は問題なく発行できると？」

「ええ。裁判官には夜間令状当番があり、二十四時間対応可能です。休日も同様です」

防衛省の職員が円卓に近づいた。樺澤防衛大臣が職員から書類を受けとった。老眼鏡をかけたうえで、文面に目を走らせる。「総理。掃海《そうかい》管制艇ながしま、護衛艦かが、いずれも間もなく島の近海に到着します」

令状の発行まちか。久保谷は両手の指を組み合わせた。じれったいがやむをえない。F‐70が賦句徳島に降下したり、武器弾薬の貯蔵が確認されたりすれば、ただちに治安出動の命令を発せられる。だがいまは疑わしいとされる女性自衛官が、恋人に助けを求めるメッセージを発した、それだけの根拠にすぎない。高高度からの撮影でも、島内には人影ひとつ見あたらないという。発令できないわけではないが、ここは段取りを踏まえるのが賢明だろう。

外務大臣が落ち着かなそうな態度をしめした。「島を所有する中国企業に、事情をたずねるべきでは……」

尾木警察庁長官が応じた。「胜利公司はユニコーン企業ですが、日本の離島を買うだけ買っただけで、管理はほぼノータッチのようです。通信インフラだけは整備したものの、用途は未定らしくて」

「設置された基地局の携帯キャリアも中国企業でしょう？」

「そちらのほうはよくわかっていません。企業名は把握していますが、実態は中国当局すら把握していないようです。いま警視庁公安部の外事2課を通じ、北京《ペキン》から情報を……」

　にわかにブザーが鳴り響いた。壁のモニターのひとつが赤く点滅する。自動警戒管制《JADGE》システムから防衛情報通信基盤への緊急伝達だった。表示されるデータには日本地図が含まれる。九州の南端に×印が出現していた。

　情報集約室の職員があわてながら駆けこんできた。「鹿児島市山下町《やましたちょう》にMOAB－ⅡA投下。半径二キロ圏内が壊滅状態です」

　江崎財務大臣が血相を変え立ちあがった。「なんだと!?」

　久保谷は呼吸困難に陥りかけた。「山下町……。また市役所周辺を爆心地に選んだのか」

　尾木警察庁長官がおののいたような反応をしめした。「市役所ではありません。おそらく標的は鹿児島地裁かと……。令状の発行に動いていた裁判所です」

「馬鹿な」外務大臣が瞠目《どうもく》した。「そのため市をまるごと巻き添えか」

　職員が付け加えた。「岩国《いわくに》基地によれば、在日米軍海兵隊のF－35が急行したものの、F－70はすでに姿を消していたとのことで……」

　樺澤防衛大臣が耐えかねたように腰を浮かせた。「総理！　敵はわれわれの動きを読んでいます。破壊工作により司法への妨害を謀るとは……。鹿児島地裁を攻撃したからには、賦句徳島に本拠があるとみて差し支えないでしょう。もはや令状によらず、自衛隊の出動を命じられるべきです」

久保谷総理はたじろいだ。決断を会議に委《ゆだ》ねたくなる。だがもはや協議や多数決の空気ではない。閣僚たちの視線が突き刺さる。誰もが総理大臣のひとことをまっている。

ほかに方法はない。もとより自衛隊による治安出動も、警察官職務執行法を準用する。同法第五、六条に基づき、緊急事態との解釈が可能であれば、令状なしの捜査が許される。

重い沈黙のなか、久保谷はうなずいた。賦句徳島への強制上陸に同意した。

樺澤防衛大臣がドアに向かいだした。「失礼します。上で統合幕僚長がまっている。指揮をとらねば」

江崎財務大臣も足ばやにつづいた。「私もいったん外にでます。日本円が通貨として価値を維持できているかどうか、各方面に確認する必要があるので」

せわしない閣僚らの動きに、久保谷総理は国家が崩壊していくさまを実感した。泥船が沈むようだ。建国以来二千六百八十一年。日本はここで終わってしまうのか。

23

美由紀は右手に握った操縦桿《かん》と、左手のコレクティブ・レバーをさかんに操り、UH－60Jを超低空に保った。

厚い雲の下、すでに日没時刻が近づき、視界は闇に覆われつつある。それでも機体前方下部の引きこみ式ライトは点灯しない。かといって赤外線暗視装置に頼りきるのも好ましくない。眼下にひろがる山林が不明瞭《ふめいりょう》でも、しっかり上限を見定め、ぎりぎりの高度をかすめ飛ぶ。大滝根《おおたきね》山分屯《やまぶんとん》基地、第27警戒群のレーダーをかいくぐるためだった。

美由紀と副操縦席の伊島は、ヘッドセットを装着していた。爆音のなかでも、会話はマイクと耳もとのスピーカーを通じ、支障なくおこなえる。キャビンの柴藤も同様だった。

もっとも柴藤はずっと不機嫌そうに沈黙している。さっき伊島が柴藤のスマホを没収したからだ。美由紀のスマホもとりあげられた。柴藤がしきりに返却を求めると、伊島はスマホをふたつとも機外に投げ捨てた。

いまや誰もスマホを持っていない。伊島はさらにコントロールパネルを開け、通信と位置信号発信に用いられる小型ユニットを外し、やはり窓の外に捨てた。これでヘリの現在地は誰にも探知できなくなった。今後の無線連絡もいっさい不可能だった。

海上にでた。しばらくはレーダーサイトの圏外になる。操縦桿を引き、機体の高度を上げた。

伊島がいった。「ずいぶん北上したな。いわき市より北か」

「そう」美由紀は応じた。「福島第一原発付近。海岸沿いで住民に目撃される心配がないのはここだけ。海上に抜けられる唯一のポイント」

大きく旋回し、機首を南に向ける。陸には近づけない。特に関東一帯は厳戒態勢にある。房総《ぼうそう》半島沖の海上をまわりこんでいくしかない。

「しかし」伊島が不安げにささやいた。「こんなに迂回《うかい》したんじゃ、賦句徳島まで燃料がもつかどうか」

「賦句徳島には行かない」

伊島が眉《まゆ》をひそめた。「なんだって？」

後方でキャビンの柴藤が立ちあがった。柴藤は操縦室に身を乗りだしてきた。「やっぱり。なにか企《たくら》んでるんだろ」

「おい」伊島が柴藤を振りかえった。「失礼だろう。彼女は元二等空尉だぞ」

「いまは民間人ですよ」柴藤が興奮ぎみにまくしたてた。「どうも最初から疑わしいと思ってた。伊島さん、拳銃《けんじゅう》を二丁お持ちですよね。一丁を貸してください」

伊島は要請に従わなかった。ただ怪《け》訝《げん》そうな目を美由紀に向けてくる。「きみ。理解は求めないが、ここは俺の指示どおりに……」

美由紀は首を横に振った。「賦句徳島に幹本二尉はいない」

「なぜそういえる？」

「幹本二尉の居場所が判明した時点で、自衛隊と在日米軍が包囲する。外国企業の私有地であっても、経緯を考慮すれば治安維持のため、強制上陸に踏みきれる。敵にしてみれば、ただ追い詰められるだけ」

「そんなところから電波を発信させるわけがない……。そういう話か？」

「電波はただの囮《おとり》。捜索部隊を東シナ海に遠ざけるための陽動。航空自衛隊機も海上自衛隊の艦艇も、すべてそっちに集結する」

「電波の発信源が偽れるのか？」

「賦句徳島には無人基地局がある。その携帯キャリア会社も中国資本。別の基地局からの発信であっても、賦句徳島を経由し、そこが発信源のように装える」

「なら史緒里がいるのは、本当の発信源か」

「そう。胜利公司が買収した離島は、国内にほかにない。でも同じ携帯キャリア会社の無人基地局なら、五つの島にある。うち無人島は三つ。そのなかでF－70の垂直離着陸が、付近の島や本土から目撃される心配がないのは、禰《ね》占《じめ》島だけ」

「禰占島……」

「伊豆《いず》諸島と小《お》笠原《がさわら》諸島の中間。東京都島嶼《とうしょ》部のひとつ」

「きみはさっき基地で、ヘリに来るまで時間がかかったな。調べてたのか」

「総務省の資料を検索してた」

日本の離島は六千八百四十七、人が住む島だけでも四百十六ある。膨大な情報量だった。だが調べた甲斐《かい》はあった。

都心から南へ約六百キロの海上に、禰占島は位置している。ロシアのユニコーン企業、ロブィシェヴァ社が二〇〇九年に土地を買い占めた。面積は十三・一五平方キロ。

沈黙が降りてきた。伊島が醒《さ》めた顔で柴藤を振りかえる。柴藤は苦い表情で唸《うな》り、キャビンに引っこんでいった。

前方に向き直った伊島が、申しわけなさそうにささやいた。「自分の馬鹿さ加減に腹が立つ。通信できる手段を残しておくべきだった。すまない」

美由紀は同意しなかった。「基地に知らせても、どうせ聞く耳は持たれない。可能性を禰占島に絞りこめたとき、すぐ寺井将補に伝えようとしたけど、もう会ってももらえなかった」

「伝言もなにも残してこなかったのか？」

「無理。信じてはもらえない」

「話してみなきゃわからないだろう」

「いえ。賦句徳島のほうは、幹本二尉のケータイ電波の発信源という物証がある。禰占島はわたしの推測だけ」

「ああ。組織の融通の利かなさは、陸上自衛隊と変わりないようだ」

「誰かにメモを託すことも、禰占島のひとことを告げることもできなかった。このへりで離陸した後、無線で伝えてもらうつもりだったけど……」

「俺がハイジャックしちまった。無線も壊した」伊島が憂鬱《ゆううつ》な顔でうつむいた。「愚かなことをしたよ」

「自分を責めないで。規則違反を犯しても、あなたの気持ちは正しい。恋人の居場所を探したがってた、ただそれだけだから」

「禰占島の近くで、あえてレーダーにつかまる高度を飛んだら？　自衛隊機が来るかも」

美由紀は浮かない気分のままだった。「レーダーに身は晒《さら》せない。自衛隊よりF－70に発見されるリスクを考えないと。襲われたらひとたまりもない」

寺井将補らに禰占島の名すら伝えず、美由紀は基地を去った。対話を拒まれた、それだけが理由ではない。説得が功を奏したところで、自衛隊は賦句徳島と同時に、禰占島も包囲してしまう。それでは幹本史緒里の命に危険が及ぶ。

ふと美由紀は自分の判断に疑問をおぼえた。それならそうと、その忠告を書き添えたメモを、基地に残せばよかったのではないか。なぜそのようにしなかったのか。

答えはあきらかだった。メフィスト出身の蟹垣が暗躍している。美由紀が禰占島に気づいた証拠を残したくなかった。

そろそろレーダーサイトにつかまる。操縦桿を倒し、高度を下げていった。UH－60Jは最大速度で飛びつづけている。公称は時速三百五十七キロだが、実際にはもっと速度がでる。順調に海上を滑るように前進していった。

伊島が物憂げにつぶやいた。「禰占島のことを知るのは、この三人だけか」

「ええ」美由紀は海面すれすれまで機体の高度を下げた。「いまできることは、幹本二尉の救出。そのうえでF－70奪取犯が禰占島に潜んでいる証拠をつかむこと」

「それを百里基地に伝えれば、自衛隊も動いてくれるか。禰占島に通信設備があるかな？」

「たぶん……。それを奪うしかない」

キャビンで柴藤が声を張った。「冗談じゃないですよ！　いますぐ引きかえすべきです。禰占島のことは、あらためて上に報告すりゃいい」

美由紀はささやいた。「それはできない」

「なぜですか」

「敵にばれる」

「ばれる？　基地内に、敵に寝がえった者がいるというんですか」

「そうじゃなくて、敵が人智を超えた存在なの。あなたには想像がつかない」

面食らったような沈黙が生じる。柴藤が立ちあがり、操縦席に顔をのぞかせた。嘲《ちょう》笑《しょう》のようなトーンで柴藤がいった。「来ましたね。人智を超えた存在ですか。カウンセリングを受けるべきは岬さんでしょう」

伊島が真顔で呼びかけた。「柴藤三尉」

咎《とが》められる気配を感じたからだろう。柴藤が反発をあらわにした。「なんですか」

「きみには謝るしかない」伊島は静かにこぼした。「巻きこむつもりはなかった。柴藤君。きみは危険な目に遭う必要はない。安全圏にいられるようにする」

「……私はただ、自衛官としての務めを果たしてるだけです。国の安全を脅かす存在があれば、絶対に目を離しません」

柴藤が美由紀を一瞥《いちべつ》した。露骨に反感をしめしたのち、柴藤はキャビンに戻っていった。美由紀はちらと振りかえった。着席した柴藤は、シートベルトを締めたものの、ヘッドセットは装着しなかった。今後の会話は拒否する、そんな意思表示らしい。

美由紀は前方に向き直った。「わたしは怪しまれても仕方がない」

伊島がきいた。「なんでそんなことをいう？　きみは立派だよ」

「本気でそう思ってるのなら、あなたは変わってる」美由紀は胸に浮かんだことをつぶやきに変えた。「幹本二尉があなたを好きになったのも当然」

「それは……。どういう意味で？」

「性格がやさしい。わたしの退官時の階級より上なのに、セクハラめいた冗談をいわない」

「そんなの当然じゃないか」

「いいえ。男社会で体育会系の極み、自衛隊なら日常茶飯事だし」

「性悪の隊員なんてそうはいないよ」

「みんな悪意がないのはわかる。女性自衛官はたいてい、下品なジョークに苦しまぎれの笑顔でかえす。そうする理由は、相手が上官か同僚だからであって、男だからじゃない。なのに男は、女が笑っただけで、ウケたと勘ちがいする。好意を持たれてるとさえ思いこむ」

伊島の表情が和らいだ。ただし微笑にまでは至らなかった。「きみみたいな美人は誤解を生むよ。そんな言い方をしてると、フェミニストだと受けとられる」

笑みを浮かべるほどではないにせよ、美由紀も張り詰めた心に、多少の弛《し》緩《かん》をおぼえた。「そういうつもりはべつに……。男性は頼りになる」

「そのひとことがきけたのは嬉《うれ》しいよ」

「女の戦闘機乗りは、男のペースについていくのに必死。だから性差別に敏感なのかも。あなたにはそんなところがないから……。幹本二尉も一緒にいて安心できたんだと思う」

「そうか」伊島は穏やかな表情になり、左手首のブレスレットに目を落とした。「でも幹部自衛官としちゃ失格だ。史緒里を優先して、任務を放棄した。首都防衛という重大な任務を」

「……F－70がMOAB－ⅡAを落としたら、地上を守る自衛官らはひとたまりもない。あの防御陣地はまちがってる」

「わかってる。誰もが承知してるよ。でもやらなきゃいけない。政府を守るためだ」主力部隊が総出で捨て身の水際作戦をとる。日本はそこまで追い詰められている。犠牲を生むとわかっていて、あんなやり方しかないのだろうか。最新鋭兵器による攻撃に対し、法も組織も追いついていない。ささいな弱点を突かれただけで、国家は脆《もろ》く崩れ去る。

しばらく誰も喋《しゃべ》らなかった。美由紀は黙ってヘリを操縦しつづけた。海面がほのかに明るい。月や星がなくとも、目が慣れてきたせいだろう。もう少し高度を落とせる。低ければ低いほどいい。

かなりの時間が過ぎた。伊島がぼそりといった。「ふしぎだ。ずっと防衛大学校の理不尽さが腹立たしかった。いまはあれがましに思えてくる」

同感だった。美由紀は応じた。「もっと理不尽な状況に置かれたからでしょう。あの無節操な上下関係や、不意に襲ってくる災厄が、いい予行演習だったとさえ感じる」

「そのとおりだよ。おかげでなんとか自我を保ててる。多くの国民の命が失われたと知りながら、あるていど冷静さを維持できる」伊島はため息をついた。「でも恋人のことになると別だ。俺は弱い人間だよ」

「あなたは弱くない。信念は強さだし」

「きみは……。強い人だね」

美由紀はなにもいわなかった。否定したところで、いま得られるものはなにもない。

また沈黙のみの時間が経過した。電子音が鳴った。下方レーダーが海面に島の存在をとらえる。菱形《ひしがた》の陸地が五十キロ圏内に入った。あれが禰占島だ。島内には明かりひとつない。

伊島が低くつぶやいた。「着いたな」

ヘリをやや減速させた。赤外線暗視装置で島の位置をモニターしながら、超低空飛行で接近する。ルックダウン能力に長《た》けたレーダーだった。禰占島の手前七キロに岩礁があるのを見つけた。二十メートル四方が海面上に突出している。ほぼ平らだとわかった。打ちつける波もさほど高くない。

むやみに島に近づき、地対空ミサイルを食らうなどまっぴらだった。美由紀はヘリを岩礁に向かわせた。さらなる減速を感じたのだろう、柴藤が立ちあがり、操縦席に近づいてきた。

伊島が柴藤に忠告した。「座ってたほうがいいんじゃないのか」

柴藤は頓狂《とんきょう》な声を発した。「あそこへ降りるつもりですか？　無茶ですよ」

そうでもない。美由紀はヘリを空中低空飛行《ホバーリング》の状態に保った。岩礁の真上で機体を宙に浮かせる。暗視モニターが真下を映しだした。レーダーがとらえた面積より、ずっと狭く見えるうえ、凹凸が激しい。UH－60Jの全長は十五・六五メートル、全幅五・四三メートル。それでもヘリポートの円を思えば、まだ多少の余裕がある。懸念すべきは着地地点がずれることだけだ。重心が崩れれば機体ごと海中に没してしまう。風が強い。すべての操縦をマニュアルに切り替えた。左右のラダーペダルを踏み、テールローターの揚力を微妙に調整する。フラッピングとドラッギング、フェザリングでブレードを細かく制御していく。操縦桿《かん》の傾きにメインローターを連動させる。コレクティブ・レバーで出力を徐々に絞る。機体は岩礁の真んなかに下りていった。床が硬い物にぶつかり、ヘリは斜めに傾いた。岩礁は思いのほか傾斜していた。柴藤がよろめき、操縦席の背にしがみつく。機体は三十度ほど傾き、その状態で固定した。タイヤがすべて岩礁に接地した。

思わずため息が漏れる。美由紀はエンジンをカットオフした。メインローターが減速し、ゆっくりと静止に至る。電源も早めに落とす。光点ひとつ島から見られるわけにいかない。

暗がりのなか、伊島がほっとしたようにささやいた。「やったな」

美由紀はシートベルトを外し立ちあがった。「キャビンに潜水用具が積んである」

「行くか」伊島も腰を浮かせた。

柴藤は唖然《あぜん》としながらきいた。「行くって？　島まで泳ぐ気ですか」

「ああ」伊島が妙な顔になった。「せいぜい七キロだ。防衛大で八キロの遠泳を経験したろ？」

「真っ暗じゃないですか」柴藤があわてぎみに嘆いた。「無茶ですよ」

キャビンの天井を見上げる。美由紀は収納庫を開けた。機体が浸水したときに備え、潜水用具は高い位置におさめてある。ウェットスーツ、エアタンク、足ヒレ。セットは五人ぶんある。だが……。

美由紀は柴藤にいった。「あなたはここに残って」

伊島がキャビンに立ちいり、潜水用具を下ろしだした。「柴藤三尉。ヘリが操縦できるなら……」

柴藤は苦い顔になった。「操縦なんかできません。あのう、このままでだいじょうぶですか。海面が上昇したりしませんか」

おそらく心配ない。美由紀はレギュレーターやウエイトベルトを床に並べた。「夜のうちはあまり変わらないと思う。満潮は朝方だろうけど、どっちにしても陽が昇れば、無事じゃ済まない」
「本当に私ひとりを残していくんですか」
「夜明けまでに戻らなければ、あなたが島に潜入して。ヘリはどうせ、島からの監視で見つかっちゃうだろうし」
「……なら明るくなる前に戻ってください。通信ひとつ不可能なんですから」柴藤はたまりかねたように声を荒らげた。「だいたい民間人の岬さんが、勝手に操縦したせいでこんな……」

美由紀は異音をききつけた。「しっ」

ヘリのなかが沈黙した。それでも静寂にはほど遠い。機体が震動している。甲高い飛行音が鳴り響く。音量が徐々に大きくなった。

轟音《ごうおん》が接近してきた。ふいに海面が激しく波立つ。伊島が操縦室に戻り、プレクシグラス越しに前方を見つめた。美由紀もそれに倣った。

上空を黒い影が瞬時に通過していった。ストロボライトもアンチコリジョンライトも灯《とも》していない。闇夜のカラスのごとく暗黒の空に溶けこむ。それでもF-70だとわかった。

飛行音はたちまち遠ざかった。美由紀は暗視装置つきの双眼鏡を手にとった。遠方に焦点を合わせ、小さくなった機影を追う。F－70は空中で静止したのち、垂直に下降し始めた。禰占島の森林のなかに降りていく。

美由紀は双眼鏡を伊島に渡した。「木立に囲まれてるけど、少なくとも離着陸できる広場がある」

伊島も双眼鏡をのぞいた。「真っ暗だな。着陸地点には灯火もないのか」

「暗視操縦に長けてる機体だから……。ヘッドアップディスプレイに昼間と同じ視野が表示されるってきいた。真下も透かして見える」

「とんでもない化け物だ」伊島がいっそうシビアな顔つきになった。「でもこれではっきりした。きみの勘が正しかった。史緒里もあの島にいる」

柴藤が動揺をあらわにした。「応援をまちましょう。陸海空による攻略作戦でなきゃ、とても太刀打ちできません」

「通信装置を壊したのは、重ねがさね済まないと思ってる」伊島はキャビンに戻り、潜水用具の各種を仕分けしだした。「柴藤君。ここで無事を祈っててくれ」

美由紀もウェットスーツに着替えようとして、ふと自分の服装に気づいた。ブラウスにロングスカートで来るとは常軌を逸している。だがウェットスーツは大きめで、美由紀にサイズが合っていない。重ね着すればちょうどよくなる。肌に生地が擦《こす》れて痛くなるのを防げる。夜間の遠泳は保温も大事だ。

伊島はかまわず裸になり、ウェットスーツの着用にかかっていた。上半身のたくましい筋肉は鎧《よろい》のようだった。

柴藤が抗議したげな顔を向けてきた。しかし美由紀がスカートをたくしあげ、ウェットスーツを穿《は》いていると、柴藤は当惑したように操縦席に遠ざかった。

スカートの裾《すそ》はウェットスーツの下におさめた。ブラウスも脱がないままウェットスーツを重ね着する。足ヒレを履き、水中温度計や水深計、リストコンパスを装着した。LPホースやスパイラルホースを連結。エアタンクを背負い、暗視機能つきの潜水マスクをかぶろうとした。

そのとき伊島が近づいてきた。まだウェットスーツの胸もとをはだけている。厚い胸板がのぞいていた。伊島は拳銃《けんじゅう》の一丁を美由紀に差しだした。美由紀はそれを受けとった。

互いに顔を見合わせる。いまを狂気の沙汰《さた》と感じないことが、防衛大学校をでた恩恵なのだろう。

開放された側面ドアに、ふたりで歩み寄った。伊島が潜水マスクで目もとを覆いながらいった。「行こう」

美由紀は拳銃をしまいこみ、ジッパーを引き上げた。レギュレーターを口にくわえたとき、柴藤が操縦室に入っていくのを見た。操縦席に座り、コントロールパネルに手を伸ばす。

その行動が気になったものの、伊島が岩礁にでたため、美由紀も機外に降り立った。暗視機能により、緑がかった海面が視野に映る。足もとに波打ち際が見える。

ふたりは指で合図を交わしあい、同時に海に飛びこんだ。無数の泡が視野を覆う。水中で音が籠《こ》もる。自分の長い呼吸が甲高く響いた。足ヒレを大きく上下に動かす。

禰占島にF－70がある。たった三人だけが確認した事実。うちふたりが島に乗りこもうとしている。ほかに味方は皆無。これ以上の無謀はない。だが無明の闇よりはいくらかましだった。生あるかぎり希望はつながれる、いまはそう信じるしかない。

24

寺井昭之介将補はタンデムローター式の大型輸送ヘリ、CH－47に搭乗していた。二基のメインローターに支えられた巨大な機体、広々としたキャビンに、作戦室がそのまま移されている。

　モニター機器の並ぶ通路を、寺井は前後に行ったり来たりした。窓の外は真っ暗だ。日没後のこの時間、洋上の状況把握は、通信班によるモニタリングに委《ゆだ》ねられる。

　中部航空方面隊、第7航空団の司令たる寺井が、有事に関東地方を離れた。異例のことにちがいない。だが全国のレーダーサイトがF－70を捕捉《ほそく》できない以上、防衛圏の垣根など意味をなさなくなった。首都を死守するため、徹底してディフェンスラインを前方に置く。敵の拠点が判明した以上、積極的な攻勢こそ勝機を生む。

　幕僚長や空将の了承も得た。彼らはむしろ寺井に責任をとらせたがっていた。百里基地司令を兼ねる寺井も、いまさら保身に走るつもりはなかった。よって複座のF－15DJの後部座席に乗り、真っ先に新田原基地に移動し、いま賦句徳島の包囲作戦に参加している。第3飛行隊のF－2も出撃してきて、寺井の指揮下にある。

　作戦班の一等空佐がコックピットから顔をのぞかせた。「賦句徳島まで五キロです」

　対地レーダー圏内に入った。寺井は一佐にうなずいたものの、コックピットには向かわなかった。前方視界はどうせ暗闇でしかない。キャビンの中腹にあるモニターに目をとめる。通信班員の肩越しにのぞきこんだ。機体下部の赤外線暗視カメラが、洋上に浮かぶ小さな島をとらえている。

　島周辺の浅瀬はいたって狭いときいた。よって海上自衛隊の護衛艦が、島のごく近海まで接近している。佐世保《させぼ》から急行したイージス護衛艦あしがら、護衛艦あさひ、はるさめ。いずれも第2護衛隊の艦艇が島との距離を詰める。外周を第13護衛隊のあさゆき、さわぎりが固める。さらに少し離れて、ミサイル艇のおおたかが周回する。輸送艇1号には、陸上自衛隊の上陸部隊が乗りこんでいた。

　上空をＦ－2のほか、新田原基地のＦ－15や、在日米軍嘉手納基地のＦ－35が飛びまわる。面積一〇・二七平方キロメートルの小島に、途方もないほどの兵力を集中させる。しかし国を滅亡に導くＦ－70が離着陸しているのなら、けっして過剰な包囲網ではない。なにもない無人島でないことは、すでにあきらかになった。それでも島から発せられる多量の放射線を、複数の護衛艦が検知している。

　ふと岬美由紀が気がかりになった。彼女は賦句徳島が囮《おとり》だと主張していたようだ。しかし寺井は彼女に会って話すのを拒否した。根拠もない意見に耳を傾ける必要はない。

　副司令によると、彼女と伊島一尉を乗せたＵＨ－60Ｊは都心に向かわず、連絡がとれない状況にあるという。また勝手な行動を起こしたのでは、そう思うと苛立《いらだ》ちが募る。ヘリの追跡は副司令にまかせたが、いまは百里基地もそれどころではない。F−70への警戒に、絶えず神経を尖《とが》らせねばならない。

岬美由紀の行動は、まるで敵に与《くみ》し、自衛隊の後方攪乱《かくらん》に協力するに等しい。かつて第7航空団司令だった前任者、仙堂芳則《せんどうよしのり》元空将が彼女を甘やかした結果だろう。ここでの決着がついたら、彼女の一連の行為を厳しく問う必要がある。

通信班員が告げてきた。「E−2Cと無線がつながりました」

差しだされたヘッドセットを装着する。寺井は早期警戒機に搭乗した指揮班の一佐にいった。「F−2全機に島南東方面の警戒を続行させろ。絶えず目視により、レーダーに映らない機影を探せ。データリンクは盲信せず……」

ふいに別の通信班員が怒鳴った。「島中心部に電離放射線発生！　熱放射と急激な上昇気流を観測」

一瞬なにも考えられなかった。事態は想像を超えていた。モニターに映る島に、巨大な白い球体が膨れあがっている。コックピットを見た。プレクシグラスの向こうから強烈に照らされ、昼間のような光に包まれつつある。パイロットらのどよめきがきこえる。モニター内で膨張しつづける、電球のごとき球体は直径をどんどん広げ、洋上をドーム状に覆っていく。護衛艦あさひ、はるさめ、あしがらが呑《の》みこまれた。さらにあさゆき、さわぎり、ミサイル艇おおたかも爆風に消し飛んだ。難燃性の複合材を用いた防弾板が一瞬にして溶解し、二層構造の艦橋構造物が砕け散る、そのさまがモニターを通じ視認できた。

F－2の編隊がコントロールを失い、錐《きり》もみ状態で墜落する。F－35すら同様だった。島上空を飛ぶ、すべての機体から推力が奪われた。殺虫剤を撒《ま》かれた蚊のごとく、次々と海に落下する。

キャビン内のすべてのモニターが消灯した。突如として真っ暗になった。非常灯すら点《つ》かない。大型ヘリの機体が前方に傾いた。メインローターが失速したのはあきらかだった。エンジン音がきこえない。代わりに乗員の叫びがこだまする。

身体が浮きあがる。垂直方向に落下しているからだ。寺井は手近なシートの背にしがみついた。機体がより深く前のめりに傾斜していく。

核爆発が起きた。強烈な熱線と爆風、爆圧が周囲の艦艇を沈めただけではない。広範囲に電磁パルスが発生し、あらゆる機体に電子機器障害を加えた。もはやすべての戦闘機は、翼をもがれた鳥にすぎない。寺井の乗るCH－47も同じありさまだった。

機首が上がりだした。エンジンは復活していないものの、機体が水平になりつつある。不時着させせんとパイロットが必死で墜落に抗《あらが》っている。ヘリでも不時着させる方法はある。メインローターの迎え角を小さくし、なるべく回転を維持することで、あるていど落下速度を殺せる。しかもピッチアップで揚力を大きくしている。

衝撃が突き上げた。寺井は天井に背を打ちつけたのち、うつ伏せに床に落下した。肋骨《ろっこつ》を折ったかもしれない。激痛に呻《うめ》きながらうずくまった。

キャビン内の暗がりに喧噪《けんそう》がひろがる。通信班員らが寺井を助け起こした。なんとか立ちあがると、寺井は混乱する機内を前方に向かった。床は書類だらけだった。機体が船のように上下に揺れている。

CH－47は、胴体両側面に伸びるスポンソン内部の水密区画により、短時間なら海面に浮かぶ。しばらくは水密性も保たれる。だが長くはもたない。浸水が始まる前に脱出せねばならない。

寺井はキャビンからコックピットに移った。「状況は……」

思わず絶句した。血まみれになったパイロットとコ・パイロットが、シート上に身体を投げだしている。その向こう、ひび割れたプレクシグラス越しに、ありえない光景がひろがっていた。

火山の噴火に似た赤いきのこ雲が、墨を満たしたような洋上を照らす。波間に見え隠れしつつ浮かぶのは、屍《しかばね》のような無数の戦闘機の残骸《ざんがい》だった。海面を大小の破片が覆い尽くす。護衛艦隊のなれの果てだった。

自分のふがいなさを、凪《なぎ》の日の舟のように侘《わび》しく感じる。寺井は白くただれた自己嫌悪に陥った。罠《わな》だ。岬美由紀のいったとおりだった。この島は囮にすぎない。なら真の敵の本拠は……。

25

美由紀は暗がりに目を凝らした。熱帯性の木々、タコノキやマルハチが見てとれる。夜空がわずかに明るくなってきた。それだけ時間が過ぎている。まったく馴染《なじ》みのない禰占島の光景が、視野のなかにぼんやりと浮かびだした。

島の北部は切り立った岩壁に囲まれているが、入り江だけは岩場を上れるていどの傾斜だった。美由紀は伊島とともにそこを上った。七キロの潜水を終え、疲労感は無視できなくなった。身体がずしりと重い。木立のなかに紛れこむや、潜水用の装備を解いた。

ウェットスーツを脱ぐと、美由紀はブラウスとロングスカートに戻ったが、むろん全身ずぶ濡《ぬ》れだった。足ヒレを外し、装備のなかにあった平靴を履く。潮風が吹きつけ、木立が枝葉を擦り合わせざわめく。湿った服や髪が地肌に冷たい。しかしそれもおそらく、いまのうちだけでしかない。どうせ汗だくになるほど駆けまわるだろう。伊島はエアタンクやウエイトベルトを外し、ウェットスーツのみになった。やはり平靴を履いたほかは、潜水マスクから水中温度計まで地面に捨てる。いかにも身軽そうになった伊島が、美由紀を見つめた。「その格好なら漂流者を装えそうだな」

「いざとなったらそうする」

「帰りを考えたら、ウェットスーツを着っぱなしのほうがいいのに」

「重ね着じゃ重くて動きづらい」

「そうだろうな」伊島は拳銃《けんじゅう》のマガジンを抜き、装弾を確認後、元に戻した。「行くか」

　美由紀も同じ拳銃を手にしている。ＳＦＰ９のマガジンは十五発入るはずが、これは装弾十七発の新しいタイプだった。しかもいちど海中に没しても、撃発に支障がでにくい構造になっている。この状況では幸いといえた。

　ふたりは駆けだした。人の手の入っていない森林はワイルドの極みだった。巨木の根が無数に這《は》い、しきりに足をとられそうになる。爪先《つまさき》で走るのが正解だと気づいた。拳銃はグリップを右手で握り、左手で包みこんだ。銃口を下げ、四方に目を配りつつ疾走する。まだ拳銃を水平にかまえる段階ではなかった。みずから視野を狭めたのでは命とりになる。

唐突に注意を喚起された。美由紀は伊島の腕をつかみ、その場に静止した。

伊島が驚いた顔で立ちどまる。「どうした？」

美由紀は前方に顎《あご》をしゃくった。伊島もほどなく気づいたらしい。木立のなかに金属製のポールが立つ。高さは二メートルほど、先端部に球体が付いていた。モーションセンサーにちがいない。

迂《う》回《かい》しながら伊島がささやいた。「島のあちこちにあるのか」

「警備を立たせるとめだつ。カメラレンズも光の反射が遠目に見える。だからモーションセンサーを森林に隠すに留《とど》まる」

「あくまで無人島を装うためか」

「もともと離れ小島の私有地だし、第三者が上陸する恐れはまずないから、モーションセンサーで充分なのかも」

「ドローンを飛ばしたりもしてないんだな？　そこだけはありがたい」

気は抜けなかった。モーションセンサーが稼働している以上、島内に電力の供給がある。海上から視認できる範囲は手薄でも、内陸に向かうほど、凝った監視システムが潜んでいる可能性もある。

やがて切り立った崖《がけ》に行き当たった。乗り越えねばならないのはあきらかだった。断面は剝《む》きだしの土だが、岩や木々の根がそこかしこに張りだしている。

伊島は美由紀を見つめた。「その服じゃ厳しいな」

気遣いは無用だと美由紀は思った。匍匐《ほふく》とフリークライミングを融合した壁登り術は、陸上自衛隊の専売特許ではない。航空自衛隊でも学ばされる。

美由紀は拳銃をスカートベルトに差した。両手両足の四点のうち、常に三点で支持する。手はなるべくガバホールドで、壁の突起部をしっかりとつかむ。足はフロントエッジで爪先立ちをする。だが第一匍匐よろしく、両肘《りょうひじ》は手前に引き寄せる。両手を伸ばしたままでは、いざというとき拳銃を抜けない。

伊島は同じ登り方で横に並んだ。「やるな。航空自衛隊も」

「あなたほどじゃない。この場に適応するなんて勇気ある」

「スクランブル発進のほうが勇気ある行動だよ」

「さあ」美由紀は崖を登りながら応じた。「わたしにはただ苦手だった」

「どんなところが？」

「レギュレーション厳守。僚機なら隊長機に逆らえない」

「ロシア機が頻繁にちょっかいをだしてくるんだろ？」

「ええ」

「なんで定期的に領空侵犯してくるんだろうな」

「たぶん自衛隊機のレーダー波について、データを収集するためだと思う」

「どう対処してた？」

「あまりレーダーを使わないってだけ」

　急斜面を登りきったとき、美由紀の服は泥だらけだった。むろん承知のうえだ。汚れたほうが迷彩がわりになる。

　行く手は木々が密集していた。モーションセンサーは見あたらない。拳銃を抜き、伊島と相互に死角をカバーしあいつつ、しだいに歩調を速める。徐々に要領がつかめてきた。

　斜め前方は谷になっていた。崖っぷちから谷底を見下ろす。緊張が走った。ふたりは同時に身を伏せた。

　森林のなかを歩兵が巡回している。オプスコアヘルメットに暗視ゴーグル、マスク。迷彩服にタクティカルベスト。手にするアサルトライフルはL85に似た形状だった。索敵の歩調ではない。通常の警備レベルに見える。島への潜入には、現状まだ気づかれていない、そう考えるべきか。

美由紀は伊島と目配せしあい、静かに身体を起こした。足音をしのばせながら崖の上を進む。

遠まわりにはなるがやむをえない。いまの段階では交戦を避けねばならない。島の面積は十三・一五平方キロ、墨田《すみだ》区ほどの広さもない。この静寂のなか、銃声は島の隅々まで響き渡る。

鳥の鳴き声がこだました。ストレチアの花びらにかすかな震えを見てとる。人工物に生じる振動に思えた。耳を澄ますと、クルマのエンジン音がきこえてきた。

緩やかな下り坂に差しかかる。なおも油断は禁物だった。歩きやすい斜面の彼方《かなた》にモーションセンサーを見つけた。また進路を変え、木々の隙間を抜けていった。

この辺りの巨木は、幹のあちこちがコブのように隆起している。シマホルトノキは頭上高くまで伸びていた。無数の枝を差し交わし、頭上に自然の屋根を形成する。その下に未舗装の道が走っていた。一台の車両が近づいてくる。

ヘッドライトは灯《とも》していない。シルエットから軍用トラックだとわかる。ドライバーは暗視ゴーグルを装着しているらしい。荷台には迷彩服が十人前後乗っていた。やはりアサルトライフルを携えている。

トラックが通過したのち、伊島がささやいた。「F－70が離着陸する場所は、島の中央か?」

「たぶん。どうやってカモフラージュしてるか気になる」

「ああ。VTOL機だから滑走路が不要でも、平地は大きく切り拓《ひら》いておかなきゃいけない。真上からは機体も丸見えのはずだ」

美由紀はうなずいた。「そこには給油や整備のための設備がある。武器弾薬も」

「発電所も近くにあるだろうな」

「でもおかしい。ここが外国資本の私有地であっても、日本の領土である以上、上空を国交省の無人機《UAV》が飛ぶ。航空写真の撮影は免れない」

「いまトラックが走っていったルートも、天然の屋根を利用してる。空からの監視は気にしてるんだろう。なのにF－70の離着陸なんて、どう偽装してるのか」

島の中心部に行き着けばおのずとわかる。せいぜい二キロか三キロだった。禰占島はそのていどの広さしかない。

問題は時間だ。じきに朝になる。岩礁のUH－60Jが、目視でとらえられるのも、そう遠くはない。

伊島の目が遠方の一点を見つめた。「あれは?」

　美由紀は伊島の視線を追った。さっきより明るくなっていた。樹林の奥深く、人工的な構築物とおぼしき形状が目にとまる。ほぼ立方体の小ぶりな平屋建てだった。トーチカのようにも見える。外壁を蔦《つた》がびっしりと覆い尽くしていた。上空からは存在を確認できないだろう。

「行こう」伊島がうながした。「通信設備があるかもしれない」

　距離は数百メートル。美由紀は伊島とともに立方体をめざした。モーションセンサーと歩兵を警戒しながら進む。伊島がささやいた。「発電所があるとして、燃料はどこから供給する？　F－70の燃料も要る」

「貨物船を寄越《よこ》すんでしょう」

「港もないのに、どこからか陸揚げしてるのか」

　燃料貯蔵庫も必要になる。そこまでの施設がこの島にあるだろうか。貨物船が近海に碇《いかり》を下ろし、小型艇で島に運ぶ。徹底して無人島を装うのは至難の業だろう。

　伊島が機敏に歩を進める。呼吸の乱れもほとんどない。焦らず冷静さを保っている。

　美由紀は歩を速めながらいった。「陸上自衛隊の優秀者なのがよくわかる」

「そうでもない」伊島が自嘲《じちょう》ぎみに応じた。「特殊作戦群の試験には落ちた」

「初めての実戦にしちゃ上出来」

「実戦といえるかどうか。作戦行動にはほど遠い。むしろ遭難時のサバイバルだ。行き当たりばったり」

「そのわりにはよくやってる。あなたもわたしも」

「幸運がつづくのを祈りたい」伊島が足をとめた。「モーションセンサーだ」

美由紀も気づいていた。目標となる構造物への直進は不可能だった。また大きくまわりこまねばならない。

テリハハマボウの群生する茂みを掻《か》き分けていく。伊島がこぼした。「夜明けが近いな。柴藤君はどうしてるか」

島にいる敵勢より先に、政府に発見してもらいたいが、そうもいかないだろう。後手にまわるばかりでは勝ち目がない。だが先手をとろうにも、あらゆる状況が不利すぎる。

立方体の構造物に近づいた。遠目に見た印象よりさらに小さい。一辺が二メートルていどだった。蔦の隙間から外壁の表層がのぞく。材質はコンクリートらしい。

接近は急がなかった。まず辺りに警戒の目を配る。次いで足もとに注意を払う。地雷もしくはワイヤー。ランドマーク付近には罠《わな》が多い。安全を確認しながら慎重に進む。

ふたりは構造物の外壁に身を這《は》わせた。耳をコンクリートに押しつける。機械設備があれば稼働音を生じる。いまはなにもきこえない。

美由紀は伊島とともに、立方体の外壁に沿い、裏手にまわった。そこに出入口があった。錆《さ》びた鉄格子の扉がふさぐ。南京《なんきん》錠がかけられている。

内部の暗がりをのぞきこんだ。美由紀ははっと息を呑《の》んだ。

天井から鎖が吊《つ》り下がる。両手首を枷《かせ》に固定され、痩身《そうしん》の女がぐったりと項垂《うなだ》れる。ぼろぼろになったニットワンピースをまとっていた。髪型はショートボブに近いが、前髪に顔が隠れている。

伊島が愕然《がくぜん》とした。「史緒里⁉」

痩身の女がびくっと身を痙攣《けいれん》させた。ゆっくりと視線をあげる。

片方の瞼《まぶた》が腫《は》れあがり、頰にも痣《あざ》ができている。鼻血が凝固していた。暴行を受けたにちがいない。それでも顔はわかる。写真で見た幹本史緒里、まぎれもなく本人だった。

史緒里は意識が朦朧《もうろう》としているように見えた。だが驚きのいろが浮かんだ。喉《のど》に絡む声でささやく。「伊島さん……」

「無事か、史緒里！」伊島が扉をつかみ、前後に揺すった。片手ではどうにもならないと思ったらしく、伊島は拳銃《けんじゅう》をホルスターにおさめ、両手で扉をこじ開けにかかった。

けれどもホルスターへの収納が充分ではなかった。拳銃は地面に落ちた。伊島はかまわず扉を乱暴に揺すっている。金属音が騒々しく辺りに響き渡った。

美由紀は伊島の拳銃を拾う暇もなく、周囲の警戒にあたらざるをえなくなった。手にしていた拳銃を水平にかまえ、四方八方に目を配る。伊島に静粛を呼びかけたところで、彼が従うとは思えない。史緒里をここに置いていくわけにもいかない。なら救出を急がせるべきだ。

ひときわ盛大なノイズを響かせ、扉の蝶番《ちょうつがい》が外れた。南京錠の施錠はそのままに、扉の回転軸となる側が破壊された。伊島は扉を強引に開け放ち、構造物のなかに飛びこんだ。「史緒里！」

手枷はネジ止めしてあるようだ。伊島はネジも指の力で緩めようと躍起になっている。

美由紀は伊島の救出作業を一瞥《いちべつ》したが、成り行きを見守る余裕もなく、また付近一帯の警戒に戻った。苛立《いらだ》ちが募る。モーションセンサーがあって、サウンドセンサーがないとは思えない。物音は確実に敵陣の中枢に届いた。歩兵が駆けつける前に、ここから退避せねばならない。

伊島が史緒里を横抱きにし、構造物の外に運びだしてきた。脱力しきった史緒里を、伊島は抱きかかえながらしゃがんだ。史緒里を地面に横たえる。伊島が声をかけた。

「しっかりしろ、史緒里」

史緒里は衰弱しきっていたが、喜びの感情は見てとれた。開ききらない片目から涙がこぼれた。「来てくれるなんて。伊島さん」

「なにがあったんだ……。史緒里。きみがＦ‐70を盗んだのか？」

そうではないことがいま明白になった。美由紀はいった。「ニットのワンピース。伊島さんと一緒に写ってた写真も、その襟もとだった」

Ｆ‐70を操縦したのならフライトスーツ姿のはずだ。史緒里がわざわざ私服を持参し、機体に運びこんだとは思えない。機体の奪取時にそんな悠長なことはできない。と同時に、スマホでメッセージを送信したのが、史緒里でないこともあきらかになった。この囚《とら》われようでスマホを隠し持てるとも思えない。あれは蟹垣による罠か。美由紀は史緒里の足を眺めた。裸足《はだし》のうえ血が滲《にじ》んでいる。歩くのは困難かもしれない。

状況は芳しくなかった。伊島は史緒里ばかりを見つめている。辺りにまるで警戒を向けていない。

「落ち着いて」美由紀は呼びかけた。「伊島一尉。まず拳銃を拾って」

ふいに柴藤の声が飛んだ。「いえ。拾う必要はありません」

伊島がびくっとし顔をあげた。美由紀も振りかえった。ウェットスーツ姿の柴藤が、拾った拳銃をかまえ立っている。

予想もしない事態だった。美由紀は柴藤の接近に気づかなかった。そちらの方位は伊島の視野に含まれるため、美由紀は監視を伊島にまかせ、それ以外の方向を警戒していた。だが伊島は史緒里しか眼中になかったようだ。

「なっ」伊島はいまになって絶句した。「柴藤君……。どうしたんだ。その銃を下ろせ」

ずぶ濡《ぬ》れの柴藤は、銃口を美由紀に向けていた。「すぐ済みます」

「済む？」伊島が柴藤にきいた。「なにがだ」

「裏切り者は始末しなきゃいけません。逮捕とか甘いことをいってる場合でもないでしょう。いまは戦争なので」

「おい……。柴藤君。なにをいいだすんだ。どうやってここまで来た？」

「入り江の岩場を上り、ふたりぶんの潜水用具を見つけました。その先で崖《がけ》を登る姿を目にし、以後は尾《つ》けてきたんです」

　美由紀のなかには少なからず緊張があった。だがそれを表情にだすまいと努めた。

「柴藤三尉。なぜわたしが裏切り者だと思うの？」

「退官した分際で、俺を三尉だなんて呼ぶな。もうだまされないからな」

「どういう意味よ」

「ヘリの電源を一時的に戻した。位置信号や通信が無理でも、RWTDのデータ記録は参照できた」

　RWTD。機内から発信された電波の周波数を記録する装置だ。すべての自衛隊機に装備されている。スマホが機外に投げ捨てられて以降、なんのデータも残るはずがない。

　柴藤が厳しい口調で告げてきた。「午後九時十二分。禰占島が見えてきたころだ。○・三ギガヘルツのメートル波が数秒間、機内から発せられた。データにそうある。誰かが島に合図を送った」

「誰が？」美由紀はきいた。「三人とも電波を発する機器は持っていなかった」

「それが持ってた。おまえが服の下に隠してたんだろ。ウェットスーツをわざわざ重ね着したのは、発信器を身につけてたからだ」

　見当ちがいの思いこみほど厄介なものはない。美由紀はため息をついてみせた。

「落ち着いてよく考えて。わたしは部外者だから、百里基地に着いた時点で身体検査を受けてる。妙な物は持ちこめない」

「だまれ。基地内でこっそり調達したんだろ」

　伊島がうったえた。「柴藤君。UH－60Jのなかを隅々まで調べたわけじゃないんだろ。なんらかの機器が誤作動した可能性もある」

「いいえ！」柴藤は頑《かたく》なに否定した。「岬美由紀が送信機を隠し持ってたんです」

　美由紀のなかで脈拍が亢進《こうしん》しだした。柴藤の拳銃を恐れたからではない。真相がひとつのかたちをとりだした、それゆえ心臓が高鳴っている。美由紀はいった。「銃を下ろして」

「おまえこそ銃を捨てろ」柴藤が命じた。

「周りを警戒して。敵が近づいてる」

「その手に乗るかよ」柴藤は嘲《あざけ》るように吐き捨てた。銃口を美由紀に向けたまま、トリガーにかけた指を、いまにも引き絞らんとする。「どれだけの国民の命が犠牲になったと思ってる。恒星天球教と同じじゃないか。俺はおまえを見過ごさない。自衛官だからな。国家の安全と平和のため……」

弾《はじ》けるような銃声がこだました。付近の木々から鳥がいっせいに飛び立った。

柴藤は目を剝《む》いた。自分の胸もとにひろがる赤い液体が、なんの意味を持つのかわからない、そんな顔をしていた。ほどなく口からも血を吹きだした。柴藤はその場に両膝《りょうひざ》をついた。

史緒里の悲痛な呻《うめ》きが美由紀の耳に届いた。地面に突っ伏した柴藤の向こう、包囲を狭めてくる歩兵の群れが見えていた。

美由紀の下ろした手から、誰かが拳銃《けんじゅう》をもぎとった。至近距離に立ち、銃口を美由紀のこめかみに向ける。

苦笑する気にもならない。美由紀は冷ややかな気分でささやいた。「ありがち」

人影が高慢な口調でいった。「なにも見抜けない千里眼か。眼鏡でも買え」

史緒里が地面に横たわったまま、驚愕《きょうがく》の面持ちで仰ぎ見る。「伊島さん。なにしてるの……？」

伊島は拳銃で美由紀を狙い澄ましていた。無数の歩兵が取り囲む。アサルトライフルの銃口すべてが美由紀に向けられた。

美由紀はこぼした。「最初から怪しいとは思ってた」

「そうか」伊島はからかうような態度のままだった。「表情を観察し、心を読んだから、馬鹿正直な男だと信じたって？」

「顔に感情が表れるのを逆手にとって、うまく心理を誤解させた。湯川と同じやり方。蟹垣の知恵？」

「あの人を知ってるのかよ」

伊島は情報を制限されているらしい。この島に来たのも初めてだ。それゆえ欺瞞《ぎまん》が読みとれなかった。

あらゆる偽装が巧妙だった。伊島は美由紀の嘘を見抜く技能について、あきらかに恐れを抱いていた。自然に生じた不安でしかなかったのだが、百里基地に連行され取り調べを受けることへの、伊島の心もとなさにも受けとれた。

史緒里からの『そs』というメッセージ送信は、伊島にとっても青天の霹靂《へきれき》だったのだろう。史緒里は蟹垣のもとに囚われているはずが、ひょっとして監視の目を盗み、スマホを操作したのではないか。伊島はそんなふうに動揺した。おそらくは蟹垣による、自衛隊を欺くための策略だろうと考えつつも、内心は心配でならなかった。その感情が美由紀の目には、恋人の無事を信じたいと思いつつも、不安に揺れる伊島の心細さに見えた。

百里基地で伊島は、スマホを没収されたことに不満のいろをしめしたが、それもマジックミラーによる監視への反発と解釈できた。

極めつけはUH－60Jのハイジャックだった。美由紀は想起しながらつぶやいた。

「恐怖、怒り、不信感。それらの感情がなにを意味するかは曖昧《あいまい》だった」

伊島が淡々と告げてきた。「嘘を見抜けなかった時点でおまえの負けだ」

あのとき伊島はいった。第7航空団の司令たちは、史緒里の居場所さえ明かそうとしない。伊島はそこに憤りと不信感をおぼえている、美由紀はそう受けとった。

なにより伊島は、本気でヘリを奪い、賦句徳島に飛びたがっていた。蟹垣は本拠地がどこなのか、伊島に明かしていなかったのだろう。当初、伊島は柴藤の告白から、味方のアジトが賦句徳島と信じた。次に美由紀の説明で禰占島と知った。

以後も伊島の不安はつづいたが、ここで史緒里が囚《とら》われているのを見て、ようやく安堵《あんど》とともに確信したようだ。『そs』のメッセージは蟹垣の罠《わな》にすぎず、美由紀をまんまと欺いたことを。

美由紀は伊島にきいた。「この独房に幹本二尉が囚われてるとは知らなかったんでしょ」

「ああ。知ってたんじゃおまえに見抜かれる。だが上陸後すみやかに発見できる位置だ。蟹垣さんの工夫には頭がさがる」

「ハイジャックした瞬間に居合わせれば、嘘が見抜けたのに」

「だろうな。だからおまえが搭乗する前にヘリを乗っとった。間抜けな柴藤はすべて鵜呑《うの》みにした」

歩兵らが死体を地面に引きずりながら遠ざける。美由紀は胸を痛めた。柴藤は自衛官として当然の行動をとっただけだ。UH－60Jを奪わせまいと機内に居残った。最期まで事態を打開しようと抗《あらが》った。

史緒里が上半身を起こした。伊島の脚にしがみつき、涙ながらにうったえた。「どういうことなの。伊島さん。助けに来てくれたんじゃなかったの?」

「めでたい女だ」伊島は脚を振り払った。史緒里が苦痛の呻きを発し地に伏せた。

美由紀は史緒里に駆け寄ろうとしたが、歩兵たちが射撃のかまえをとった。トリガーを引くことにためらいがない、表情を見ればわかる。この包囲から脱する手段はなかった。

クルマのエンジン音がした。歩兵の群れが左右に割れた。

屋根のない大型SUVが接近してくる。ランドローバー・ディスカバリーの改造型、ボディに迷彩塗装を施している。ドライバーは歩兵だが、後部座席に乗るのは大柄の男だった。黒スーツをまとい、スナイパーライフルを携えていた。年齢は五十前後、黒髪のオールバック。下顎《したあご》が発達した四角い顔、目つきは鋭く、口髭《くちひげ》をたくわえている。肩幅が広く、上腕も太い筋肉質。SUVが停車すると、歩兵が後部ドアを開けた。

蟹垣摂男が車外に降り立った。むろん車椅子を必要としない。黒の軍用ブーツが地面を踏みしめる。防犯カメラの映像で観たより、さらに大柄だった。身長は二メートルほどもある。スナイパーライフルを座席に放りこんだ。さっき遠方から柴藤を狙撃《そげき》したのは、蟹垣なのだろう。

歩み寄ってくる蟹垣の顔は、メフィスト・コンサルティングのメンバーに顕著な、仮面のような無表情に覆われていた。表情筋の反応を完全に抑えこんでいる。心理学を知り尽くしたメフィストのなせるわざだという。美由紀の目に、蟹垣の思考や感情は、まるであきらかではなかった。

蟹垣が低く太い声でいった。「岬美由紀か。伊島を案内してくれて感謝する」

「メフィストからの強引な独立なんて、やることもたかが知れてる」

目の前に立つ大男は、依然としてなんの表情も浮かべていない。ところがふいに右の拳《こぶし》が飛んできて、美由紀の頬を強打した。重心を崩しよろめく。背後の歩兵に羽交い締めにされたとき、顔の半分に激痛がひろがりだした。重いパンチだった。

「奇妙だ」蟹垣が平然とつぶやいた。「イーグルドライバーの動体視力が、殴打を避《よ》けきれないとはな」

蟹垣の表情にまったく予兆がなかったからだ。拳を繰りだす速度もプロボクサー並みだった。メフィスト流のポーカーフェイスに身体能力を組み合わせれば、難なく攻撃を浴びせられる、そんなデモンストレーションだったようだ。心理的優位に立ちたがるあたりが、いかにも元メフィストらしい。

美由紀は身体の柔らかさにより、歩兵の羽交い締めからするりと逃れた。背後で歩兵が面食らう反応をしめす。

距離が縮まっても、蟹垣はいっこうに動じるようすがない。美由紀は問いかけた。

「古巣に追われてるんじゃなくて？」

「おまえと会った老いぼれのことか。クローネンバーグ・エンタープライズの奴らは、俺がF－70を奪ったことさえ気づいていなかった。メフィストなどそのていどにすぎん。この島に目をつけるはずもない」

「自衛隊と在日米軍が攻撃してくるかも」

「まったくありえん」蟹垣が冷ややかに見下ろしてきた。「おまえも、死んだ三尉も、ヘリの機内からはなんの電波も発信してない」

「出発前に禰占島のことは判明してた」

「本当のことだけ喋《しゃべ》って、表情から嘘を見抜かれないようにする気か？　甘いな」

伊島が鼻を鳴らした。「基地の人間にはなにも伝えられなかったんだろ。禰占島の名はメモすら残せなかった」

蟹垣は美由紀の胸倉をつかんだ。「ヘリに乗ってたおまえの顔は、伊島目線の隠しカメラがとらえてた。会話も録音していた。どちらもデータが島に送信された」

すると伊島がおどけるような素振りで、自分の胸もとをさすった。「さては制服の襟の装備品か。さすが蟹垣さん、小型カメラやマイクが内蔵してあったんですね。島に接近すると自動送信する仕組みで……」

美由紀に心理を読ませないため、伊島には事実を知らせず、ただ身に着けさせていたのだろう。蟹垣が鼻息荒くいった。「俺は映像をチェックした。岬美由紀が嘘をついてないのは一目瞭然《りょうぜん》だった。いまも表情筋の変化でわかる。禰占島を疑っている者は、ほかにひとりもいない」

心を読まれた嫌悪感とは別に、胸倉をつかまれること自体が不快だった。美由紀は手を振りほどこうと身をよじった。ところが蟹垣は、美由紀が力をこめる方向を正確に予測し、逃れられないよう手と腕を巧みに捻《ひね》ってくる。

やがて蟹垣は美由紀を地面に放りだした。強烈な突きを伴っていたため、美由紀は体勢を崩し、仰向《あおむ》けに地面に転倒した。

すぐわきに史緒里が横たわっている。史緒里の泣き顔が伊島を仰いだ。「こいつらの仲間だったの？　F-70を奪ったって、いったいなんのことよ！」

伊島の醒《さ》めた目が史緒里を見下ろした。「知らなかっただろうな。おまえは百里基地からF-70を盗んだ。F-70は杉並区と青森市をMOAB-ⅡAで空爆した」

史緒里は絶句し、茫然《ぼうぜん》と美由紀を眺めた。美由紀は小さくうなずいた。

「そんな」史緒里の頰を大粒の涙が滴り落ちた。「大勢の人を殺したの？　なんでそんなことを⁉」

蟹垣が首を横に振った。「恋人に気軽に質問できる日々は終わった。俺の同志に自衛官は大勢いるが、伊島が適任だっただけだ。幹本史緒里の心理をつぶさに研究したところ、理想像に最も近かったからな」

伊島が左の袖《そで》をまくった。黒光りするブレスレットがあった。「このブラックトルマリンは気にいった。たしかにパワーストーンだ。作戦が冗談のようにうまくいく」

史緒里のまなざしが鋭く光った。すばやく跳ね起き、伊島に挑みかかった。だが伊島はすんなりと身を引き躱《かわ》した。伊島の前蹴りが史緒里の胸部に浴びせられた。史緒里は地面に転がった。

美由紀は這《は》っていき、史緒里を助け起こした。負傷はなさそうだが、すでに消耗しきっている。史緒里の真っ赤に泣き腫《は》らした目が美由紀を見つめた。美由紀は黙って見かえすしかなかった。

蟹垣が腕時計を眺めた。「あまり時間もない。伊島、こいつらを中央格納庫に連行しろ。歴史の転換点に付き合わせてやる」

26

朝の陽射しが、無人島然とした自然を原色に染める。軍用トラックの幌《ほろ》のない荷台に、美由紀は揺られていた。大勢の歩兵が同乗している。

両手を後ろにまわしたうえ、樹脂製の手錠を嵌《は》められていた。足首も同じ素材の枷《かせ》で拘束されたが、両足を結ぶワイヤーは二十センチほどの長さがある。ごく小さな歩幅なら自力で歩けるからだ。どこへ連行するにせよ、今後トラックを降車したのち、人質を歩かせたほうが兵は楽ができる。それだけの理由でしかない。

史緒里は美由紀の隣りにいた。やはり両手両足を拘束された状態で、ずっとうつむいている。落涙が見てとれた。美由紀はなにも話しかけられなかった。

森林のなかに延びる道は、あいかわらず未舗装だった。植物を刈りとり、車両の走行を可能にしたにすぎない。頭上を枝葉が覆う。上空からは発見されまい。

だがＦ－70の離着陸場はどう隠蔽《いんぺい》するのだろう。考えられる方法はひとつしかない。しかしそこまで規模の大きな施設が、こんな島にあるとは思えない。

ところが前を走るＳＵＶの行く手に異変が生じた。なんと巨大な岩の斜面が滑らかにスライドし、車両を迎える開口部ができた。それをまのあたりにしたとき、敵を過小評価していた、美由紀はそう痛感した。

ＳＵＶを先頭に、軍用トラックの車列がトンネルに入った。なだらかなスロープを下る。後方でゲートが閉じると、トンネル内に明かりが灯《とも》った。コンクリート壁に等間隔のＬＥＤ照明が並ぶ。天井には換気用の立坑。そんなトンネルが延々とつづく。

史緒里が顔をあげた。怯《おび》えた表情で辺りを見まわす。ここに連行されたのは初めてらしい。

ふいに史緒里が目を瞠《みは》った。美由紀も前方に視線を向けた。予期していたものの、衝撃を禁じえない。驚異の光景がそこにあった。

トンネルの先は巨大な地下空洞だった。東京ドームの内部ほどの広さがある。コンクリートで内壁を固め、大量の鉄骨を縦横に組むことで構造を維持している。ＬＥＤ

が照らす地底は、やはりコンクリート敷の平らな広場だ。軍用トラックはそこを徐行していった。自衛隊基地も同様の設備が整っている。燃料給油車、搭載用の弾薬貯蔵庫、整備用ドック。大勢の迷彩服が、いたるところで作業に追われている。空中のキャットウォークにも、銃を携えた警備兵が立つ。

軍用トラックの行く手に、F－70二機が縦列に並んでいた。迷彩服の群れがそれぞれ機体を囲み、黙々と整備作業を進める。

美由紀は天井を仰いだ。鉄骨の梁《はり》で支えられた金属板のハッチが塞《ふさ》ぐ。レールの向きから察するに、ハッチは水平方向に滑り開口するのだろう。開口部は約三十メートル四方。外側は緑地を偽装してあるにちがいない。むろんF－70の離着陸時には、空洞内の照明を完全に消灯する。

空洞内の一方の壁は工場に似て、複雑な設備が構築されていた。おそらく発電施設と思われる。キャットウォークの高さには、ガラス張りの航空管制ブースが存在する。

施設そのものはありえないレベルではない。幹部自衛官だったころ、アメリカのシャイアン・マウンテン空軍基地を見学した。防衛司令部《NORAD》の隣りに、これと同じような地下格納庫があった。そこには二機のハリアーが待機し、やはり開閉式の天井を備えていた。

問題はここが国営の軍事基地ではないことだった。二〇〇九年、ロシアのロブィシェヴァ社が禰占島を買収。以来十二年のあいだ、この施設の建設がひそかに進められてきた。夜間に貨物船が停泊し、資材を陸揚げするためのハッチも、島の臨海部のどこかにあるはずだ。

離島が外国資本に買われる。日本の危機意識の低さにより生じた最悪の事態といえる。かつてアメリカを脅かしたキューバ危機は、まだ脅威が外国にあった。ここは日本の領海内だ。国家を滅ぼしかねない敵勢力の最前線基地が、ひそかに国内に存在する。しかも誰ひとりその事実を知らない。

トラックはF－70二機をまわりこみ、開けた場所に停まった。歩兵たちが降車を開始する。数人の歩兵が近づいてきて、美由紀と史緒里を引き立てるや、乱暴に荷台から放りだした。後ろ手に拘束されているせいで、手をつくこともできない。美由紀は史緒里とともに、全身をコンクリートの床に打ちつけた。

辺りを歩兵が取り巻く。靴音が響いた。美由紀は上半身を起こした。蟹垣と伊島が歩み寄ってくる。

さらにひとりのフライトスーツがつづく。アジア人の男だった。年齢は三十すぎか。長めにした巻き髪に口髭《くちひげ》、頬が痩《こ》け、尖《とが》った目をしている。引き締まった身体つきもパイロット向きだった。フライトスーツのエジェクタースナップとVリングは、自衛隊の装備と同じ物だとわかる。

蟹垣が美由紀を見下ろした。「紹介する。シン・スンウク。F-70のパイロットだ」

美由紀は後ろ手の拘束のまま、足腰の力だけで立ちあがった。

「ああ」美由紀はつぶやいた。「シン・スンウク。朝鮮人民空軍のミグ29パイロットの」

シンは日本語がわからないらしい。仏頂面を維持しながら、伊島にたずねるような目を向ける。

伊島が朝鮮語で応じた。「おまえの名前を知ってるってよ《ニィルムルアルゴィッテ》」

床に横たわった史緒里が顔をあげた。嫌悪をあらわにつぶやいた。「誰でも知ってる。領空侵犯の常習者」

「そうだ」伊島が史緒里を見下ろした。「いまは将軍様のお抱えじゃなくてな。シンは俺たちのエース・パイロットだ。工作員としても優秀でな。百里に難なく潜入した。その数日前、普天間にも」

平時の警備としては、百里基地のセキュリティは万全に近い。ただし朝鮮人民軍の工作員が国内に入りこんでいれば別だった。しかも湯川が防衛技士として基地内に先行している。湯川の手引きがあれば偽の臨時通行証も入手できる。普天間のほうも、同じように事前の根まわしがあったのだろう。

蟹垣がいった。「岬美由紀。パイロットをふたり雇えないのは、経済状態が逼迫《ひっぱく》してるのではと疑ったな。しかしあいにく資金にはまだ余裕がある」

美由紀は勘を口にした。「作業の秘匿にかかる費用も含め、四百億円はかかってるのに？」

「三億八千万米ドルだ、みごと正解だな」

「スポンサーは誰？」

ふいに闇が覆った。地下空洞内の照明が消灯した。史緒里が息を呑《の》む気配があった。迷彩服があわただしく駆けまわる。

暗がりで蟹垣がささやいた。「ちょうど到着した。おまえのいうスポンサーだ」

機械類の重厚な稼働音が反響した。地下に陽光が射しこんでくる。頭上でハッチがスライドレールに沿い、横滑りに開きつつある。空がのぞいた。辺りに爆音が響き渡る。

飛来したヘリコプターは、ＵＨ－60Ｊよりは小ぶりなベル４２９だった。開いたハッチ上空にホバーリングし、そこから垂直に降下してくる。空洞内に強風が吹き荒れた。

ヘリはF-70二機の傍らに着陸した。ハッチがふたたび閉じていく。視界が暗転したのち、すぐに照明が灯《とも》った。

一連の作業はきわめてスムーズだった。迷彩服らの統率のとれた動きは、烏合《うごう》の衆には無理な芸当といえる。アジア人ばかりだが、どこでかき集めたのだろう。

ベル429のメインローターが失速し、風がおさまっていった。迷彩服のひとりが、機体側面のドアをスライドさせた。機内から高齢のスーツが降り立つ。ニュースで見おぼえのある顔だった。

襟もとに光るのは国会議員のバッジ。年齢は七十二歳、皺だらけなうえ頑固そうなしかめっ面、下がりきった口角。財務大臣の江崎肇がひとり歩いてくる。

……あきれた話だ、美由紀はそう思った。ここの軍資金は国庫、すなわち国民の血税から払われているとわかった。

一般に知られているより、国務大臣の権限ははるかに大きい。財務大臣は日本の予算と税制、財政投融資、国庫、国有財産管理のすべてを統括する。昨今のイレギュラーな支出状況からすれば、各方面への架空の水増し請求も、なんら困難なことではない。コロナ禍の持続化給付金だけでも五兆五千億円が支給された。一千億円ぐらいは優に調達できる。

江崎財務大臣が近くに立った。蟹垣に軽く頭をさげ、次いで伊島にも目で挨拶《あいさつ》した。床に横たわる史緒里を見下ろし、最後に美由紀に視線を向けてきた。

「彼女か？」と江崎がきいた。

伊島がうなずいた。「はい」

「もう話したのか」

すると伊島は腕組みをし、ため息まじりにいった。「まず承知しないと思いますけどね。ご自身でお試しになりますか」

江崎が眉《まゆ》をひそめ、蟹垣に目を移した。蟹垣も平然と江崎を見かえした。やれやれという態度をのぞかせ、江崎が美由紀に向き直った。「単刀直入にいう。パイロットとしてF－70の作戦行動に参加してほしい。操縦方法はシンが教える」

F－70は二機、パイロットはシン・スンウクひとり。まさかとは思ったが、仲間に加われと要請している。美由紀は軽蔑《けいべつ》とともに江崎を見かえした。「国の予算をかすめとって、大量虐殺の拠点を築くなんて。内乱罪そのものでしょ」

「内乱罪か。刑法七十七条。国の統治機構を破壊し、またはその領土において国権を排除して権力を行使し、その他憲法の定める統治の基本秩序を壊乱することを目的とし、暴動を起こす……」

「問答無用で死刑が適用される重罪」

「ところがな」江崎は雑談のような口調でいった。「内乱というものは、成功のあかつきには正当化される。新しい権力にとっては、祝福すべき革命の記憶でしかなくなる」

「在日米軍まで敵にまわして、クーデターが成就するわけがない」

「おい。きみは本当に岬美由紀か？　聡明《そうめい》な女だときいていたが、そうでもないようだ。なぜ日本のクーデターごときにF－70が二機も必要になる？」

「……周辺国も巻きこむとか？」

「全世界だ」江崎が声を張った。「F－70一号機の攻撃目標は、横田《よこた》、嘉手納、三沢、瑞山《ソサン》、新竹《シンジュー》、グアム。同時に二号機が鞍山《アンシャン》、長春《チャンチュン》大房身《ダーファンシエン》、牡丹江海浪《ムータンチャンハイラン》、上海《シャンハイ》大場《ダーチャン》、丹東《タントン》、汕頭外砂《シャントウワイシャ》を順次空爆する」

MOAB－ⅡAを六発ずつ投下する気だ。破壊するのは極東における米中の空軍基地ばかりだった。

美由紀は総毛立つのを感じた。「なんてことを……」

江崎が真顔で問いかけてきた。「これがなにを意味するかはわかるな？　空軍を全滅させられた場合、残る陸海軍の侵攻を防ぐため、大陸間弾道ミサイルの出番となる。アメリカのミニットマン、中国の東風《ドンフェン》41が、相互の軍事拠点を破壊する」

憤りがこみあげる。美由紀は語気を強めた。「自衛隊基地も巻きこまれる。周辺住民も」

「当然だ。極東に始まった戦争は急拡大し、四日で世界規模に達する」

「いまの国際社会はそこまで馬鹿じゃない。たやすく第三次大戦にはつながらない」

蟹垣が口をはさんだ。「ちがうな。コロナ禍を経て、米中の相互不信が高まった現代こそ、冷戦時代以上に脆《もろ》い。もはやどの国のトップも戦後の生まれだ。過去の記憶が抑止材料にはならん」

なぜF－70の奪取を幹本史緒里のしわざに見せかけたか、もはや理由は考えるまでもない。身内の犯行となれば、航空自衛隊は事実を公にできない。不祥事とするにはあまりに被害が甚大すぎる。隠蔽《いんぺい》気質はこの国の病といえるかもしれない。ゆえに中国は事前の情報なくF－70に空爆され、アメリカによる宣戦布告なしの不意打ち攻撃だと解釈する。一方アメリカも、在日米軍と自衛隊の内部犯行を疑っていようと、ミサイル攻撃には応戦せざるをえなくなる。

いまだ史緒里は拘束された状態で、床に横たわったままだった。それでも史緒里は苦々しげに顔をあげ吐き捨てた。「核戦争になったらなにもかも終わりでしょ」

「いや」江崎財務大臣が首を横に振った。「終わりでなく始まりだ。戦争の序盤で東風41が、すべての自衛隊基地を破壊し尽くす。日米安保は持続するが、憲法が戦争を禁じている以上、徴兵まではおこなえない。戦争の終結を耐えて待つのみとなる。だがそれゆえ復活の余力を残す。米中は死力を尽くした結果、死に体になる」

　美由紀のなかには嫌悪感しかなかった。「大国が没落すれば日本の権限が増すって？」

「そうだ。国連の常任理事国になれずじまいの日本が、国際社会の主要国に返り咲く。しかも戦争に参加しなかったぶん、経済の蓄えを残す」

「列島が米中両軍の戦場と化し、荒廃しきる。蓄えを残すなんてありえない」

　蟹垣が否定した。「いや。第二次大戦の直後を考えろ。東京は壊滅的打撃を受けたが、終戦を迎えるや、たちまち旧財閥を中心に経済復興を成し遂げた。政財界の中枢は疎開し、巧みに存続するものだ」

「いえ」美由紀はつぶやいた。「核戦争の時代はちがう。開戦前のレベルまで復興するのは無理」

江崎財務大臣が平然とうなずいた。「それでいい。日本型社会主義こそ理想だ。池《いけ》田《だ》勇人《はやと》による所得倍増計画。日本は最も成功した社会主義国と呼ばれた」

「矛盾への揶揄《やゆ》でしかない」美由紀は反感とともにいった。「資本主義国なのに平等主義と集団主義」

「おかげで貧富の差も抑えられていた。一億総中流家庭、すばらしいじゃないか。政官財による鉄のトライアングル、日本株式会社。行政指導や補助金による産業別の保護育成政策。経団連や農協、医師会、全特、それぞれの団体を通じての利益配分。なにもかもバランスがとれていた。非正規雇用やニートの増加など、当時はありえなかった」

詭弁《きべん》だと美由紀は思った。「社会主義は平等を謳《うた》いながら、支配階級による富の独占を生む。預金封鎖、金融市場の閉鎖。国は緊急事態を言いわけに、膨大な借金を国民の預金で帳消し。結果がどうなるかはあきらか」

外貨準備金の多くを失い、深刻なドル外貨不足が発生する。輸入物資の調達が滞り、物価も急上昇。一億総中流家庭どころか、国民のほとんどが貧困層に没落する。エネルギー不足が追い打ちをかけ、電気代やガソリン代が天井知らずに跳ねあがる。食糧不足、配給による救済。金利が高騰、失業も相次ぎ、住宅ローン破綻《はたん》が激増。街にホームレスがあふれる。一方で警察機能も低下し、治安が乱れる。飢餓による窃盗、殺人、自殺。

蟹垣は美由紀の心を読んだようにいった。「ローン破綻者や餓死者が増えれば、空家だらけになる。不動産価格は地方から落ち着いてくる」

美由紀はさらなる怒りをおぼえた。「年金が消滅する。医療も介護も崩壊して……」

「高齢者が多く死ぬ。国民の総人口は減少するが、結果として少子高齢化に歯止めがかかる」

「教育機関さえ機能しなくなる！」

江崎財務大臣がいっそうの冷血さをのぞかせた。「日本型社会主義において、労働者は利口すぎないほうがいい。諸外国による不動産の買い占めについては、もう心配いらんよ。米中は極貧国家に成り下がるし、日本国内の土地はすべて国有化される」

美由紀は醒《さ》めきった気分でつぶやいた。「日本型社会主義っていうより、正真正銘の社会主義」

「それが乱れた世を正す唯一の方策だ。理解できないか？　人類は犠牲を払い、真の平等と平和を手にする」

「みんな飼われてる家畜みたいになる。向上心が失われ、文明の発達もなくなる」

「いや」江崎は譲らなかった。「一部エリートを選抜、英才教育を施し、科学の進歩に貢献させる」

「旧ソ連とまるで同じ」

「私はスターリンやフルシチョフのようなへまはせん」

「あなたが日本のトップになるなんて絶望でしかない」

江崎財務大臣がじれったそうに唸《うな》った。忌々しげに蟹垣を横目で見た。「この女が使いものになるといったのはきみだぞ」

「役に立たなきゃ始末するまでだ」蟹垣が仮面のように無表情な顔を、あらためて美由紀に向けてきた。「千人選べ。そいつらの無事を保証してやる。核戦争後、特別待遇を約束してもいい」

　美由紀は首を横に振った。「ふざけないでよ」

「いいのか？　このままいくと、おまえの知り合いも友達も、みんな死ぬ」

「それを避けるために、F‐70で出撃して空爆しろって？　馬鹿いわないで」

「ならおまえは大勢の友達を見殺しにすることになる。助かるはずの千人が死ぬのは、おまえの責任だぞ。岬美由紀、おまえが殺したんだ。杉並和順園のガキどもと同じく……」

激昂《げっこう》した美由紀は、拘束されたまま跳躍し、蟹垣に頭突きを浴びせようとした。

だが蟹垣はすんなり身を引いた。「愚鈍な」

次の瞬間、蟹垣の張り手が美由紀の頬を強打した。両足首に枷《かせ》を嵌《は》められた美由紀は、その場に踏みとどまれず、棒のように倒れた。痺《しび》れるような激痛がひろがった。

美由紀の視野に伊島の姿があった。史緒里を見下ろし、伊島が低い声でいった。

「いちどだけチャンスをやる。おまえがF－70に乗れば、家族や親戚《しんせき》、友達を含む千人が助かる」

史緒里は言葉を失ったようすだった。だがほどなく震える声を絞りだした。「攻撃自体を許さない。あんたなんか死ねば？」

伊島は大仰にため息をつき、その場に立ち尽くした。ふいにローキックを繰りだし、史緒里の腹を蹴《け》りこんだ。横たわった史緒里が身体を丸め、苦しげにむせた。伊島は額に青筋を立て、さらに何発も蹴りを食らわせた。

美由紀は床に這《は》いながら、必死に近づこうとした。「やめて！」

いきなり頭髪をわしづかみにされた。迷彩服が力ずくで美由紀の顔をあげさせる。首すじにちくりとした痛みを感じる。なにかを注射する気だ。拒絶しようと身体を揺すったが、注射針は執拗《しつよう》に美由紀の肌に食いこんでくる。

迷彩服が手を放した。美由紀は床に突っ伏した。意識が朦朧《もうろう》とするのを感じる。視界の端で、伊島が史緒里を蹴りつづける。美由紀は制止を呼びかけようとした。声がでない。コンクリート敷の床の冷たさが体温を奪う。深い沼の底に沈んでいくかのようだった。

瞼《まぶた》が自然に閉じた。そこから先は暗黒の世界がひろがっていた。

27

美由紀が意識できたのは生温かさだった。漠然としたぬるさ。いまがどういうときか、正確には思いだせない。だが苛酷《かこく》な境地にあったような気がする。なのに心身が弛緩《しかん》していく。いったいどんな状況だろう。

西新宿にある臨床心理士会の事務局で嵯峨と会った。ほかの知り合いとも次々とすれちがう。学会でも催された直後なのか。出席したかどうかさだかではない。

いつしか暗い地下室にいた。岬先生、そう呼ぶ声がする。手を差し伸べてきたのは、ごく最近カウンセリングをした相談者だった。ひとりではない、大勢いる。それぞれつながりはないはずなのに、ここに一堂に会していた。時間を遡《さかのぼ》るように、徐々に過去の相談者らが現れる。大人も子供も、女性も男性もいた。名前までは思いだせないが、顔ははっきりと記憶している。みな元気そうだ。悩みとは決別し、新たな人生を歩んでいるのがわかる。無数のまなざしが感謝を伝えてくる。

美由紀のなかに喜びの感情がひろがった。と同時に胸騒ぎもしてくる。ここはいったいなんだろう。閉鎖空間だ。地下どれぐらいなのか。浅ければ空爆による被害が及ぶ。ＭＯＡＢならひとたまりもない。

空爆、ＭＯＡＢ。そうだ。Ｆ－70がＭＯＡＢ－ⅡＡを投下した。杉並区や青森市は壊滅状態になった。想像ではない、現実の脅威だ。

相談者たちは安堵《あんど》のいろを浮かべている。美由紀を見てほっとしたらしい。幼女が小さな手を差し伸べる。美由紀はその手を軽く握った。幼女の微笑を間近に見た。

みなを死なせてはならない。カウンセリングを通じ、それぞれの人生を把握している。誰もが苦難を乗り越えてきた。すべてが水泡に帰すなど、断じて受けいれられない。

ここの深度が充分でなければ、より深い階層に移る必要がある。誰に頼めばいい。権限を持つのは何者だろう。

そう思ったとき、黒い霧が漂ってきた。たちまち濃度を増していく。辺りが闇に覆われつつある。

Ｆ－70を操縦するのはシン・スンウク。北朝鮮の悪名高いパイロットだ。しかも背後に中国がいる。先制攻撃しなければ、日本は隈《くま》なく空爆される。

戦争は辛《つら》い。誰にとっても同じことだ。先んじて空爆した場合、軍事拠点のみの被害に留《とど》まることはありえない。中国側にも犠牲者がでる。多くの民間人が死ぬ。それが戦争だ。なにもせずにいれば、ここにいる人たちが死んでしまう。東京が火の海になっても、せめてもっと深い場所に移りさえすれば……。

ふと胸にひっかかるものがあった。なぜ美由紀の知り合いばかりが地下に避難しているのか。自分がそう望んだからだ。いったい誰と取り引きした。

思いがそこに及び、意識が急速に覚醒《かくせい》へと向かった。コンクリート敷の床、その硬さと冷たさを全身に感じた。

美由紀は起きあがろうとした。だが後ろ手に拘束されている。両足首にも枷を嵌められたままだ。服はぼろぼろのブラウスにロングスカート。靴はなくなり裸足《はだし》だった。薄暗い室内に横たわっている。

あの広々とした地下空洞から、別の場所に移されていた。いっさい窓のない、独房に似た感じの部屋だった。四方の壁はコンクリート、天井に埋めこみ式のライトがひとつあるのみ。おぼろに照らされた室内に、なぜか蟹垣の声が反響している。

さっきからずっときこえていた。ただし声を意識できるようになったのは、目覚めたのちのことだった。読経《どきょう》のように低く抑揚のない声が、ぶつぶつと告げている。

「……国連憲章第51条に、固有の権利という文言がある。古くから認められてきた、国家の固有の権利に基づく自衛権行使は、武力攻撃が発生した場合に限定されない」

演説もしくは授業のような声の響き。美由紀は蟹垣の意図に気づいた。幹部自衛官にとっては、なんら複雑な物言いではない。

蟹垣の声はつづいた。「憲章第51条には、武力攻撃が発生した場合という前提条件がある。これもそのような場合に限り、自衛権行使を認めるという意味ではない。憲章制定以前から認められる、固有の権利を制限するものでもない。自衛権は国家の重大な権利であり、制限は誤りでしかない」

これは暗示だ。先制的自衛権が国際法上問題ない、そう刷りこもうとしている。

美由紀ははっとした。部屋の片隅で、ひとりの女が床にへたりこんでいた。上半身は起こしている。服装はあちこち破れたニットのワンピース。美由紀と同じく、両手両足を拘束された状態にある。やはり裸足のままだった。

幹本史緒里はぼうっと虚空を眺めていた。瞬《まばた》きがない。表情筋の弛緩ぐあいから、深いトランス状態に入っているとわかる。理性の働きが鎮まり、生得的な感情のみが表出している。猜疑《さいぎ》心を取り払われた状態で、ただ暗示の声にのみ耳を傾ける。

美由紀は呼びかけた。「幹本二尉！　史緒里さん。きいちゃだめ」

だが史緒里は人形のように動かなかった。なんの反応もしめさない。

蟹垣の声がひたすらつづく。「他国による侵害が明白なうえ、先制攻撃が自衛措置として適正であれば、国際法上なんら制限を受けるものではない。おまえの愛する人たちを見ろ。地下室に集ったみんなを。誰もがおまえによって生をつないだ。いまおまえが出撃しなければ死んでしまう」

事実誤認を誘発させせんとしている。本当の敵は江崎と蟹垣であって、中国ではない。空爆の代わりに千人が助かる、そんな交換条件も、ただ理不尽な押しつけにすぎない。

美由紀は声を張った。「史緒里さん！　これは催眠暗示でしかない。理性を働かせて。考えれば矛盾に気づける」

史緒里の顔が黒く染まって見える。さっきよりうつむいたからだ。美由紀の呼びかけに対し、依然として無反応なだけではない。トランス状態がより深まった、そう考えるべきだった。

美由紀が見た夢は、この暗示による幻想だ。ベンゾジアゼピン系の抗不安剤を注射されたため、催眠誘導を受けいれやすくなっている。それでも美由紀の理性は喚起された。一方、史緒里には暗示が効きつつある。

催眠暗示は本人の意思に反することを強要できない。人を殺せと暗示を与えようと、殺害は実行できない。それまで鎮まっていた理性が、たちまち揺り起こされ、暗示を撥《は》ね除《の》ける。なのに史緒里は、いまなお蟹垣の暗示に耳を傾けている。

この暗示が史緒里の意思に反していないからだ。家族や親戚《しんせき》、友達を失いたくない、そんな強い思いに駆られている。敗北感と無力感を植えつけられ、蟹垣には抗《あらが》えない、そう信じてしまった。暗示を受けいれることが、現在の彼女にとって救いになっている。

先制攻撃にでれば、愛する人々は死なずに済む。それが蟹垣による暗示だった。下意識に作用すれば、催眠から醒《さ》めたのちも、暗示の効力が持続する。いわゆる後催眠暗示だ。史緒里はなんの迷いも抵抗もなくF－70を操縦し、中国の空軍基地を破壊にかかる。

蟹垣の声が淡々と語りかける。「みんなの笑顔が失われたらどうする。おまえの下す決断には辛さがともなう。しかしおまえの流す涙は、愛する人たちの流血を防ぐ」

朝鮮戦争時、中国共産党による米兵捕虜の洗脳があった。その暗示に使われたフレーズに似ている。兵士を戦地に向かわせる暗示として、これほど適切なやり方はほかにない。美由紀がどんなに呼びかけようとも、史緒里の心には届かない。蟹垣の暗示はもはや、史緒里の感情のすべてを支配している。

ふと思いつくことがあった。史緒里のなかにも葛藤《かっとう》はあるはずだ。決断に際し、迷いを断ち切れないがゆえ、暗示に依存しがちになるのだろう。その迷いにこそ働きかければ、美由紀の声に注意が向くかもしれない。

蟹垣の暗示は最終段階に近づいていた。「おまえの方舟に乗った人々の命はつながれる。もしおまえが義務を果たさねば、みな戦禍に飲まれ、耐えがたい苦しみのなかで死んでいく。ならおまえが果たすべきは……」

美由紀は蟹垣の口調を真似た。「国連憲章第51条、武力攻撃が発生した場合という前提条件は無視できない。武力攻撃が発生していなければ自衛権は行使できない。F－70は中国の戦闘機ではない。彼らが奪った証拠はない。先制攻撃はできない」

史緒里の頬がぴくっと痙攣《けいれん》した。無表情ながら、トランス状態になんらかの変異が見てとれる。

暗示の効力が弱まった、蟹垣はそう気づいたらしい。史緒里の懸念を除去すべく、蟹垣の声がさっきの暗示を繰りかえす。「憲章第51条には、武力攻撃が発生した場合という前提条件がある。これもそのような場合に限り、自衛権行使を認めるという意味ではなく……」

美由紀はひたすら声のトーンを模倣した。「第一次大戦前の国際的な慣習では、敵国による武力攻撃の有無に拘《かか》わらず、国益への侵害に対し、自衛権行使が容認されてきた。しかし国連憲章第51条の、武力攻撃が発生した場合という前提は、それまで認められてきた自衛権行使を制限する」

蟹垣の声が語気を強めた。「……憲章制定以前から認められる、固有の権利を制限するものではない。自衛権は国家の重大な権利であり、制限は誤りでしか……」

美由紀も負けじと声を張った。「自衛権は国家の重大な権利であるがゆえ、制限が安全装置の役割を果たす。平和獲得のための努力がなされてきたがゆえの結果であり、安易に背くことは許されない」

「こっちをきけ！」蟹垣は早口になった。「他国による侵害が明白なうえ、先制攻撃が自衛措置として適正であれば、国際法上なんら制限を受けるものではない。おまえは愛すべき人たちを死なせる気か」

「いえ！」美由紀も絶え間なく喋《しゃべ》りつづけた。「あなたの愛する人たちだけじゃない。周りに目を向けて。あなたの知らない人たちが、ほかにも大勢いる。みんなの命を失わせていいの？　戦争なんか起きてない。規模が大きくても、これは個人の犯罪でしかない。あなたを操ろうとする者の声に耳を傾けちゃいけない！」

美由紀は言葉を切った。静寂がひろがっている。蟹垣の声が途絶えた。史緒里の表情がかすかにこわばっている。瞬きをした。理性が戻りだした、その証《あかし》だった。

ふいに金属のこすれる音がした。壁面に溶けこませた扉が開く。そこが通用口だとわかった。大柄な人影が踏みこんできた。迷彩服に防弾ベスト、チェストリグを身につけている。蟹垣だった。

足ばやに美由紀に近づいてくると、蟹垣は蹴《け》りを放った。美由紀は腹にキックを浴び、顎《あご》を蹴りあげられた。激痛に耳鳴りがともなう。後ろ手に拘束されたまま、美由紀は仰向《あおむ》けに転がった。

蟹垣は憤りをあらわにし、美由紀の胸倉をつかんだ。「この愚劣で下等な偏屈者の小娘が！　殺してやる。おまえの妨害がなければ、幹本史緒里は簡単に暗示に落ちる。己れの愚かさを悔やみながらくたばれ！」

重い拳《こぶし》が何発も美由紀の顔面に見舞われた。自分の鼻血が視野に飛散するのを見た。あまりの苦痛に失神しかける。なおも蟹垣は攻撃の手を緩めなかった。

史緒里の叫び声が反響した。「やめて！」

蟹垣が静止した。ポーカーフェイスを維持するはずが、いまは表情筋が引きつっている。ダビデはけっして激昂しなかったが、友里佐知子はこんなふうに我を忘れ、最終的に夜叉の顔を表出させた。そのことを思いだした。メフィスト・コンサルティングの一員というタガが外れたとき、それまでの選民思想に似た慢心が、ただ暴走の原動力に転ずる。いまや蟹垣は荒みきった危険分子にすぎない。美由紀は胸倉をつかまれたまま、蟹垣の肩越しに史緒里を眺めた。史緒里がこちらを見ている。頰を大粒の涙がつたう。覚醒《かくせい》したようだ。

沈黙のなか、蟹垣の唸《うな》りがきこえた。怒りに血走った目が史緒里をとらえる。チェストリグから拳銃《けんじゅう》を引き抜き、銃口を史緒里に向けた。

美由紀は膝《ひざ》の力で跳躍し、蟹垣の顎に頭突きを食らわせた。銃声が轟《とどろ》いた。史緒里が悲鳴を発した。しかし銃身が狙いより上方に逸《そ》れている。史緒里は被弾を免れた。

蟹垣が憤怒《ふんぬ》とともに美由紀の喉《のど》もとをつかんだ。気管ごと絞めあげてくる。呼吸ができない。美由紀は苦しみに喘《あえ》いだ。

そのとき江崎財務大臣の声が飛んだ。「蟹垣」

握力がわずかに緩まった。美由紀はかろうじて息を吸いこんだ。

開いた扉の奥に江崎が立っていた。江崎はじれったそうにいった。「でかい口を叩《たた》いておきながら、岬美由紀の洗脳に失敗か」

「保険ならもうひとつある」蟹垣が江崎を睨《にら》みつけた。「岬美由紀を殺せば、幹本史緒里は自由に操れる」

「そう願う。いいか、米中の空軍基地は同時に空爆せねばならん。F－70二機は揃って出撃する。シン・スンウクひとりじゃどうにもできん」

「わかってる」

江崎は不満げな声を響かせた。「そもそも複座の戦闘機だ。本当はふたりずつ乗る必要があるんだろ?」

「あんたは黙っててくれ。シンはひとりでF－15やF－16を相手に、派手に立ちまわった。奴にコ・パイロットは必要ない」

「同じぐらいの腕を持つパイロットは岬美由紀しかいない、おまえはそういったな? 岬の洗脳に失敗したいま、この頼りない幹本二尉が保険か。ひとりで中国の空軍基地六つを叩けるのか?」

「帰還する必要はない。いくつかの基地を破壊しただけでも、充分に核戦争につながる」

史緒里は目を真っ赤に泣き腫《は》らしていた。怯《おび》えきったように首を横に振った。

だが美由紀の脳裏には、ひとつの可能性が浮かびあがっていた。さっき蟹垣は頭突きを躱《かわ》せなかった。拳銃で史緒里を狙っていても、視界の端に美由紀の表情をとらえていたはずだ。なのに攻撃を予測できなかった。だとすると……。

蟹垣は拳銃を美由紀の額に突きつけた。「江崎大臣、そこで見ていろ。岬美由紀の脳髄を吹っ飛ばす。これで不安材料はなくなる」

美由紀は痺《しび》れがちな口を動かし、つぶやきを漏らした。「だといいけど」

ふと蟹垣が眉《まゆ》をひそめた。心理の隠蔽《いんぺい》をすっかり忘れているらしい。訝《いぶか》しげな目が見つめてくる。

いきなり突きあげる衝動が襲った。地響きがした。頑強なコンクリート壁に囲まれた部屋が激しく揺れる。江崎がふらつきながら怒鳴った。「なんだ!?」

けたたましくサイレンが鳴った。アナウンスの声が反響する。「F－35編隊接近。AGM－88ミサイル被弾、島北西部A41レーダー網壊滅。方位2－0－1、そうりゅう型潜水艦接近」

蟹垣が愕然《がくぜん》とする反応をしめした。今度こそ明白に驚きの感情を表出させた。

戸口の向こう、大勢の迷彩服が駆けまわっている。部屋の外は通路のようだ。

江崎が目を白黒させ、にわかにうろたえだした。「蟹垣！　いったいどうなってる。

ここは誰にも知られていないはずだろ」

またも震動が襲った。今度の揺れはいっそう激しかった。江崎が足を滑らせ転倒した。天井に亀裂《きれつ》が走り、大小のコンクリート片が降り注いだ。

サイレンとともにアナウンスの声が鳴り響く。「F－2編隊接近。方位2－7－1、ラファエル・ペラルタ接近。島西岸への艦砲射撃開始」

ラファエル・ペラルタは第7艦隊のイージス巡洋艦だ。F－2はむろん自衛隊の戦闘機だった。日米による禰占島への総攻撃が始まった。

蟹垣の顔には、別人のような動揺のいろがひろがっていた。「なぜだ！　禰占島のことなど、奴らは眼中にないはずなのに」

美由紀の意識に一種の変容があった。記憶の断片が浮上してきた。蟹垣が美由紀を見つめた。

ひとつの仮説に気づいたらしい。蟹垣が茫然《ぼうぜん》とつぶやいた。「まさか……」

じつは寺井将補宛てに、メッセージを残していた。会うのを拒否されたものの、ことを詳細に綴《つづ》った手紙を、基地にいた三曹に託しておいた。神原千秋の死を心から悲しんでいた、例の三曹だった。賦句徳島は囮《おとり》にすぎず、禰占島にこそ本拠がある。熱感知で施設が発見できるはずだ。美由紀はそのように書いた。

蟹垣が歯ぎしりした。「まさかおまえ、シュテファーニエ法を……」

そうだった。いまになって思いだした。三曹に手紙を託した直後、自己催眠により、その記憶を想起できないようにした。蟹垣に監視され、表情から心を読まれたとしても、手紙の存在は悟られない。

美由紀は鼻を鳴らした。「自律訓練法のテキストに載ってる、単純な自己催眠暗示に欺かれるなんてね。イリーガル・ファンクション・プロデュース社って、もしかしてゴミ？」

蟹垣は咆哮《ほうこう》に似た叫びを発し、美由紀の顔を矢継ぎ早に殴りつけてきた。さらに腹蹴りを浴びせてくる。美由紀が床にうずくまると、頭髪をつかんで上を向かせ、拳を垂直に打ち下ろした。

「小娘が！」蟹垣は繰りかえし殴打しながら怒鳴った。「友里佐知子が教育を誤った弟子のなり損ないに、世界のなにがわかる！　メフィストを離脱したのは俺だけではない！　いま地球規模で混乱がひろがっているのは、心理学を駆使する猛者《もさ》が方々に散ったからだ」

美由紀はあえて上体を反らし、顔を蟹垣に向けた。殴ってみろといわんばかりに挑発する。その態度が蟹垣の怒りの炎に油を注いだ。さらなる打撃が絶え間なく浴びせられる。

蟹垣は攻撃の手を緩めなかった。「新疆《しんきょう》ウイグル再教育キャンプの集団洗脳は、わが同胞の功績だ。イスラム原理主義者を操るのも俺の仲間だ。メフィストにはもう統率力などない！」

「そう」美由紀はささやいた。「ならメフィストに代わり、わたしが異端者たちを葬り去る。手始めにここから」

一瞬の沈黙があった。絶句した蟹垣に対し、美由紀はクラヴマガの足払いをかけた。微力でも関節を的確な方向に曲げ、確実に重心を崩す、それがクラヴマガの極意だった。蟹垣が前のめりになると、すかさず美由紀は頭突きを浴びせた。

美由紀は両足で高々と跳躍した。膝のバネで伸びあがり、後方宙返りをしながら、踵《かかと》で蟹垣の顎《あご》を蹴《け》りあげる。後ろにまわした状態で固定された両手が、蟹垣のチェストリグに近づく。瞬時に軍用ナイフを引き抜いた。空中で回転しながらカフを切断した。両手が自由になった。着地するや両足首のあいだのワイヤーも切断した。

いまや両手両足が解放され、軍用ナイフを逆手に握り、美由紀は立っていた。蟹垣は片膝をついている。口の端から顎にかけ血が滴り落ちる。

「なっ」蟹垣は信じられないという目を向けてきた。「なぜ……」

「顔が腫れあがっちゃ表情筋の変化は読めない」美由紀は麻痺《まひ》しがちな口もとを動かし、つぶやくようにいった。「瞼《まぶた》も腫れてるから、眼球の動きもよく見えない。でもわたしからあなたはよく見える」

江崎財務大臣が恐怖におののく声を発し、戸口の向こうに逃走していった。自動的に扉が閉まる。

蟹垣が憤懣《ふんまん》やるかたないようすで、右手の拳銃《けんじゅう》を美由紀に伸ばした。だが美由紀はすでに間合いを詰めていた。逆手に握ったナイフで蟹垣の前腕を斬りつける。蟹垣が苦痛の叫びを発した。もはや美由紀の行動はまるで予測できていない。蟹垣の迷彩服に血の染みがひろがっていく。浅指屈筋《せんしくっきん》を切断したため、拳銃のトリガーは引けない。美由紀は右脚を振りあげ、蟹垣の手に踵落としを見舞った。拳銃を叩《たた》き落とした。間髪をいれず美由紀は床の拳銃を蹴り、史緒里のほうに滑らせた。

史緒里が後ろ手に拘束されたまま、身体をよじり拳銃を拾おうとする。そのとき蟹垣が猛然と美由紀に突進してきた。激昂《げっこう》した顔が奇声を発する。振りかざした両腕はフィリピン棒術のごとく、美由紀の身体を滅多《めった》打ちにした。

こちらの心理を読めなくなっても、さすが五十代にして鍛え抜かれた肉体、あらゆる打撃が重く硬い。美由紀は骨が砕けるような痛みをおぼえ、打ちのめされたも同然に倒れこんだ。拍子にナイフが手を離れ、遠くに飛んだ。

蟹垣の片足が美由紀を踏みつけようとする。美由紀はとっさに仰向《あおむ》けになり、軍用ブーツの底をつかんだ。しかし蟹垣の軸足にはいっさいのブレがない。蟹垣はさらに力をこめ、美由紀の胴体を踏み砕かんとしてくる。美由紀は両手に力をこめた。ブーツの底をわずかに浮かすのがやっとだった。

そのとき金属のこすれる音が響いた。壁の扉がふたたび開きだす。美由紀にとっては想定の範囲内だった。蟹垣が美由紀と争っていて、歩兵らが放置するはずがない。敵勢の突入に備え、美由紀は拳銃を史緒里に蹴ったのだった。

銃声が轟《とどろ》いた。史緒里が後ろ手に拳銃を保持し、カフの連結部に銃口をあて、発砲により断ち切った。両手が自由になった史緒里だが、まだ足枷《あしかせ》を嵌《は》められたままだ。それでも上半身を起こし、開いた扉に向け、つづけざまに銃撃した。突入してきた歩兵が次々と被弾し、前のめりに床に積み重なっていく。

蟹垣が歩兵らに怒鳴った。「なにしてる！　銃を投げてよこせ。急げ！」

踏みつける力が若干弱まった。美由紀はブーツの底をつかんだまま、床を横方向に転がった。蟹垣は体勢を崩し、派手な音とともに突っ伏した。美由紀は蟹垣の顔に蹴りを浴びせた。反動で後転し、先んじて立ちあがる。

身体を起こす蟹垣の目は、獲物を狙う猛獣のようだった。激昂をあらわに蟹垣が怒鳴った。「悪魔め！　おまえこそ本物の悪魔だ。人類史をねじ曲げる危険な存在だ」

「人類史？」美由紀は軽蔑《けいべつ》とともにささやいた。「メフィストや元メフィストの小細工で改変される未来なんか、人類の正史じゃない」

「知恵者の導きがないまま、人類を野放しにしていいと思ってるのか。たちまち滅びるぞ！」

「導きじゃなく扇動。人類はみずからの努力で成長する。勘ちがいカルト集団の操作は要らない！」

「おまえこそ千里眼どころか、なにひとつ見えていない。自由の意味を履きちがえた人類の我儘《わがまま》勝手から、世界を救うことこそ我らの務めだ」

「どうもおかしいと思った。このところ世のなかにカオスがひろがりすぎてる。国どうしがいがみ合い、国連すらまともに機能してるように見えない。メフィストから流出した、はぐれ特別顧問どものせいだったのね。友里佐知子と同じ穴の貉《むじな》の」

「おまえはいままでどおり、親を亡くした小僧らの面倒でもみてろ。貧困家庭がいっそうの貧しさに瀕し、飢えて死んでいくのを、無力感に打ちひしがれながら眺めてろ。今後の国際社会は安定と再構築に進む。とるに足らない個人の自由など奪われる運命だ。未来を司る俺たちに手をだすな！」

「ありがとう」

「なんだと？」

「友里佐知子が死んで、ダビデが引退して、あとは身近な人々を笑顔にしていくだけだと思ってた。でもなぜか世のなかが悪化しすぎて、カウンセリングの限界を感じてた。その根源が目の前に立ってる。まずひとり排除する。残りもほどなく一掃する」

「おまえはあの忌々しいノン＝クオリアと同じだ！　人類の病根である自覚を持たない、すべての元凶が。おまえこそこの場で抹殺してやる！」

史緒里の叫びがきこえた。「岬さん。気をつけて！」

美由紀は歩兵の投げた物体に気づいた。機関銃よりひとまわり大きく、円筒部は竹ぐらいの太さがある。物体は放物線を描き、蟹垣に迫った。すかさず蟹垣の両手がキャッチした。

回転弾倉式のグレネードランチャーだった。美由紀はとっさに駆けだした。扉に向かったのは、室外に逃げるためではない。突入してくる歩兵の群れに対し、史緒里はさすがに全員を銃撃しきれずにいる。倒し損ねた歩兵が蟹垣に加勢しないうちに、美由紀は敵集団に向け全力疾走した。グレネードランチャーの破壊力なら、美由紀のみならず歩兵らも吹き飛ぶ。蟹垣は発射をためらうはずだ。

　ところが美由紀の読みは外れた。後方に発射音が轟いた。美由紀は横っ飛びに退避した。擲弾《てきだん》は扉のわきに命中し、瞬時に真っ赤な火球を膨張させた。歩兵らが絶叫とともに炎に呑《の》まれる。爆発が室内に熱風の渦を生じさせる。美由紀は床を転がり、史緒里に近づいた。蟹垣が二発目の発射に際し、どこを狙うかは予想済みだった。

　思ったとおりグレネードランチャーの砲口は、まっすぐ史緒里に向けられた。割って入った美由紀に対し、蟹垣が狂気に歪《ゆが》んだ顔でわめき散らした。「ふたりとも吹っ飛ばしてやる！」

「パイロットがいなくなるけど」美由紀はいった。

「おまえのような魔女こそ異端者だ！　魔女は火刑に処せられる。醜く焼けただれろ、岬美由紀！」

　史緒里がトスした拳銃のグリップを、美由紀は握った。動作を故意に遅らせた。蟹垣が撃たないうちに、こちらから銃撃はできない。先制的自衛権は制限されてこそ世界の平和が保たれる。

　だが次の瞬間、蟹垣は容赦なくトリガーを引いた。グレネードランチャーが火を噴く。

美由紀の動体視力が擲弾の発射をとらえた。全身の筋肉がすばやく反応し、拳銃のトリガーを引き絞った。銃声とともに薬莢《やっきょう》が排出される。経過時間は〇・〇一秒。グレネードランチャーから、わずか数センチほど射出された擲弾が、推進力と加速度を増そうとする。その刹那《せつな》だった。拳銃の弾丸は擲弾の弾頭に真正面から衝突した。

蟹垣の恐怖に歪んだ顔、発しかけた甲高い叫びを、美由紀は冷静に見聞きした。だがそれは一瞬にすぎず、激しい爆発が蟹垣の肉体を粉砕した。放射状に爆風が押し寄せてくる。美由紀は史緒里を庇《かば》いながら顔をそむけた。

火柱は数秒で消え失《う》せた。美由紀は前方に視線を戻した。立ちこめる黒煙、焦げくさい悪臭、くすぶる炎。天井が崩落し、瓦礫《がれき》の山を積みあげる。あちこちに散らばる炭化した骨片は、蟹垣の亡骸《なきがら》。それらが部屋に残るすべてだった。

美由紀は手もとの拳銃を眺めた。スライドが後退した状態で固まっている。弾を撃ち尽くした。空になった拳銃を放りだし、史緒里に向き直る。美由紀は声をかけた。

「幹本二尉。立てる？」

史緒里が目に涙を溜《た》めながらうなずいた。「わたしたち、いま本当に戦場にいるの……？」

「気をしっかり持って。防衛大で習ったことを思いだせばいい。陸戦、敵陣突破。作戦はそれだけ」

返事をまてば史緒里に迷いが生じる。美由紀は率先し戸口に向かった。倒れた歩兵らの足をざっと見る。史緒里に合いそうなサイズの軍用ブーツを脱がせた。一足を史緒里のほうに滑らせる。次いで美由紀も自分用のブーツを見繕った。裸足《はだし》に履くや、足首の擦り傷がひりついた。それでも立つのに支障はない。史緒里もやはり痛そうな顔をしながら、なんとかブーツを履き終えた。

投げだされたアサルトライフルを拾う。材質に樹脂を混ぜ、軽量化された銃だった。弾倉はAKMのように、斜め前方へと曲線を描く。

美由紀は史緒里にアサルトライフルを投げ渡した。「CZBREN2。使える？」

史緒里が銃を受けとるや、オフハンドポジションにかまえた。「これ、たしかアフガン戦争の……」

「そう、チェコの銃。五・五六ミリNATO弾」美由紀はもう一丁を拾い、コッキングハンドルを引いたのち、戸口の外をのぞいた。

無人の通路にサイレンが響き渡る。ときおり震動が襲う。靴音や怒鳴り声はきこえるが、歩兵の姿は見えない。壁面に黒い配管が延びている。

美由紀は史緒里と目配せしあい、通路に飛びだした。光が射しこむ方向に駆けていった。脇を締め、アサルトライフルのストックに頬付けをし、四方を警戒しながら走る。

背後に歩兵の声がひときわ大きく響いた。美由紀は瞬時に振りかえった。四人がこちらに気づき、射撃姿勢をとろうとする。史緒里も反応した。だが間に合いそうにない。美由紀はすでに敵に狙いを定めていた。

むやみな殺戮《さつりく》など好まない。美由紀は亜鉛メッキ処理のない黒い配管が炭素鋼管《SGP》、いわゆるガス管だと見抜いていた。すばやくそちらに狙いを移し、セミオートで銃撃する。破断したガス管が小爆発を起こし、蒸気を勢いよく噴出した。歩兵四人が絶叫を発し、その場につんのめった。美由紀は史緒里をうながし、通路を逃走した。

行く手は眩《まばゆ》いばかりに白く輝いていた。ほどなく目が慣れた。出口に達した。吹きつける潮風が汗を冷やす。海岸近くの小高い丘の中腹にいた。眼下の浜辺を歩兵らが駆けていくのが見える。向こうからも見えたかもしれない。だが誰ひとり足をとめなかった。それどころではないらしい。

史緒里が緊迫した声でささやいた。「あいつら自衛官？」

同じことを思った。美由紀は応じた。「動作が陸上自衛隊の訓練行動そのもの。しかも日本人」

「退官者たちが江崎財務大臣に寝がえったとか？」

　ありうる。自衛隊には退職者への就職支援や雇用ガイドが存在する。そこに財務大臣の権限で、なんらかの募集を介入させたのかもしれない。だがそれ以上に可能性があるのは、特殊作戦群の試験と称し、現役の自衛官らをまとめて洗脳する方法だ。極秘任務に就く前提と説明すれば、有能な自衛官を巧みに拉致《らち》できる。

　ただし洗脳は全員に作用するわけではない。メフィスト仕込みの催眠暗示が効き、洗脳に成功する割合は約六割。過去の経験と心理学的見地から、美由紀はそう見積もった。あとの四割がどうなったのか、いまは考えたくもない。

　地鳴りに似た轟音《ごうおん》とともに、彼方《かなた》の海面に水柱があがった。近くに浮かぶ船体は、まや型ミサイル護衛艦だった。島からの砲撃を受けているようだ。あきづき型護衛艦が割って入る。艦載兵器、六十二口径五インチ単装砲の砲塔が、自動的に向きを変えた。砲口が火を噴く。丘の頂上に爆発が起きた。金属物の飛散する音をともなう。なにか人工の巨大な物体が破壊された。

　美由紀は辺りを見まわした。驚いたことに、島のあちこちから砲塔がせり上がり、護衛艦を砲撃している。島側の砲塔のうち、数基はすでに被弾したらしく、火災が発生していた。

甲高い飛行音が頭上に轟《とどろ》く。F-35が三機かすめ飛んでいった。米海兵隊の機体のようだ。別のノイズが地面を揺るがす。島から地対空ミサイルが発射された。F-35一機に迫る。すでにロックオンしたらしい。

だが熟達したパイロットにとって、ロックオンは死刑宣告ではない。F-35は急旋回しながらチャフをばらまいた。無数の細かな金属繊維が空中にひろがり、レーダー反射雲となる。ミサイルに標的と誤認させる。チャフの霧へと誘導されたミサイルが、あさっての方向へと飛び去った。

別のF-35が急降下し、空対地ミサイルを発射した。AGM-65マーベリックが島のミサイル発射台を爆破する。美由紀と史緒里の立つ場所から、爆発はかなり遠い。それでも木々のざわめきとともに熱風が押し寄せる。

じっとしてはいられない。ふたりは丘の傾斜を下り、浜辺へと急いだ。言葉を交わさずとも、史緒里とは意思を通じあっていた。海岸は自衛隊や在日米軍にとって上陸ポイント、敵にしてみれば死守すべき防衛線となる。歩兵をひとりでも多く排除せねばならない。

凹凸の激しい岩場を下りきり、砂浜を駆けだした。ところが予想に反し、敵陣は見あたらなかった。上陸艇の接近もない。砲塔が海上に弾幕を張り、艦艇を寄せつけないらしい。

史緒里が辺りにアサルトライフルを向け、前進しながらつぶやいた。「敵がいないってことは……」

「ほかになんらかの作戦行動がある」美由紀は推察を口にした。「F－70の離陸準備に動員されてるとか」

「それしか考えられない。F－70を飛び立たせたら終わり」

ハッチは巧妙に偽装され、緑地に溶けこんでいるにちがいない。F－35も島の中心部を爆撃していない。味方に離着陸場の位置を伝えたいが、いまは不可能だった。

接近するエンジン音を耳にした。車両のようだ。美由紀は史緒里の腕をつかんだ。

「隠れて」

砂浜の窪地《くぼち》にふたりで伏せる。顔の前に砂をかき集め、陰に身を潜める。銃身のみを水平に突きだす。上空は味方機しか飛んでいない。ひとまず警戒すべきは地表だけだった。

森林を割って出現したのは、歩兵の乗るリッターバイク、それに迷彩柄の大型トラックだった。トラックは船舶輸送用で、荷台にクレーンを備えていた。小ぶりなクルーザーを積んでいる。

波打ち際まで近づき、トラックが停車した。運転席から歩兵が降り立つ。バイクを離れた歩兵はアサルトライフルで警戒を開始した。

助手席のドアが開いた。車外に転がりでたのは江崎財務大臣だった。もはや歩兵が手を貸すことすらない。江崎はあたふたと駆けまわり、車体の陰にうずくまった。ドライバーの歩兵はクレーンの操作に忙しい。

ヘリコプターでの脱出を拒否されたようだ。まだ離着陸場のハッチを開けるわけにいかないのだろう。F－70の燃料注入が終わっていないか、兵装を積みきれていない、そのいずれかと思われた。

だがF－70の離陸準備が整うまで、そう長くはかからない。ハッチが開き、F－70が飛び立つまで、かかっても十秒。離陸中は島じゅうの砲塔が空と海に弾幕を張るだろう。

いったんF－70が浮上したら、なにもかも終わる。島全体がMOAB－ⅡAで壊滅、F－35やF－2も撃墜される。F－70は艦艇もいくつか沈め、たちまち逃げ去るにちがいない。都心まで六百キロ、首都は余裕で空爆圏内におさまる。断じて離陸を許してはならない。

ふいに丘の上から怒鳴り声が響いた。「そこにふたりいるぞ！」

美由紀は即座に反応した。アサルトライフルのスコープを丘に向ける。木立のなかに見張り用の櫓《やぐら》が紛れていた。歩兵がさかんに大声を発している。

櫓の支柱は木製だった。美由紀は距離と風速をおおまかに算出し、着弾点を予測しながらトリガーを引いた。アサルトライフルのストックに発射の反動を感じる。支柱を撃ち抜いた。倒れていく櫓の上で、歩兵が両手を振りかざす。叫び声は一瞬のみきこえた。櫓は森林のなかに横たわった。

砂浜の歩兵らが気づいたらしい。激しい銃撃を浴びせてきた。美由紀は史緒里とともに伏せた。至近に着弾の砂埃《すなぼこり》が舞いあがる。

一瞬の隙を突き、史緒里が窪みから跳ね起きた。軽量のＣＺＢＲＥＮ２の扱いには、もう慣れたらしい。銃身にブレを生じさせず、史緒里はフルオート掃射した。トラックの車体下部、燃料タンクに火花が散る。次の瞬間、車体は巨大な炎に包まれた。すさまじい爆速に砂面が激しく波打った。荷台のクルーザーが吹き飛んだ。歩兵らは飛散する破片をまともに食らい、血飛沫《しぶき》をあげ突っ伏した。

砂埃の向こう、なおもガソリンが火柱を噴きあげる。四つん這《ば》いで逃げまわる人影が確認できた。江崎財務大臣だった。

美由紀は立ちあがると、アサルトライフルをかまえ、江崎の太腿《ふともも》を狙撃《そげき》した。銃声が轟くと同時に、江崎は仰向《あおむ》けに転がり絶叫した。のたうちまわり悶絶《もんぜつ》するさまは、死にかけの害虫のようだった。

史緒里も立ちあがった。ふたりは窪みを脱すると、江崎に歩み寄った。上空にF－35の飛行音が轟く。海岸線の火災に気づいたらしい。だが対空砲火が激しい。高度はさほど下げられない。容易に状況は把握できないだろう。

砂浜に赤い水たまりがひろがる。江崎は横たわったままだった。皺《しわ》だらけのしかめっ面は、すでに血の気を失っていた。それでも失神にはほど遠い。江崎は怒鳴り声を発した。「畜生！　このクソ娘どもが。道を誤ったままの国を存続させる気か。防衛大卒のくせに国賊に成り下がりおって」

史緒里が江崎を見下ろした。「どっちが」

江崎は充血した目を剝《む》き、犬が吠《ほ》えるようにわめいた。「おまえは日本から将来を奪った。希望を潰《つぶ》したんだ！」

美由紀は首を横に振った。「人が家畜扱いを受ける社会で、健全な発達は望めない。国はいずれ学び、みずから過ちを正す。それが人類の成長」

「ほざけ！　新たな日本のリーダーになるのは俺だ！」

質疑応答に割ける時間などない。美由紀はアサルトライフルをセミオートで射撃した。江崎の両肘《りょうひじ》と、無傷なほうの脚の太腿を撃ち抜いた。残弾はゼロになった。

江崎は断末魔に近い絶叫をあげ、大の字に伸びた。おびただしい量の出血が、砂浜を広範囲に褐色へと染めていく。だが即死はしない。動脈は意図的に外した。

上空から見えるよう、ここで寝そべっていればいい。シン・スンウクがまだ江崎を雇い主だと思っていれば、たとえ離陸したとしても、ＭＯＡＢ－ⅡＡの投下をためらうだろう。まったく期待できない状況ではあるが。

美由紀はアサルトライフルを投げ捨て、砂に埋もれたリッターバイクを引き起こした。ホンダ製、ＣＲＦ１１００Ｌアフリカツインだった。またがろうとすると、ロングスカートの裾《すそ》が邪魔になった。車輪に巻きこむと危険でしかない。裾を破りとって短くし、強引に膝丈《ひざたけ》にした。両手でハンドルのグリップをつかむ。

史緒里がアサルトライフルのストラップを肩にかけ、後ろのタンデムシートに乗った。両腕で美由紀にしがみつく。「どうするの？」

「F－70の離陸を阻止する」美由紀はエンジンを始動させた。「砲台も沈黙させる。このままじゃ味方の艦艇が近づけない」

28

美由紀はリッターバイクで森林のなかに延びる道を疾走した。後ろに乗る史緒里の、しがみつく両腕に力が籠《こ》もる。

風圧をもろに顔に受ける。ヘルメットをかぶっていないからだ。史緒里も同じだった。突きでている小枝も躱《かわ》さねばならない。

路面は未舗装、木の根や岩が隆起し、凹凸も激しい。だがＣＲＦ１１００Ｌのサスペンションをオフロードのモードにすれば、難なく乗り越えていく。ただし走行が安定しだしてからは、ＤＣＴとＡＢＳの制御をカットした。立て直しを機械まかせにしていると、いざというとき対処できない。

道は蛇行している。カーブに差しかかっても減速せず、荷重移動と倒しこみで切り抜ける。ふとミラーの角度を合わせていないことに気づいた。自分の顔が映っている。痣《あざ》だらけだが、腫《は》れはもう引きだしていた。悪くないと美由紀は思った。願わくは向かい風に冷却され、一刻も早く元の顔に戻ってもらいたい。

島の中心までおそらく二キロ弱。そう思ったとき、周辺の木々が薙《な》ぎ倒され、巨大な鉄の塊が視野に飛びこんできた。

八輪装甲車。尖《とが》った防弾仕様の前部が眼前に迫る。美由紀はバイクをUターンさせた。半クラッチにし、アクセルを開けながらリアブレーキを当て、減速を最小限に抑える。必要以上に横方向に倒しこんだのは、銃撃を避けるためだった。予想どおり装甲車の重機関銃が火を噴いた。付近の道や枝葉が粉砕されていく。美由紀は速度をあげ、木々の隙間を縫うように走り、並行する別の道に入った。装甲車は巨木の幹すら突き倒し、なおも背後に追いすがる。

史緒里が振り向きざま、アサルトライフルで装甲車を銃撃した。ミラーに映る装甲車の前面は、火花が散ったのみでびくともしない。

美由紀は史緒里に怒鳴った。「いまは応戦しないで！　しっかりつかまって」

行く手で道が十字に交差している。脇から大型トラックが飛びだしてきて、十字路の真んなかで停車した。進路を妨害したうえ、運転席の歩兵がサブマシンガンを掃射してくる。

瞬時に計算した。トラックのタイヤは直径百六・三センチ。荷台中央部の下はタイヤの上端より、わずか十センチほど低いのみ。このバイクの幅は九十六センチ。

算出するが早いか、美由紀はアクセルを全開にし、バイクの推力を極限まで高めた。

トラックの寸前で車体を大きく倒しこみ、地面に平行になるまで完全に寝かせる。ただしテールはわずかに浮かせ、美由紀と史緒里の脚を地面にこすらないていどに保った。バイクは慣性により滑り、トラックの下をぎりぎりくぐり抜けた。向こう側にでるや、フロントブレーキを握りこみ、ハンドルを地面の方向へ傾ける。ふたりの身体はバイクごと起きあがった。

　背後で怒鳴り声が響く。装甲車の乗員が、トラックをどけるよう指示していた。混乱を尻目《しりめ》に、美由紀はバイクを発進させた。荒れ地を猛スピードで飛ばしていく。銃声が轟《とどろ》いた。道の左右、木々の陰から歩兵が続々現れ、バイクを銃撃してくる。美由紀は車体を左右に振り、敵が狙いを定めにくくした。だが道の行く手にも、さらなる歩兵らが立ちふさがった。

　史緒里がアサルトライフルのフォアエンドを美由紀の肩にかけ、前方にフルオート掃射した。発射にともなう振動が肩から全身に伝わってくる。進路を妨害する敵勢をまとめて撃ち倒す。美由紀は猛然と突破した。

　歩兵が多く展開している。地下離着陸場へのゲートが近いのだろう。さっき連行された道とは異なっていた。岩肌に偽装したゲートはまだ見えてこない。だが到達できたとしても、閉鎖されていれば侵入は不可能だった。敵側が上空の目を気にしているいま、ゲートを開けっぱなしにしているとは到底思えない。

思考をめぐらせる暇もなく、後方に轟音《ごうおん》が響いてきた。ミラーを一瞥《いちべつ》する。巨大な装甲車がふたたび追いすがってきた。重機関銃がけたたましく掃射される。美由紀は弾を避けるため、より大きな蛇行を余儀なくされた。そのあいだに装甲車は猛進し、バイクとの距離を詰めてきた。アオリ運転さながらに、後方にぴたりと尾《つ》けてくる。打開する手段はひとつしかない。迷っている場合でもなかった。美由紀は史緒里に声を張った。「運転して！」

史緒里が疑問を口にする隙もあたえず、美由紀はバイクを走らせたまま、両脚を垂直に跳ね上げた。右足をグリップにかけ、左足でフューエルタンクの上部を踏みしめる。バイクの上に立っても、バランスさえとれば数秒間は走行できる。史緒里が驚きの声を発したとき、美由紀は腕を振りあげながら真上に跳躍した。空中で膝《ひざ》を抱えこむように身体を丸め、後方に宙返りする。

装甲車の屋根に着地した。勢いで転倒しそうになったが、すぐ揺れに順応した。前方でバイクが走行しつづける。史緒里が身をのりだし、グリップを両手でつかんだ。着座の位置をタンデムシートからライダー用のシートにずらす。

美由紀は装甲車の車体後部を振りかえった。屋根が開いていて、歩兵が顔をのぞかせている。驚愕《きょうがく》に目を瞠《みは》っていた。激しく振動する装甲車の上を、美由紀は歩兵に駆け寄った。ハッチを閉めようとする歩兵にスライディングキックを浴びせる。歩兵がぐったりして車内にずり落ちると、美由紀もなかに飛びこんだ。

狭く暗い装甲車の内部には、歩兵がふたりいた。ひとりはドライバーだった。ぎょっとしながら拳銃《けんじゅう》を抜こうとする。美由紀は遠いほうの敵に前蹴《まえげ》りを食らわせ、近くにいるドライバーの頭を抱え、内壁に強く叩《たた》きつけた。いずれも失神したらしく床に伸び、それっきり動かなくなった。

窓のない装甲車内だが、正面と左右の三面は、外部カメラの映像がモニターに表示されている。ハンドルやギア、ペダルは大型トラックと変わらなかった。美由紀はシートにおさまり、ステアリングを握った。前方モニターには、バイクに乗る史緒里の背が見えていた。史緒里は行く手を指差している。

道の先に崖《がけ》がそびえ立っていた。岩肌に偽装したゲートだとわかる。やはり閉鎖されていた。だがいまできることはあきらかだった。パネルのタッチスクリーンに触れ、対戦車ミサイルを選択する。モニターに電子照準器が表示される。

砲身の作動をミラーに見てとったのだろう、史緒里のバイクがわきにどいた。美由紀はジョイスティックを操作し、岩肌に照準を合わせた。距離の自動計算が終了し、発射準備完了とともに、照準が赤い表示に切り替わる。ただちにトリガーを引いた。車体を揺るがし、対戦車ミサイルが水平方向に撃ちだされた。排煙が前方へと一直線に飛んでいく。弾頭が岩肌を直撃するや炸裂《さくれつ》した。噴火のごとく炎がひろがり、FPSや金属の断片が飛び散る。黒煙の向こうで岩肌に大穴が開いていた。

ゲートを破壊した。しかし装甲車が突入できるほどの幅はない。剝《は》がれたフェイクの岩肌の下、剝《む》きだしの鉄骨がのぞく。依然としてかなりの強度が維持されている。体当たりでもぶち破れるかどうかは怪しかった。

美由紀は自動運転をオンにし、ハッチへのハシゴを登った。装甲車の屋根にでる。史緒里に怒鳴った。「もっと寄せて！」

併走するバイクが装甲車のわきに接近してくる。美由紀は跳躍し、史緒里の後ろ、タンデムシートに着座した。すかさず史緒里の背にしがみつく。史緒里が前屈姿勢でバイクの速度を上げた。ゲートに開いた穴に飛びこんでいく。

トンネルの暗がりに包まれた。非常灯が照らすスロープを、バイクのふたり乗りが猛スピードで下る。背後で衝突音がした。やはり装甲車ではゲートの穴を突破できなかった。

前方に銃火が閃《ひらめ》いた。トンネルにも歩兵がいる。史緒里がバイクを走らせながら怒鳴った。「撃って！」

美由紀は史緒里が肩にかけたアサルトライフルをつかんだ。銃身を前方に向け、人影の足もとを狙《そ》撃《げき》する。膝を撃ち抜くたび、歩兵がひとりまたひとりと倒れた。史緒里がバイクを左右に振り、路面に横たわる歩兵を躱し、さらにスロープを下りつづける。

史緒里が騒音に掻《か》き消されまいと、大声で告げてきた。「F－70の離陸準備に動員されてるはずの歩兵が……」

「ええ」美由紀はうなずいた。「森やトンネルに散開してる」

好ましくない兆候だと美由紀は思った。離陸準備に人手が不要になった。もう飛び立てる状態にあるのか。

トンネルを抜けると、広大な地下空洞に入った。頭上のハッチはまだ閉鎖されていた。ひとけがない。弾薬貯蔵庫も整備用ドックも無人だった。燃料給油車も斜めに停車したまま放置してある。

だがキャットウォークの高さ、ガラス張りの航空管制ブース内のみ、複数の歩兵が居残っている。血相を変え見下ろしてくるが、強化ガラス越しのため狙撃される心配はない。史緒里はバイクをF－70二機に向かわせた。いまは離陸の阻止だけが急務だ。

　美由紀は息を呑《の》んだ。一機のキャノピーが開いている。ふたりのフライトスーツが搭乗せんとしていた。前部座席におさまるのは、ヘルメットをかぶったシン・スンウクだとわかる。もうひとり、広い肩幅を後部座席に沈めようとする男がいる。バイクのエンジン音に気づいたらしく、こちらに目を向けてきた。伊島の顔に驚きのいろが見てとれた。すかさず肩にかけたグレネードランチャーを下ろし、バイクを狙い澄ます。蟹垣が持っていたのと同じ回転弾倉式だった。

　走行するバイクのタンデムシートを両太股《ふともも》で強く挟み、体勢を安定させながら、美由紀はアサルトライフルで伊島を銃撃した。だが数発で弾切れを起こした。まずい。美由紀は史緒里の耳もとに怒鳴った。「急旋回で躱《かわ》して！」

　史緒里は身体ごとバイクを傾け、即座にクイックターンをきめた。発射された擲弾《てきだん》が美由紀の頬をかすめ、背後の牽引《けんいん》車を直撃した。またも激しい爆発が起きた。被弾はまぬがれたものの、強烈な爆風にさらされ、バイクは吹き飛ぶも同然に転倒した。

　破片の散らばる床に転がった美由紀は、あえて回転の勢いを殺さず、それを利用し跳ね起きた。だが突如として縦揺れが襲い、また倒れそうになる。いましがたの爆風を凌《しの》ぐ、熱気を帯びた突風が吹き荒れ、空洞内に竜巻旋風を起こす。苛烈《かれつ》な風圧にさらされ、その場に伏せざるをえなくなった。

頭上から光が射しこんでくる。ハッチが開きだした。あろうことかF－70一機が垂直離陸を開始していた。コックピットのキャノピーは閉じきり、なかにシンと伊島の姿が見えている。真下に向いた複数のノズルがオレンジいろに染まる。ジェット噴射のパワードリフトにより、機体は水平を保ったまま、ゆっくりと上昇していく。

床にグレネードランチャーが転がっていた。コックピットに入りきらず、伊島が投げ捨てたにちがいない。

美由紀はグレネードランチャーに飛びついた。砲口を斜め上方、航空管制ブースに向ける。歩兵らが慌てふためく反応をしめした。美由紀は人間に狙いを定めなかった。システムさえ破壊できればいい。

トリガーを引き絞るや、強烈な反動をストックに感じる。擲弾が撃ちだされた。ブースを覆うガラスが粉々に砕け散り、内部は一瞬にして火の海と化した。歩兵らがキャットウォークに飛びだし、あたふたと逃げ惑う。美由紀や史緒里を狙撃するどころではない。空洞内はなおも暴風と熱地獄の渦中にある。

F－70が高く浮きあがり、天井のハッチに達しようとしている。上空にでるやMOAB－ⅡAを投下し、島じゅうを焼き尽くすだろう。もはや一刻の猶予もない。

美由紀は史緒里に目を向けた。史緒里は床にしがみつきながら、かろうじて上半身を起こしていた。だが痛そうに顔をしかめ、右手をかばっている。指先から血が滴り落ちていた。

負傷したようだ。美由紀は駆け寄り、史緒里に肩を貸した。ふたりでゆっくりと立ちあがる。空洞内に轟音《ごうおん》が反響するなか、美由紀は怒鳴った。「残る一機に乗るしかない」

史緒里が目を潤ませながらうったえた。「指が動かない。操縦桿《かん》が握れない」

手の甲に無数の細かな破片が刺さっている。美由紀は破片を歯で噛《か》み、すばやく引き抜いた。史緒里が苦痛の呻《うめ》きを発した。出血がひどくなった。美由紀はスカートの裾《すそ》を破り、包帯がわりに史緒里の手に巻いた。応急処置は防衛大で学んだ。巻き始めと終わりは環行《かんこう》でほどけにくくする。

美由紀は史緒里を支えながら、残されたF－70の機体に歩み寄った。敵が一号機のみの離脱を意図していたとしても、なんらかのトラブルがあれば二号機を用いるはずだ。よって二号機も、燃料給油や兵装について、作業を完了しているにちがいない。

排気熱の嵐が猛威を振るうなか、先に史緒里を梯子《ラダー》にしがみつかせる。美由紀は史緒里の背に覆いかぶさった。片手の自由がきかない史緒里を補助しつつ、ふたりでゆっくりと昇っていく。

頭上を仰いだ。天井の開口部に四角く切りとられた空がある。一号機のシルエットが黒々と浮かびあがる。逃がすわけにいかない。あいつを空に解き放てば世界が終わる。

29

熱のせいで視野が陽炎《かげろう》に揺らぐ。美由紀は史緒里を後部座席に座らせた。シートベルトを締めるのを手伝う。すぐに美由紀自身も前部座席におさまった。

最初に感じたのは圧迫感だった。F－15Jのコックピットがゆとりだらけだったのとは対照的に思える。正面には大型ディスプレイが居座る。各種センサーやデータリンクからの情報が、統合コアプロセッサー《ICP》に集約され、ここにモニター表示される。いわゆるセンサー融合《フュージョン》だった。ほかの計器類は極端に省略されていた。自衛隊を辞めてから雑誌で見たF－35の操縦席より、さらに簡素化されている。モニタリングの大半をコ・パイロットが受け持つことも理由のひとつだろう。

だがどうもおかしい。大型ディスプレイの表示がすべてダブって見える。数値ひとつ判然としない。

美由紀は後ろの史緒里に怒鳴った。「戦術状況認識画面がブレてる」

史緒里が大声で応じた。「ヘルメットをかぶると、ゴーグルを通じて3D表示になるの」

「ヘルメットは？」

「ない。わたしも」

3Dテレビを専用眼鏡なしに観るようなものだった。肝心な情報をどれだけ把握できるか疑わしい。そもそも私服で乗るためハーネスすらつなげない。シートを射出したとき、まず無事ではいられない。

キャノピーを閉じる。轟音は軽減されたものの、蒸し風呂《ぶろ》のように暑くなった。右手でサイドスティックを握った。左手はスロットルレバーをつかむ。両脚はラダーペダルの上に置く。

背後から史緒里がきいた。「VTOL機を操縦したことは？」

「ない」

「……落ち着いてやればだいじょうぶ。この機体の垂直離陸は、F－35Bと同じ仕組み。リフトファンとスラストベクター制御」

F－35にも乗ったことがない。とはいえ躊躇《ちゅうちょ》している場合ではなかった。エンジンのアイドリング状態から、急ぎ離陸へと移る。

機体を浮かせるパワー発生源のひとつ、リフトファンは機体上面の小型ハッチから空気を吸入、圧縮したうえで下方に噴出する。旅客機の翼についているエンジンを縦にしたようなものだ。ただしこれだけでは機体も浮きあがらない。メインエンジンの排気口をスラストベクター制御で回転させ、真下に向ける。

まだ離陸にはパワーが足りない。左右傾き制御のためのロールポストを加える。いきなりぐらりと揺れた。機体がどんどん右に傾いていく。ロールポストからの圧縮空気の噴出量を調整する。なんとかバランスをとった。徐々に水平になりつつあるものの、今度は機首が妙に上向きになっていく。

史緒里が声を張った。「スラストベクター制御！　排気口が真下を向いてりゃいいってもんじゃないの。絶えず調整して」

「了解」美由紀は冷静にいった。

「急いで。あいつらが外にでる」

キャノピー越しに頭上を仰ぎ見た。一号機がいまにもハッチをでようとしている。シン・スンウクもこちらの離陸を目視で確認したはずだ。ハッチを抜けたのち、あるていどの高度に達すれば、まちがいなくMOAB－ⅡAを見舞ってくる。

一号機が上昇しつづけ、とうとうハッチを通過した。するとハッチが閉じ始めた。

美由紀は唇を嚙んだ。「ハッチはどう開けるの？」

「わからない」史緒里が当惑ぎみに応じた。「一号機がリモート操作してるみたい」

悠長に垂直離陸していたのでは間に合わない。美由紀はサイドスティックを引き、急激に機首を上に向けた。メインエンジンの排気口を後方噴射に移す。ラダーペダルを踏んだものの、スラストベクター制御とうまく同調しない。機体が空洞の内壁に突進しだした。

史緒里の声が悲鳴の響きを帯びた。「無茶しないで！」

美由紀は大胆にピッチアップし、機首を真上に向けた。ロケットの発射さながらに、重力に抗《あらが》い天井へと猛進する。上昇中に車輪を格納した。天井のハッチが半分以上閉じていた。翼を接触させないよう、機体を回転させる。真っ白な陽光を真正面にとらえた。

ハッチの隙間を抜けた。接触の衝撃は感じなかった。キャノピーの周囲に大空がひろがった。

安堵《あんど》のため息などついてはいられない。レーダーは無反応なものの、シン・スンウ

クの一号機をじかに視認した。ホバーリングで島上空に留《とど》まっている。ＭＯＡＢ－Ⅱ
Ａの投下準備にちがいない。

たとえ島に残っているのが敵ばかりでも、大量虐殺は見過ごせない。だがどう対処すべきだろう。美由紀は史緒里に問いかけた。「機関砲《ガン》ポッドってついてないよね？」

「ウエポンベイに格納されてる。ディスプレイの左上を操作して。兵器選択」

ふつうガンポッドは外付けだった。Ｆ－35Ｂにガトリングガンの固定兵装はなく、装着時にはステルス性を犠牲にするときいた。だがＦ－70は内蔵しているらしい。美由紀は機首を一号機に向けた。ダブって見える兵装一覧の表示から、ＧＡＵ－22／Ａ25ミリ・ガトリングガンを選択する。ガンポッドが機体下部に突きだし、発射準備完了の表示がでた。

すかさずトリガーを引く。振動はなかった。機関砲の砲火が一号機めがけ空中にばら撒《ま》かれる。ミサイルのロックオンを探知されれば、急旋回で躱《かわ》される。古典的な機関砲による攻撃こそ、最も避けようがない。

ところが一号機は、投げられた石をひょいと避けるように、機体を裏返しにし躱した。一号機は背面飛行のまま高度を上げ、雲のなかに消えていった。

美由紀は衝撃を受けた。「いまのは？」

「PE2センサー」史緒里が唸《うな》るようにいった。「豆粒ほどの大きさが高速で飛んでいても、圧電効果と焦電効果を持っていれば、あらゆる障壁を突破して探知可能なの」

機関砲の弾の一発ずつまでモニターできるのか。空中戦では両者の距離が大きく開くため、砲弾の発射から命中まで一、二秒はかかる。掃射された弾だろうと、飛行中に捉《とら》えられるなら、瞬時の回避行動も可能になる。驚くべき性能だった。

だしぬけにブザーが鳴った。史緒里が叫んだ。「ロックオンされてる！」

アクティブ電子走査アレイ《AESA》のレーダーに敵機の機影はない。一号機の位置はわからない。だが電子光学分散開口システム《EODAS》がミサイル発射点を特定した。美由紀は急ぎ高度を下げた。敵機がいると推測される位置に対し、ビーム機動で機体を九十度に保つ。

まだブザーは鳴りやまない。ロックオンが外れない。美由紀は史緒里にきいた。

「チャフかフレアは？」

「射出型囮弾《おとりだん》がある。こっちで操作する」

背後で史緒里が左手をコントロールパネルに伸ばした。機体下部から機雷状の物体が放たれた。敵のレーダー波を偽装する電波発信体にちがいない。ワイヤーで牽引《けんいん》する曳航《えいこう》型囮とは異なり、チャフのように使い捨てにするらしい。

ブザーが鳴りやんだ。飛んできたミサイルが機体を逸《そ》れ、物体を追跡していく。離れた場所で空中爆発した。

急激な回避行動に強烈なGがかかる。史緒里の苦しげな呻《うめ》き声を耳にした。耐Gスーツを着ていれば多少は凌《しの》げるが、いまはふたりとも私服だった。酸素マスクもない。常軌を逸している。いまだ失神しないのがふしぎだった。

足もとから顔に風が吹きつける。酸素が噴出しているとわかった。美由紀は機体を安定させながらいった。「マスクなしでも酸素が送りこまれる」

「こっちも」史緒里が荒い呼吸とともに応じた。「OIASが作動してる。酸素マスクの故障時に、直接コックピット内に酸素を供給してくれる。でも緊急時のバックアップだから、長くはもたない」

トーンの異なるブザーが連続した。美由紀は大型ディスプレイを凝視した。「これは?」

「無線通信。やはりヘルメット破損時のために、スピーカーから音声がでる」

ディスプレイの赤い点滅箇所を選択した。コックピットに低い男の声がきこえてきた。「位置信号の発信をオフにしないのか《ウイチシンホウイバルシンウルクジアヌルコヤ》? 居場所がこっちに筒抜けだぞ《ウイチガダドウルキヨ》」

シン・スンウクの声だった。ブラフだと美由紀は思った。「位置信号なんか互いに《ウイチシンホヌンパルシンハ》発信してない《ゴイッチアナ》。周波数を変えただけじゃなく、とっくに壊してあるでしょう」

「ああ」シンの声が低くささやいた。「パイロットは幹本史緒里じゃなく岬美由紀か。楽しみが増えた。おまえの噂はきいてる。自衛隊の領空侵犯措置は歯ごたえがなさすぎた」

「着陸して投降したら？」

「冗談はよせ。いま海上は獲物だらけだ。護衛艦をいくつか沈めてやろうと思う」

ＡＥＳＡレーダーに一号機の機影は捉えられない。シンの主張に誤りはなかった。一号機は艦艇を攻撃し放題だ。そちらに向かう隙をあたえてはならない。美由紀は挑発した。「脇目を振っていいの？　爆弾を投下しようとホバーリングしたとたん、こっちが吹っ飛ばすけど」

「位置もわからないのにか？」

「試してみたらどう」

「いい度胸だ。覚悟しとけ、岬美由紀。大空の塵《ちり》にしてやる」

別の男の声が日本語で呼びかけてきた。「史緒里。一緒に乗ってるのか？」

コックピット内に沈黙があった。史緒里がささやいた。「乗ってる」

伊島の声が笑った。「訓練を受けても結局コ・パイロットか。女はそのていどの扱いだな」

「メインのパイロットも女だけど」

「退官した元イーグルドライバーが、最新鋭機を満足に乗りこなせるかよ。史緒里。方位を知らせてやるから、ついてくるよう岬にいえ。おとなしく着陸し投降しろ。奪った機体をかえせ」

「その言葉、そっくりかえしてあげる」

「強情を張るな。こっちの仲間になるなら、今後の処遇も考えてやる」

美由紀は口をはさんだ。「蟹垣が死んだのに、まだつづける気なの」

沈黙が生じた。蟹垣の死を知らなかったわけではないのだろう。伊島は憤りを抑制するように低い声を響かせた。「メフィスト・コンサルティングを脱退したのは、あの人だけじゃない。新たな指導者が現れる」

伊島はメフィスト・コンサルティングの存在を知っていた。蟹垣を指導者と仰いできたのなら、忠実な下僕もしくは信奉者の可能性が高い。美由紀は醒《さ》めた気分で応じた。「蟹垣もそんなことといってた。いたずらに秩序をかき乱して、なんの得がある？」

「既存の権力に支配された世界など、破滅の道に突き進むしかない。メフィストにはそれを作り替える力があった。にもかかわらず、くだらない調整ばかりに忙殺されている。俺は自分の生きやすい世界を構築してくれる人物についていく」

「ただのコバンザメでしょう。自分らしさはどこにあるの」

「凡人だな。それこそ常識にとらわれた価値観でしかない。俺は更新された日本で相応の地位を……」

　レーダーのごく一部に、細かい粒がちらついた。ノイズによる表示の乱れにしか見えなかった。わずか一秒ほどで消えた。

　ところがその直後、けたたましい騒音とともに機体が激しく揺さぶられた。警告音が鳴り響く。被弾したようだ。操縦がきかない。史緒里が悲鳴をあげた。一号機が機関砲を掃射しながら突っこんでくる。

　スロットルレバーで推力を取り戻す。美由紀は機体を旋回させた。弾は食らったものの、かろうじて致命傷を負わずに済んだ。一号機は遠方に飛び去り、目視でとらえられなくなった。

　美由紀は怒りをおぼえた。「さっきのちらつきが、ＰＥ２センサーの捉えた弾？　ろくに見えやしない」

史緒里が弱りきった声でいった。「３Ｄ表示とヘルメット搭載ディスプレイの表示が重なって、初めて意味を持つの。ヘルメットがなきゃ、方位を立体的にとらえられない」

大型ディスプレイの表示によれば、レーダーは位相変換により二百海里以上、前方百二十度の範囲を一瞬に索敵できる。だがモニタリングが困難では意味がない。Ｆ－35でもヘルメット搭載ディスプレイは、機体の周囲を覆うカメラの映像を表示し、あらゆる方向を透かし見ることができるという。足もとに目を向ければ地上を観察可能、Ｆ－70ならより高性能のはずだ。しかし美由紀と史緒里には、なにも見えていないも同然だった。

シンの声が朝鮮語で告げてきた。「岬。被弾した箇所のステルス性能が失われた。そこだけレーダーに映ってる。頭隠して尻《しり》隠さずに等しい」

ハーネスで固定されていないため、美由紀は身体ごと後ろを振り向けた。史緒里が血の気の引いた顔で見かえし、小さくうなずいた。シンのいったことにまちがいはないようだ。

美由紀は前に向き直った。敵機の位置は依然としてつかめない。ＡＥＳＡレーダーの走査は速く、電波の発振も最小限に抑えられる。こちらのレーダー警戒受信機《ＲＷＲ》による逆探知を受けにくい。互いに条件は同じはずだったが、いまや被弾により差が生じた。向こうからこちらは見える。その逆は成り立たない。

史緒里が怒鳴った。「ミサイル。四時の方角！」

美由紀は即座に反応し回避行動をとった。後部座席ではモニターできたようだが、美由紀の見るかぎり、大型ディスプレイに反応はない。Ｆ－70のＡＥＳＡレーダーは逆探知しづらい。ロックオンされても気づけない。同じ機種の高性能なＲＷＲをもってしても、敵機によるロックオンを感知できない場合がある、その事実を知った。

接近するミサイルを目視でとらえた。ＡＩＭ－１２０だとわかる。射出型囮弾を使う暇はない。美由紀はピッチアップで機体を急回避させた。しかし間に合わない。至近距離で爆発が起きた。

命中ではなかった。海中の魚雷よろしく、ミサイルをリモート操作で起爆したようだ。尾翼のフラップが操作不能になった。機体が錐《きり》もみ状態で降下しだした。

身体を引きちぎるも同然に強烈なGが襲う。美由紀はめまいと嘔吐《おうと》感をおぼえながら、スロットルレバーをアイドリング位置に戻した。ラダーペダルをスピンと逆方向に踏みこむ。ほどなく錐もみ状態を脱し、機体が安定しだした。機首を上向きにし、ふたたび高度を上げていく。

センサーフュージョンに自機のダメージが表示されている。機体側面のステルス性能が四十パーセント喪失。もう敵機のレーダーは、完全にこちらの位置を捕捉《ほそく》できる。

シンの声がいった。「よく立て直した。だがこれはどうだ」

レーダーにまたちらつきがあった。美由紀はサイドスティックを倒し、機体を大きく傾け急旋回した。

一号機が機関砲を掃射しつつ肉迫する。寸前に砲弾の接近を捉《とら》えていたものの、すべては避けきれなかった。被弾とともにコックピットに火花が散り、キャノピーには亀裂《きれつ》が走った。交差した一号機がまた彼方《かなた》に遠ざかった。

焦げくさいにおいが充満する。大型ディスプレイに無数のエラー表示が躍る。もはや二号機は機能不全の塊だった。もう打つ手はないのか。

そのときレーダーにほんの一粒、極小の点が映り、すぐに消えた。いまのはなんだろう。敵機が砲弾を一発だけ、あさっての方向に撃ったのか。そんなはずはない。ＰＥ２センサーまで故障したのかもしれない。

いくつかの操作はまだ機能する。美由紀はレーダーの索敵範囲を広げた。一号機の機影はまったく見えない。ノーダメージの敵機は依然、百パーセントのステルス性能を維持している。鎧《よろい》を剝《は》がれた二号機との差はあきらかだった。

シン・スンウクが声高に告げてきた。「ぼうっとするな。俺ならここだ」

ふいに背後から一号機が猛然と迫ってきた。頭上をかすめ飛ぶ瞬間、機体下部から無数の物体をばら撒《ま》いた。

対地攻撃用、自由落下型の小型爆弾らしい。美由紀は機体を横倒しにし、爆弾が降り注ぐ面積を狭めた。とっさにできるのはそれだけだった。至近距離で爆弾が次々と炸裂《さくれつ》し、コックピットが激震に見舞われた。大型ディスプレイの表示がしきりに明滅する。機体はコントロールを失い、突如として墜落しだした。史緒里が悲鳴を発した。

重力に引っぱられる。ラダーがほとんど反応しない。これがＦ－15Ｊなら一巻の終わりだった。だがＦ－70はＶＴＯＬ機だ。スラストベクター制御により、排気口を真下に向ける。スロットルレバーで推力を増した。

機体が水平になった。なんとかホバーリングの状態に持ちこんだ。しかし環境は最悪だった。雲のなかだ。周りは真っ白でなにも視認できない。

レーダーになにひとつ映らない。ところがまたしても極小の点が、ほんの一瞬のみ飛んで見えた。美由紀の動体視力により、かろうじてとらえられる、そんなていどのちらつきだった。砲弾一発の反応よりさらに小さい。やはり故障か。敵機の機影が映るはずもなく、機関砲の誤射とも思えない。

いや、まて。ほかにも可能性はある。機影の一部でも砲弾一発でもない。それ以外にレーダーに映りそうなものといえば……。

シンの声が呼びかけた。「岬。おまえの機体のステルス性能は八十パーセントも低下してる。送受信素子の配列も破壊されてるな。ミサイルのロックオン機能が失われたようだ」

大型ディスプレイを眺める。シンの指摘どおりだった。美由紀はささやいた。「そのようね」

「もういちどだけいう。降伏して二号機を明け渡せ」

美由紀はため息をついた。「伊島一尉」

わずかに沈黙が生じた。伊島の声が日本語できいてきた。「なんだ」

「いくらカウンセリングで心の重荷を取り除こうとしても、対症療法じゃ原因療法には勝てない。恋人を装った男に酷《ひど》い目に遭わされた女は、男が誠意をこめて謝ることで、根本的に救われる」

「おい。なんの話をしてる。いかれちまったのか？」

「幹本二尉に謝る気があるかどうかきいてるの」

伊島のくぐもった笑い声がきこえた。朝鮮語で伊島が告げた。「シン。二号機を吹っ飛ばせ。粉々にして歯の一本も残すな」

史緒里が震える声を絞りだした。「あんたこそ地獄に墜ちなよ」

「はん」伊島がからかうような口調に転じた。「十秒以内にふたりとも地獄に送ってやる。空に浮かんでるのがやっとの、ロックオンすらできないスクラップのなかで、せいぜい怯《おび》えてろ」

それっきり静寂がひろがった。史緒里が嗚咽《おえつ》を漏らすのがきこえる。ふいにブザーが鳴り響いた。背後で史緒里がびくつく反応をしめした。ロックオンされた。いまにもミサイルが飛んでくる。敵機の位置はまるでわからない。

だが美由紀はレーダーのわずかな光点、ほんの一瞬のちらつきを見逃さなかった。急激にサイドスティックを傾け、スロットルレバーを全開にする。ほぼスラストベクター制御のみで、機首を二時の方向に向け、仰角三十二度にピッチアップした。

無線を通じ、敵が絶句したのがわかる。一号機がミサイルを発射するより早く、美由紀はつぶやいた。「それで見えないつもりなの」

すかさず美由紀はトリガーを引き絞った。AIM－120ミサイルを発射した。真っ赤な排気が雲のなかを直進していく。スピーカーからシンと伊島の絶叫がこだました。一秒と経たず、雲のなかに閃光《せんこう》が走った。

爆発の衝撃波が雲を吹き飛ばした。空中に膨張した火球があらわになった。一号機は機体の中腹にミサイルの直撃を受け、真っぷたつに裂けた。炎は左右の翼まで呑《の》みこみ、すべてを瞬時に粉砕させる。ばらばらになった金属や樹脂の塊が落下していく。シートに座ったままの黒焦げの死体が交ざっていた。焼けただれた人形のようだった。パラシュートを開くこともなく、縦に回転しながら、はるか下方の海面へと遠ざかる。シンと伊島、どちらなのか知るよしもない。もうひとりの死体は原形を留《とど》めず、ちぎれた頭部や腕、脚がばらばらに落ちていった。

雲の切れ間から陽光が射してくる。勝負はついた。美由紀は兵器システムのセーフティをオンにした。

史緒里が茫然《ぼうぜん》とつぶやきを漏らした。「なんで……？　どうやってあいつらの位置が……」

「圧電効果と焦電効果を持った天然の物体」美由紀は静かにいった。「トルマリン」

美由紀は背後を一瞥《いちべつ》した。史緒里は信じられないという表情を浮かべている。

前に向き直った。スラストベクター制御で、排気を後方へと移しながら、スロットルを少しずつ開く。機体は水平方向に直進し始めた。機能するラダーのみでバランスをとる。

ステルス機能は失われた。味方から撃たれないよう、前もって通信しておく必要がある。けれどもいまは、黙って海面に煌《きら》めく光の集合体を眺めたかった。

焼け野原にも花が咲く。いままで何度となく立ち直った国だ。どれだけ傷が深くとも、癒《い》やされるときがくる。希望を捨てさえしなければ。

30

澄みきった青空ははるか高く、雲を越えて飛んでいた事実さえ、幻だったかのように思わせる。降り注ぐ午後の陽射しは柔らかく、吹きつける微風も穏やかだった。

かつて杉並区役所があった辺り、中杉《なかすぎ》通りのアスファルトの破片がわずかに残る区画に、美由紀はたたずんでいた。

荒廃しきった一帯に復興が進むさまは、震災の被災地に酷似する。瓦礫《がれき》の山の片づけが進む傍ら、プレハブ型仮設住宅が数を増やす。災害公営住宅用の造成も始まっていた。

区役所の機能は、何十もの白いテントの下に移管されている。住まいを失った人々の行列が長く延びる。みなここへはクルマで来ているようだ。阿佐ケ谷駅方面はなにもなくなり、ただ広大な駐車場と化している。見るかぎり果てしなく車両が連なる。焚火《たきび》がそこかしこでおこなわれている。廃木やボロ布や紙の切れ端、燃えるものが火にくべられる。立ち上る黒煙が空に消えていく。

　土が露出した地面に供えられた遺影や花も目につく。身内の眠る場所に向かいたくとも、多くは立入禁止になっている。やむをえず区役所跡地の周辺で、故人の冥福《めいふく》を祈るしかないのだろう。

　マスコミの現地取材が減ったのは幸いだった。辺りは静寂に包まれている。ヘリの音もきこえない。厳粛な雰囲気をかき乱す無粋な存在は、ようやく寄りつかなくなった。

　近くに座りこんだ年配者が、古いラジオを抱えている。音声が漏れきこえてくる。年配者はたぶん配偶者を亡くしたのだろう。ひとりしかいないのに、ふたりぶんの弁当を地面にひろげていた。

　ラジオの番組はニュースだった。アナウンサーの声が静かに告げている。「……F‐70の窃盗グループは、百里と普天間、いずれの基地とも無関係の面々で構成されていたとのことです。クーデター目的のテロを指揮したとされる江崎肇元財務大臣は、両腕両脚に重傷を負い入院しており、回復をまって取り調べが始まることに……」

湯川幸造が百里基地の防衛技士だった事実は伏せられている。江崎元大臣以外の窃盗グループは全員死亡としながら、政府と防衛省は、グループ構成メンバーの素性をあきらかにしていない。蟹垣やメフィスト・コンサルティング・グループの名も取り沙《ざ》汰《た》されていなかった。伊島頌栄一尉は陸上自衛隊の殉職者のひとりに数えられている。

F－70二機の強奪は、周辺国のしわざではなく、あくまで国内独立団体の犯行にすぎない。今後は警察と連携し捜査を進めていくため、詳しい内容は非公開とする。それが政府の公式発表だった。自衛隊と在日米軍の責任を問う声は当然ある。けれども日本は意外なほど平穏な空気に満ちていた。

幾多の震災、大規模水害、コロナ禍。粛々と現状を受けいれるのが、この国に住む人々なのかもしれない。諸外国の援助もあり、復興はハイスピードで進むのだろう。七十六年前と同じように。

美由紀は歩きだした。近くの白いテントのいくつかは、補償の受付、住居に関する相談窓口、医療申請と分かれている。ほかに心のケアを担う専門部署があった。大勢の臨床心理士が交替で担当する。美由紀の受け持つ時間はまだだったが、自然に足がそこに向かいだした。

喪服のつもりか、黒いスーツに身を包んだ老紳士が、美由紀の横に並んだ。いつぞやのように、ドライは歩調を合わせながら、神妙につぶやいた。「地道な努力ですな。ひとりずつ相談に乗るとは」

美由紀はドライに目を向けなかった。「避難生活による体調悪化、自殺。そんな不幸を生じさせるわけにいかない」

「メフィストは合衆国政府に、Ｆ－70のセキュリティに落ち度があったと自覚させました。負い目を感じたアメリカが日本政府に支援を申しでています。一般に予想されているより、はるかに巨額の復興費用が集まります」

「感謝しろって？」美由紀は歩を緩めなかった。「いつもどおりの詐欺を駆使して、アメリカに賠償金を払わせるから、メフィストを許せっていうの？」

「あなたさえよければ」ドライはため息まじりにいった。「私どもは手だしを控えて正解でした。メフィストが不可能と判断したことを、あなたはひとりで成し遂げた。裏切り者を粛清してくれた」

「メフィストのためにやったんじゃない」美由紀は震える自分の声をきいた。激憤の感情を抑制するのがやっとだった。「ここで多くの人々が犠牲になった。発端になった神原千秋の死なんて、もう誰も意識しない」

ドライが真顔で首を横に振った。「彼女の名誉を回復すべく、私どもがささやかながら協力させていただいたからです。神原千秋は事件に無関係だったと証明されております。柴藤琢太についても同様です。幹本史緒里も、あなたも」

UH−60Jを奪ったはずの日時以降、美由紀は国内二か所の被爆地を行き来し、カウンセリングに努めたことになっている。いつしかアリバイが構築されていた。

神のような調整を可能にするメフィスト・コンサルティングに、多少なりとも感謝の念を持ちうるだろうか。ありえない。むしろ怒りしかおぼえない。それだけの力があるなら、悲劇を阻止できたはずだ。人類はメフィストの遊び道具か。

ドライがいった。「不満はわかります。蟹垣のような者を野放しにしたことについては、おおいに反省しております」

「メフィストに反省なんてありえない」

「そうでもないのですよ。私どもは崇高な使命に生きることを自負しているのですから。できればあなたにも加わっていただきたい」

「冗談いわないで」

「いえ、本気です。友里佐知子の教えを継いだあなた以上に、極東地域の特別顧問にふさわしいかたがいるでしょうか」

「返事はわかってるでしょう。メフィストなんて認めない。国際社会に上位世界なんかいらない。平和が根底からひっくりかえされる恐れがある。今回みたいに」

心外だというようにドライが立ちどまった。「造反者が世界じゅうに野放しになっております。あなたの力が必要です」

「メフィストとは協力しない」美由紀はなおも歩きつづけた。「おかげで目が覚めた。自分のやるべきことがわかった」

心理学を悪用する秘密結社も、そこを離れた異端者も、断じて許しがたい。人類史をもてあそぶことは許されない。

ダビデがいたころのメフィストは、手の届かない存在に思えた。蟹垣の凶行を阻止したいま、手は届くと信じられる。生涯をかけても、この世を妙な扇動から切り離す。

「岬様！」ドライの声が語気を強め呼びかけた。「じつはノン＝クオリアとの決戦が間近なのです！　これは人類の存続をかけた勝負にほかならないのです！」

周りの人々が驚いた目を向けてくる。美由紀は足をとめた。拒絶の意思を背にこめる。

かなりの時間がすぎた。ふと後ろを振りかえる。思いは伝わったらしい。ドライの姿は消えていた。

空虚さと静かな決意の入り交じる、複雑な思いを胸に抱えた。美由紀はふたたび白いテントへと歩きだした。

行く手のテントから馴染《なじ》みの顔がでてきた。スーツ姿の嵯峨が歩み寄ってくる。

「岬さん。きょうも早いね」

「じっとしていられなくて。長くまたされてる相談者はいない？」

「いるよ。それも何十人も」

美由紀は面食らった。できるだけ迅速に対応しているはずが、そんなに大勢の待機組がいるのか。

嵯峨がテントの前に戻り、出入口の幕をまくりあげた。「さあ、みんな。またせたね。外にでて。岬美由紀先生を紹介するよ」

テントのなかの暗がりに、小さな子供たちがひしめきあっていた。下は三歳から、上は十歳ぐらいか。みな不安そうにこちらを眺める。

事情は嵯峨にたずねるまでもない。身寄りを失った子ばかりだ。医療検査を終えても、帰る場所が見つからず、いまも被爆地に保護されるしかない。

ふと自分の心に疼《うず》くものの正体を知らされる。美由紀の胸中にそんな気分がひろがった。いくつもの素朴なまなざしがじっと見つめてくる。

喪失の大きさを受けいれられず、虚無に浸るしかなかった。自己崩壊感にともなう寂寥《せきりょう》が、いまひとつの季節を終えた。新たに迎えられるべき、数々の命と人生がある。

杉並和順園の子供たちを想った。施設長から手紙の束を受けとったばかりだ。亡き児童らが生前に書いたものだった。あんなことが起きるとは、誰ひとり予想していなかった。拙《つたな》い字で美由紀への感謝を綴《つづ》っていた。

みさきせんせい。いつまでもいっしょにいてください。クレヨンで描かれた美由紀は少女と手をつないでいた。それ以上は読めなかった。手紙の束は机の引き出しにしまいっぱなしだ。あまりに辛《つら》すぎる。

こみあげてくる悲哀を堪《こら》えようとしても、すでに視界が揺らぎだしていた。美由紀は微笑とともに身をかがめた。少女と同じ目線で語りかける。「こんにちは」

顔に擦り傷を残す少女は、内気そうにうつむいていた。やがて上目づかいに美由紀を見かえした。少女は美由紀に抱きついた。無言ですがりついてきた。ほかの子供たちも寂しさに耐えかねたように、みな近づいてきて美由紀を囲んだ。

美由紀は立ちあがった。嵯峨が小さくうなずいた。彼は美由紀がなにを求めているか気づいている。

子供たちを見下ろし、美由紀は穏やかにいった。「探しにいきましょう。みんなで住む場所を」

少女と手をつなぎ歩きだす。ほかの子供たちも周りに群がり、一緒に歩いた。復興が始まって間もない、荒涼とした大地に砂塵《さじん》が舞う。美由紀は涙に滲《にじ》む空と廃墟《はいきょ》と、焚火《たきび》の揺れる炎を目にした。すべてはまたここから始まる。千里眼があるとすれば、希望だけを見通そう。人に挫折《ざせつ》はない。いまも前だけを向いて歩いていられる。

解説

千街晶之（ミステリ評論家）

千里眼の復活。

このタイトルが、すべてを語っていると言ってもいいだろう。本書は松岡圭祐《まつおかけいすけ》の「千里眼」シリーズの、実に十二年ぶりの書き下ろし新作である。

「千里眼」シリーズは、一九九九年に小学館から刊行された『千里眼』に始まる（翌年には第二回大藪春彦《おおやぶはるひこ》賞にノミネートされている）。この小学館版のシリーズは、二〇〇六年の『千里眼　背徳のシンデレラ』まで十二作が発表され、同年には他シリーズとリンクする『ブラッドタイプ』が徳間書店から出ているが、翌二〇〇七年の『千里眼　完全版』以降は、シリーズの既刊が角川文庫から「クラシックシリーズ」として再刊されはじめた。これは単なる改訂版ではなく、大幅な改稿によって別作品に生まれ変わったと言っていいものであり、現時点ではこのクラシックシリーズが正式版ということになる。また同年の『千里眼　The Start』を一作目として、同じく角川文庫からシリーズの完全新作も並行して刊行されるようになった（以下、こちらを新シリーズと記す）。

主人公の岬美由《みさきみゆ》紀《き》は、防衛大学校を首席で卒業し、女性自衛官として初めてF－15Jの操縦桿《かん》を握るなど目ざましい活躍を繰り広げたが、命令を無視して人命救助を優先する行動に走り、その件に対する上層部の決着に納得できず退官し、臨床心理士となった。だが彼女の前には、日本転覆を企《たくら》むカルト教団・恒星天球《こうせいてんきゅう》教、心理学による大衆煽動《せんどう》で歴史を裏から動かすメフィスト・コンサルティング・グループ、機械を信奉し人類滅亡を目標とするノン＝クオリアといった強大な組織が次々と立ちはだかる……というのがシリーズの今までの展開である。

新シリーズの十作目にあたる『千里眼　キネシクス・アイ』が、「シリーズ十周年記念として二〇〇九年三月に書き下ろし単行本で上梓《じょうし》され、同年十月には文庫版が刊行されたが、今後の展開を暗示するような記述もあるものの一応これまでの流れに決着をつけたと言える内容であり、このあとシリーズの新作は発表されていなかった。本書まで十二年の間隔が空いた理由は定かではないけれども、小学館版の第一作から数えて二十二年という長きに亘《わた》って読み継がれてきた著者の看板シリーズの、満を持しての再開である。何はともあれ、読まないという手はないだろう。

本書は、岬美由紀の元職場である茨城県の航空自衛隊百里《ひやくり》基地で、アメリカから購入した改良型最新鋭機のF－70が、何者かの操縦によって奪われるという事件が発生したところから幕を開ける。厄介なのは、F－70のステルス性能のせいで味方にも探知不能な状態に陥ったことだ。更に、在日米軍の普天間《ふてんま》基地から、もう一機のF－70が奪われた。

F－70に関する情報にアクセスし、コピーした嫌疑をかけられたのは情報処理係の神原《かんばら》千秋《ちあき》二等空尉だったが、彼女は犯行を否定する。基地専属の臨床心理士・湯川幸《ゆかわこう》造《ぞう》のほか、岬美由紀とは旧知の間柄の臨床心理士・嵯峨《さが》敏也《としや》も呼ばれ、神原に催眠療法を行うが、重要情報を伏せられたままの状態でのカウンセリングには限界があり、元自衛官である美由紀の協力を求めることになった——自己都合で退官した彼女を快く思わない自衛隊上層部の反対を押し切るかたちで。

美由紀は退官後、さまざまな職場に派遣されながらカウンセリングの仕事をしており、現在は東京都杉並《すぎなみ》区にある杉並和順園《わじゆんえん》という児童養護施設で働いている。そこから基地に向かった彼女は、衝撃的な事態に直面する……。

読者のお楽しみを奪わないため、先の展開は具体的には触れないでおくが、日本という国が滅びかねない危機が待っていることは記しておく。このシリーズではたびたびテロが起きているけれども、本書のそれは規模の大きさではトップクラスだろう。そして作中の謀略は、見せかけの構図の裏にまた裏があるという複雑さであり、しかも冒頭の時点で既に読者に対する罠《わな》が仕掛けられているのだ。

　前作から本書までのあいだ、岬美由紀は何をしていたのか——というのは気になるところだが、本書での彼女の活躍ぶりはブランクを全く感じさせない。作中の説明によると、彼女はコロナ禍についてどの団体よりも早く、空港閉鎖や渡航禁止を訴える意見書を政府筋に提出したとされている。児童養護施設で働きながら政府に意見書を提出する女性——というのはなかなか型破りだが、そもそも彼女は、膨大な知識とずば抜けた身体能力、そしてパイロットとして鍛えられた動体視力を心理学に基づく表情観察に活《い》かし、相手の感情や思考を読む能力を持つ万能のキャラクターとして設定されており、今までに世界各国を股《また》にかけて国内外の紛争を阻止してきた。こう記せば荒唐無《こうとうむ》稽《けい》に思えるだろうが、それだけにとどまらないのは、クラシックシリーズと新シリーズを通して取り入れられている、現実を反映した社会的モチーフによるものだ。

　そもそも、小学館版『千里眼』で恒星天球教なるカルト教団が登場したのは、一九九五年のオウム真理教のテロがまだ記憶に新しい時期のことであった。小学館版の旧シリーズが角川文庫版のクラシックシリーズに生まれ変わったのも、そうしたモチーフの説得力ある扱いという点でシリーズ全体にアップデートを施す必要があったからだ。その過程で、岬美由紀に関する新たな設定や過去のエピソードが追加され、ハリウッド映画的なスーパーヒロイン化が進む一方、作中の社会的トピックや国際情勢などのディテールはリアルさが強調されてゆく。

本書で言えば、F－70という存在はフィクションではあるものの、その背景にはここ数年の国防や日米同盟をめぐる最新の動きが書き込まれている。アメリカのロッキード・マーティン社が中心となって開発したF－35を日本の防衛省が大量購入することが正式発表されたのは二〇一九年だが、性能に不具合がいろいろ指摘されていることは作中の記述通りだ（二〇一九年四月には青森県三沢《みさわ》市東方の太平洋上で、訓練中のF－35が墜落するという事故が起きている）。F－35は、アメリカ製品の購入の拡大を求めるドナルド・トランプ大統領（当時）がトップセールスをかけた主力商品として、強い政治性を帯びた存在である。そのF－35の設計面での問題点を解消したF－70という戦闘機を出し、それが高性能さ故にかえって自衛隊にとっても米軍にとっても手に負えない存在と化してしまうという逆説を描くことで、本書は社会諷刺《ふうし》小説としての側面を具《そな》えているのだ。

　このシリーズでは今後も、さまざまなリアルタイムの事件やトピックが貪欲《どんよく》に取り入れられてゆくだろうが、現実社会で何が起こるかは誰にも正確には予測できない以上、著者は先の設計図を描きにくい創作活動に身を投じていかなければならず、それが他にはないこのシリーズ独自のスリルとなっていることは間違いない。そこに、メフィスト・コンサルティング・グループやノン＝クオリアといった強大な敵組織との戦いをどのように絡めてゆくのか、作家としての腕前が試されるハードルは高くなる一方だが、岬美由紀が数々の危機を乗り越えてきたように、著者も新たな挑戦を止めることはしない筈《はず》である。筆の速さに定評がある著者のこと、次作にお目にかかれるのも遠い未来のことではないだろう。

本書は書き下ろしです。

この物語はフィクションです。登場する個人・団体等はフィクションであり、現実とは一切関係がありません。

千《せん》里《り》眼《がん》の復《ふっ》活《かつ》

松《まつ》岡《おか》圭《けい》祐《すけ》

令和３年　４月25日　初版発行
令和４年　７月30日　８版発行

発行者●堀内大示

発行●株式会社KADOKAWA
〒102-8177　東京都千代田区富士見2-13-3
電話　0570-002-301(ナビダイヤル)

角川文庫　22638

印刷所●株式会社KADOKAWA
製本所●株式会社KADOKAWA

表紙画●和田三造

●お問い合わせ
https://www.kadokawa.co.jp/（「お問い合わせ」へお進みください）
※内容によっては、お答えできない場合があります。
※サポートは日本国内のみとさせていただきます。
※Japanese text only

ISBN 978-4-04-111396-7　C0193

◆◆◆

角川文庫発刊に際して

角川源義

第二次世界大戦の敗北は、軍事力の敗北であった以上に、私たちの若い文化力の敗退であった。私たちの文化が戦争に対して如何に無力であり、単なるあだ花に過ぎなかったかを、私たちは身を以て体験し痛感した。西洋近代文化の摂取にとって、明治以後八十年の歳月は決して短かすぎたとは言えない。にもかかわらず、近代文化の伝統を確立し、自由な批判と柔軟な良識に富む文化層として自らを形成することに私たちは失敗して来た。そしてこれは、各層への文化の普及滲透を任務とする出版人の責任でもあった。

一九四五年以来、私たちは再び振出しに戻り、第一歩から踏み出すことを余儀なくされた。これは大きな不幸ではあるが、反面、これまでの混沌・未熟・歪曲の中にあった我が国の文化に秩序と確たる基礎を齎らすためには絶好の機会でもある。角川書店は、このような祖国の文化的危機にあたり、微力をも顧みず再建の礎石たるべき抱負と決意とをもって出発したが、ここに創立以来の念願を果すべく角川文庫を発刊する。これまで刊行されたあらゆる全集叢書文庫類の長所と短所とを検討し、古今東西の不朽の典籍を、良心的編集のもとに、廉価に、そして書架にふさわしい美本として、多くのひとびとに提供しようとする。しかし私たちは徒らに百科全書的な知識のジレッタントを作ることを目的とせず、あくまで祖国の文化に秩序と再建への道を示し、この文庫を角川書店の栄ある事業として、今後永久に継続発展せしめ、学芸と教養との殿堂として大成せんことを期したい。多くの読書子の愛情ある忠言と支持とによって、この希望と抱負とを完遂せしめられんことを願う。

一九四九年五月三日

角川文庫ベストセラー

千里眼 キネシクス・アイ　(上)(下)　松岡圭祐

突如、暴風とゲリラ豪雨に襲われる能登半島。災害はノン＝クオリアが放った降雨弾が原因だった‼ 無人ステルス機に立ち向かう美由紀だが、なぜかすべての行動を読まれてしまう……美由紀、絶体絶命の危機‼

千里眼 ノン＝クオリアの終焉　松岡圭祐

最新鋭戦闘機の奪取事件により未曾有の被害に見舞われた日本。焦土と化した東京に、メフィスト・コンサルティング・グループと敵対するノン＝クオリアの影が……各人の思惑は？ 岬美由紀は何を思うのか⁉

高校事変　松岡圭祐

武蔵小杉高校に通う優莉結衣は、平成最大のテロ事件を起こした主犯格の次女。この学校を突然、総理大臣が訪問することに。そこに武装勢力が侵入。結衣は、化学や銃器の知識や機転で武装勢力と対峙していく。

高校事変 Ⅱ　松岡圭祐

女子高生の結衣は、大規模テロ事件を起こし死刑になった男の次女。ある日、結衣と同じ養護施設の女子高生が行方不明に。彼女の妹に懇願された結衣が調査を進めると暗躍するJKビジネスと巨悪にたどり着く。

高校事変 Ⅲ　松岡圭祐

平成最悪のテロリストを父に持つ優莉結衣を武装集団が拉致。結衣が目覚めると熱帯林の奥地にある奇妙な〈学校村落〉に身を置いていた。この施設の目的は？ 日本社会の「闇」を暴くバイオレンス文学第3弾！